꿈을 가진 코끼리는 지치지 않는다

김기홍 소설집

꿈을 가진 코끼리는 지치지 않는다

발행일	2018년 8월 17일		
지은이	김 기 홍		
펴낸이	손 형 국		
펴낸곳	(주)북랩		
편집인	선일영	편집	오경진, 권혁신, 최예은, 최승헌, 김경무
디자인	이현수, 허지혜, 김민하, 한수희, 김윤주	제작	박기성, 황동현, 구성우, 정성배
마케팅	김회란, 박진관, 조하라		
출판등록	2004. 12. 1(제2012-000051호)		
주소	서울시 금천구 가산디지털 1로 168, 우림라이온스밸리 B동 B113, 114호		
홈페이지	www.book.co.kr		
전화번호	(02)2026-5777	팩스	(02)2026-5747

ISBN   979-11-6299-285-2 03810(종이책)   979-11-6299-286-9 05810(전자책)

이 도서의 국립중앙도서관 출판예정도서목록(CIP)은 서지정보유통지원시스템 홈페이지(http://seoji.nl.go.kr)와
국가자료공동목록시스템(http://www.nl.go.kr/kolisnet)에서 이용하실 수 있습니다.
(CIP제어번호: CIP2018025405)

(주)북랩 성공출판의 파트너

북랩 홈페이지와 패밀리 사이트에서 다양한 출판 솔루션을 만나 보세요!

홈페이지 book.co.kr   **블로그** blog.naver.com/essaybook   **원고모집** book@book.co.kr

이웃의 소박한 일상을 수채화처럼
그려낸 **사랑에 관한 10가지 이야기**

꿈을 가진 코끼리는 지치지 않는다

김기홍 소설

북랩 book Lab

이 책을

소중한 _____ 님께 드립니다.

20 년   월   일
저자 김 기 홍 드림

책을 펴내며

어릴 적부터 글쓰기에 관심이 있었고 글쓰기를 좋아했다.

지금은 작고하셨지만, 작가는 어린 유년시절에 부친에게서 배운 글
쓰기에 흥미를 가졌다. 순수한 마음으로 세상을 바라보던 동심을 상상
의 나래를 통해 세상에 펼칠 수 있었던 것은 오직 글쓰기만이 이루어
낼 수 있는 작업이었다.

그만큼 글쓰기는 나에겐 크나큰 매력이었고, 재미도 있었다. 초등학
생 시절부터 지금까지 다양한 대회에서 입선 및 수상을 하면서, 많은
이에게 주목을 받았다.

늘 글을 쓸 때마다 느끼는 것이지만, 글을 쓴다는 것은 아무나 할 수
있는 것이 아니라는 것을 늘 몸으로 뼈저리게 느꼈다.

어떠한 장르인지를 떠나서, 하나의 완성된 작품을 만든다는 것은 산

모가 태아를 임신하여 출산할 때까지 고통을 느끼는 것보다 더 힘든 과정과 어려움을 이겨내야 하는 과정이다.

글을 쓰려면 많은 책을 읽어야 하고 작가만의 정신적 철학과 지식이 겸비되어야 한다는 것을 잘 알고 있다.

시중 서점에 가 보면 많은 작가가 심혈을 기울여 만든 작품들이 많이 나와 있다. 그 책이 베스트셀러가 되든 안 되든, 모든 작가의 작품은 충분히 좋은 작품으로 평가되어야 한다고 말하고 싶다.
최소한 작가는 자기 작품에 대하여 모든 정열과 정성을 들여 만든다는 것을 알기 때문이다.

나는 그간 다양한 분야(문인협회 등)에 응모하여 당선도 되었고, 공중파 방송에도 출연했다.

미천하지만 2016년도에는 『(나를 위한 도전!) 내 삶의 특별한 1%』라는 제목으로 책도 출판하면서, 이제는 좀 더 세상 밖으로 나오고 싶다는 충동이 일었다.

주위에서 나를 '김 주필', '김 작가'라고 칭하는 것을 들으면서, 미완성의 작품을 이제는 좀 더 완성된 작품으로 만들어야겠다는 오기가 발동했다.

소설이라는 장르에는 처음 도전하는 것이었고, 단순히 소설 작품을 쓴다는 것이 중요한 게 아니라 얼마나 대중들의 공감을 얻을 수 있고, 재미도 있으면서, 궁극적으로 교훈을 줄 수 있는 작품, 그런 삼박자를 갖춘 내용으로 결과물을 만들어 낼 수 있을지 확신이 들지 않았다. 솔직히 의문이었고 부담이었다.

아니, 자신이 없었다….

그러나 많은 분의 격려와 나 자신의 그간의 작품들을 복기하면서 생각을 정리하고, 주제 및 내용을 설정해 가면서 어렵사리 컴퓨터 앞에 앉았다.

자다가도 문득 좋은 주제의 내용으로 영감이 떠오르면 새벽에도 일어나 타이핑을 했다.

작품을 쓰고 또 읽어 보고 고쳐 가며 수정의 작업을 거치는 것은 너무도 힘들고 고단했다.

그러나 후회하지 않고 미련이 남지 않을 만한 좋은 작품을 만들겠다는 내 의지는 그런 고난과 고통의 시간을 견딜 수 있게 해 주었다.

그리고, 힘들 때마다 하나님을 의지하며 새롭게 힘을 냈다.

책을 완성하면서 많은 도움을 주신 분들에게 이 지면을 빌어 감사를 전하고자 한다.

우선 사랑하는 나의 가족인 아내, 사랑스러운 딸 유비와 유진, 어머니, 여동생, 형, 장인어른, 장모님께 감사의 말씀을 전한다.

그 외에도 박복래, 서정구, 이시섭, 정영철, 황 명남과 절친인 김병철, 김민규, 김상형 등 일일이 열거하기 어려울 정도로 많은 분의 관심과 격려가 있었다.

위의 모든 분은 내가 어려울 때, 힘들어할 때, 지칠 때마다 용기와 응원을 아끼지 않으셨던 고마운 분들이다.

끝으로 작가의 작품을 이해하고 작가로서의 명맥을 유지하게끔 좋은 작품으로 만들어주신 ㈜북랩 출판사 여러분들에게도 감사의 말씀을 전한다.

2018년 8월

김기홍

차례

메아리 소리는 희망을 싣고

김기홍

밝은 햇살이 비치는 방 안에는 깊은 침묵이 흘렀다. 영선과 대호는 커피잔을 들고 서로의 얼굴만 바라보고 있었다.

"당신, 병원에 한번 가 봐야 하지 않아요?"

"무슨 병원을? 병원을 간다고 해결될 것 같으면 다들 병원에 가지…."

"그래도 지금까지 애가 들어서지 않는 것을 보면 우리 서로의 노력도 중요하지만, 무슨 이유가 있는지 병원에서 진단을 받아 봐야 하지 않을까요?"

영선은 대호에게 그간 하지 못했던 말을 조심스럽게 꺼내어 이야기했지만, 실은 자신에게도 어떤 문제가 있지 않을까 하는 생각이 들어서 마음이 편하지 않았다.

영선과 대호는 결혼한 지 5년이 되었는데도 임신이 되지 않아서 많은 고민을 하고 있었다. 신혼인데도 불구하고 애틋한 사랑은 온데간데없고, 서로의 눈치만 보면서 하루하루를 살아가는 상황이었다. 그래도 대호보다 간절한 쪽은 영선이었다. 독자(獨子)인 대호를 위해, 아니 솔직히 이야기하자면 시댁 어른들의 눈치에 못 이겨 떡두꺼비 같은 아들을 하루라도 빨리 낳아서 시어머니의 가슴에 안겨 드리고 싶은 마음이 간절했다. 그런데 병원에도 가 보고, 용하다고 하는 한의원에 가서 약도 지어 먹었는데도 애가 들어서지 않아 심각한 스트레스를 받고 있었다. 회사 일을 핑계로 대호의 귀가 시간이 점점 늦어지고, 모처럼 집에서 쉬는 날이면 결혼 초처럼 살갑게 대해 주지 않는 남편이 야속하기만 한 것도 사실이었다.

"여보…. 우리 시험관 아기라도 한 번 가져 보면 어떨까?"

"시험관 아기? 그거 자기가 굉장히 힘들 텐데? 그리고 한 번 하는 데 비용도 많이 든다던데…. 괜찮겠어?"

영선은 이도 저도 안 되니 답답한 마음에 어려운 제안을 했지만, 대호는 내심 부정적인 생각을 하고 있었다. 지금껏 애가 들어서지 않았는데, 그깟 시험관으로 아기를 낳는다는 것이 가능할지 의문이었다.

"아니, 주위 이야기를 들어보면 시험관 시술로 아기를 가진 부부가 더러 있대…. 우리도 한번 해 보자. 응?"

영선의 제안이 썩 내키지는 않았던 대호는 "그래. 그러지 뭐."라고 대답하는 둥 마는 둥 하며 딴전을 부렸다. 영선은 대학교 재학 당시 교내에서 메이퀸(May Queen)으로 뽑힐 만큼 제법 남학생들의 인기를 한몸에 받았던 여학생이었다. 주변에 아는 선배들이 시집을 가자마자 애를 바로 출산하는 것을 많이 보았던 터라 결혼만 하면 애는 바로 생길 것으로 생각했다. 주위의 부러움을 사면서 전도유망한 회사원 신랑을 만나 결혼까지 하고 최소한 아들, 딸 하나씩 정도는 낳아서 예쁘게 키우고 행복하게 잘살 것이라는 계획도 가지고 있었는데…. 지금은 단 한 명이라도 좋으니 빨리 임신이 되어 아이를 갖고 싶다는 간절한 마음뿐이었다.

시골의 친정어머니가 서울로 올라오신다는 이야기에 영선은 모처럼 화장을 하고 강남의 고속버스 터미널로 마중을 나갔다. 친정어머니는 서울의 집안 친척을 보러 온 김에 딸인 영선이를 보고 가겠다고 말했지만, 실은 오랜 시간이 지나도록 애를 못 가지고 있는 영선이의 마음을 달래줄 겸 해서 겸사겸사 올라온 서울 길이었다.

"어머니! 여기야, 여기!"

영선은 멀리서도 어머니를 알아볼 수 있었다. 영선의 어머니는 나이는 드셨지만 곱게 늙어서 외출할 때도 색깔이 화려한 정장 및 투피스 등으로 한껏 멋을 내고 다니시기 때문에 금방 눈에 띄어서 쉽게 발견할 수 있는 스타일이었다.

"뭐하러 나왔어? 내가 택시 타고 집으로 찾아가면 되는데."

"무슨 말이야. 엄마가 서울까지 오는데, 딸인 내가 당연히 마중을 나와야지."

친정엄마의 손에는 영선과 임 서방에게 가져다줄 김치와 마른반찬이 든 포장 상자가 들려 있었다.

"엄마. 힘든데 뭘 이런 것까지 들고 왔어? 그냥 오시지…"

영선은 집에 도착하자마자 엄마를 위해 저녁상을 준비했다. 엄마가 좋아하는 돼지갈비와 국거리 등을 준비하느라 분주하게 움직였다. 모처럼 영선은 엄마를 위해 정성껏 준비한 음식으로 같이 식사를 하며 이야기꽃을 피웠다. 실로 오랜만에 느껴보는 편안한 모녀지간의 즐거운 시간이었다.

"영선아. 요즘 애가 안 들어서서 많이 힘들지?"

"그런 것은 인위적으로 되는 게 아닌가 봐…. 신이 점지해 주셔야 가능한가 봐…. 안 그렇겠어? 한 생명이 태어나는 데 얼마나 오묘한 우주의 뜻이 있겠어?"

"…내가 지금껏 살면서 잘못한 것도 많지만… 그렇다고 그렇게 죽을 죄를 지은 것도 아닌데, 네가 애가 안 들어서는 게 다 내가 못나서 그런가보다…."

친정엄마는 영선의 마음을 조금이라도 위로해 주고 싶은 마음에 모든 것을 자기 탓으로 돌렸다.

"엄마. 요즘은 애 못 가지는 부부도 많대! 그러니까 너무 걱정하지 마. 언젠가는 애가 들어서겠지. 힘들지만 조금만 더 노력해 보려고…."

영선은 오히려 엄마의 마음을 위로해 주려고 걱정하지 말라는 뜻으로 담담하게 이야기했다. 그러나 실은 이런 마음고생이 언제 끝날지 내심 장담하기 어렵다는 현실이 영선을 더 힘들게 하고 있었다.

"영선아…. 언제가 될지 모르겠지만, 앞으로 태어날 내 손자, 손녀는 내 손으로 키우고 싶다…. 왜 이리 엄마, 할머니의 눈에 안 나타나고 있는지, 왜 이리 애간장을 태우는지, 정말 귀한 자식일 텐데…. 태어나면 그 애는 꼭 내 손으로 키워야겠어!"

"그러게요. 내 뱃속에서 태어난 아기… 나오자마자 엄마한테 바로 안겨 드릴게요…."

"영선 씨. 오늘은 좀 늦었네요?"

"예, 선생님!"

"영선 씨가 꽃꽂이를 배우러 온 뒤부터 우리 학원이 웃음꽃이 끊이지 않네요. 호호."

영선은 우연히 보게 된 시청 게시판에서 꽃꽂이 수강생을 모집한다는 광고를 보고 학원에 등록하여 열심히 꽃꽂이를 배우고 있었다. 평소 꽃을 좋아해서 집에도 항상 꽃이 떨어지는 날이 없었는데, 꽃꽂이를 정식으로 배워보고픈 마음으로 학원에 등록했다. 답답한 마음을 달랠 하나의 취미 생활을 갖고 싶었던 것이다. 학원에서 꽃꽂이를 배우며 직접 다듬은 꽃을 화병에 담아 집으로 가져오는 길이 그나마 영선의 유일한 낙이었다.

"오, 여보. 오늘 꽃이 예쁘네? 이건 무슨 꽃이야?"

모처럼 회사에서 일찍 돌아온 대호의 눈에 거실 꽃병에 담겨 있는 예쁜 꽃들이 눈에 띄었다.

"아, 오늘 학원에서 가져온 꽃이야. 후리지아. 예쁘지?"

"오, 방 분위기가 확 달라 보이네?"

"당신 얼굴이 너무 밝아 보여 좋아…. 모처럼 보는 환한 당신의 얼굴이 너무 보기 좋네. 우리 오늘 간만에 와인 한잔할까?"

"마침 얼마 전에 회식할 때 쓰려고 사 놓은 좋은 와인이 있는데, 그 거 한 병 까자. 당신은 간단히 안주나 준비해 줘."

모처럼 영선과 대호는 신혼 때의 기분으로 돌아온 듯한 화기애애한 분위기에서 이야기를 나누었다.

"여보. 당신이 많이 힘든 것 잘 알아. 또 내가 그간 잘해 주지 못해서 미안하고…. 나도 내색하지 않으려 했지만, 그게 잘 안 되었어! 당신이 이해해 줘…. 우리 그냥 애가 없어도 운명이라 생각하고 덤덤히 받아들 이자. 대신 우리의 삶을 위해 노력하자. 남은 기간 동안 더 행복하고 재 미있게 살자. 여보."

대호는 와인 잔에 비친 영선의 얼굴을 바라보며 위로 반, 진심 반으 로 그간 마음속에 담아두었던 솔직한 이야기를 나누며 진한 레드 와 인의 탄닌(Tannin)을 음미했다.

"대호 씨. 고마워요…. 나도 그렇게 생각하고 앞으로 우리의 행복한 결혼 생활을 위해 좀 더 노력할게요!"

한 잔, 한 잔 마신 와인에 어느덧 둘의 얼굴은 빨갛게 달아올랐다. 누 가 먼저랄 것도 없이 영선과 대호는 안방의 침대로 향했다. 대호는 빠 른 손놀림으로 영선의 잠옷 속의 브래지어를 이내 벗겨 버리고 진한 키 스를 했다. 침대에서 삐거덕삐거덕 소리가 날 정도로 다소 과격할 정도 의 몸놀림이 한동안 계속되었다. 실로 오랜만에 가져본 부부관계는 서 로 간의 사랑을 확인할 수 있는 시간이었다.

모처럼 영선의 고등학교 때 절친한 친구인 미선에게서 전화가 왔다.

"영선아. 우리 점심이나 오래간만에 같이 할까? 내가 잘 아는 파스타 레스토랑이 있는데, 오늘 마침 시간이 되어 너랑 점심 먹고 싶어서. 시간 되니?"

미선은 영선과 고등학교 단짝이었는데, 지금도 늘 안부를 주고받는 사이였다.

"그래. 좋아. 몇 시에 어디서 볼까?"

"아, 그럼 12시에 신촌역 앞에서 볼까?"

"좋아. 그럼 그때 보자."

"영선아! 여기야."

미선은 약속 장소 근처에서 영선을 알아보고는 손을 흔들었다.

"가자. 내가 예약해 놓았어. 영선아. 파스타 좋아해? 혹시 다른 것 먹고 싶은 것 있으면 이야기해. 오늘은 내가 맛있는 거로 사 줄게."

"뭐 좋은 일 있어? 갑자기 네가 밥을 다 산다니?"

"아니, 친구 사이에 뭐 좋은 일이 있어야만 보는 건 아니잖아? 그냥 너랑 오래간만에 같이 식사하고 싶어서 그렇지."

미선은 영선을 데리고 창가 쪽의 경치 좋은 자리로 이동했다.

"예약하면서 주문해 놓았던 파스타, 피자, 음료수로 주세요."

미선은 평소 즐겨 먹던 음식으로 주문을 했다. 오랜 친구 사이라, 영선에게 군이 묻지 않아도 미선은 영선이가 무슨 음식을 좋아하는지 훤히 알고 있었다.

"그동안 어떻게 지냈어?"

"응. 나야 잘 지냈지 뭐."

미선은 영선의 야윈 얼굴을 보며 걱정스러운 마음이 들었다.

"요즘 나는 꽃꽂이에 흠뻑 빠져 있어! 너도 시간 되면 한번 배워 봐. 너무 좋은 것 같아. 그때만큼은 아무 잡념 없이 마음이 편해지거든."

"어머 얘 봐! 완전 도인이 다 되었네? 몇 년 뒤 보면 사리 나오겠다. 호호."

늘 그랬듯이 미선은 영선을 만나면 긍정적인 기(氣)가 느껴져서 좋았다. 서로 허심탄회하게 이런저런 이야기를 나누는 동안에도 웃음이 끊이지 않았다. 모처럼 만에 가지는 편안한 사람과의 대화 시간이었다.

"주문한 음식 나왔습니다."

종업원은 주문한 음식을 식탁 위에 놓고는 다른 자리의 주문을 받기 위해 이동했다.

"먹자! 맛있겠다."

미선은 파스타를 포크로 한 바퀴 감아서 한입에 넣었다.

"오! 역시 이 집은 파스타 맛이 장난이 아니야!"

미선은 영선과 같이 식사하는 시간 내내 즐거웠다. 영선이 콜라를 가볍게 한 모금 마시고 파스타를 입에 넣으려는 순간, "아!"라는 외마디 신음과 함께 갑자기 테이블 밑으로 얼굴을 숙였다.

"영선아. 왜 그래? 어디 아프니?"

영선의 안색이 갑자기 나빠지는 것을 보고 미선은 걱정이 되어 물었다.

"아니야. 괜찮아. 갑자기 속이 메슥거려서 음식을 먹을 수가 없네."

영선은 배를 움켜잡으며 미선의 얼굴을 바라보았다.

"너, 혹시 임신한 것 아니야? 병원에 한번 가 봐."

"임신은 무슨 임신…. 그런데 지금까지 이런 적이 없었는데. 어제 음식을 잘못 먹었나? 이상하네?"

"영선아! 그래도 혹시 모르니 내일 꼭 병원에 한번 가 봐! 알았지?"

"그래. 알았어. 내일 한번 가 볼게."

미선은 영선의 건강에 무슨 문제라도 있는 게 아닐까 하는 마음에 걱정이 되었다.

"영선아. 안 되겠다. 오늘은 그만 집에 가서 푹 쉬어. 나도 집에 그만 가 봐야겠어. 다음에 또 연락하자!"

미선은 모처럼 친구를 만난 자리였지만 영선의 건강 상태를 고려하여 서둘러 자리를 떠났다.

"김영선 씨! 진료실로 들어오세요."

며칠 뒤 어느 산부인과. 영선은 산부인과 간호사의 호출에 따라 진료실로 들어갔다.

"자, 볼게요. 그냥 편히 누워 계세요."

길게만 느껴지던 검진이 끝난 뒤, 의사는 영선에게 말했다.

"축하해요. 임신입니다. 앞으로 조심하시고 일주일 뒤 병원에 다시 오세요."

"예? 임신이라고요? 정말요?"

영선의 머릿속은 하얗게 변했다. 누구에게 먼저 이 기쁜 소식을 알려야 할지 몰랐다. 그간 마음고생 했던 아픈 기억의 시간이 파노라마처럼 오버랩되었다.

"대호 씨! …나 임신했어! 이제 우리에게도 애가 생겼다는 말이야."

"뭐야? 정말이야?"

"예. 사실이에요!"

"우리가 애를 가진 거라고? 와! 내가 아빠가 된다고? 당신, 지금 집으로 빨리 와. 나도 바로 집으로 갈 테니."

대호는 회사 문을 박차고 나와 택시를 타고 집으로 향했다. 집에 도착한 대호는 영선을 보자마자 부둥켜안고 울기 시작했다. 그간 힘들었던 마음고생보다, 아빠가 된다는 생각에 북받치는 감정을 주체할 수 없었다. 영선 또한 더 할 수 없이 복잡한 마음이었다.

어느덧 세월이 흘러 대호와 영선의 아들, 경호는 몰라보게 성장했다.

"우리 경호. 잘 커가네. 벌써 첫돌이 다 되어가는구나?"

그렇게 경호는 세상 밖으로 나와서 많은 사람의 사랑을 받으며 무럭무럭 잔병 없이 잘 자라 주었다. 영선과 대호의 일상은 이제 더 이상 그 누구도 남부러울 것 없는 하루하루 행복한 나날의 연속이었다.

경호는 어릴 적부터 스포츠에 남다른 소질이 있어서 못하는 운동이 없을 정도로 만능 스포츠맨이었다. 또래의 아이들보다 체격도 좋아서 웬만큼 건장한 어른들과 견주어도 밀리지 않을 만큼 체력도 좋았다. 대호는 그런 경호의 체력을 더 키워 주기 위해 동네 피트니스 센터에서 같이 운동했다. 어느 날, 우연히 피트니스 센터의 골프 클럽에서 운동을 하는 사람들을 본 경호가 말했다.

"아빠. 나 골프 좀 배우면 안 돼요?"

"왜? 골프가 재미있어 보여? 골프는 하려면 제대로 해야 해. 대충 형식적으로 하면 안 한 것만 못해. 그리고 골프는 잘하는 사람이 너무 많기 때문에 두각을 나타내려면 정말 열심히 해야 해! 그래서 그런 사람들 사이에서 실력을 발휘하기엔 정말 어려울 거야."

"그건 나중 이야기이고요…. 그래도 골프 한번 배워 보고 싶어요."

"그래? 그럼 아빠가 골프 연습권을 끊어줄 테니 한번 다녀 봐라."

대호는 경호가 하고 싶다는 운동이었고 경호의 운동 신경이 남다르다는 것을 알고 있어서 골프도 한번 시켜볼 만하겠다는 생각을 하고 한 치의 머뭇거림도 없이 바로 경호를 골프장으로 데리고 갔다.

골프장의 코치는 경호를 보고 "체격이라든가 운동 신경이 좋아 보이네요? 다만, 본인이 하고자 하는 의욕이 있어야 하고 꾸준히 연습해야 합니다. 중도에 그만두면 하지 않은 것만 못합니다. 골프는 밖에서 보는 것과 달리 비용도 만만치 않고 많이 힘들 겁니다. 그건 각오하시고 가르쳐야 해요."라며 현실적으로 조언해 주었다. 대호는 안 그래도 주변 사람들로부터 평소 골프가 돈이 많이 드는 운동이라는 것을 들어왔던 탓에 많은 고민이 되었다. 어렵게 얻은 아들이 하고자 하는 운동인데 만류할 수도 없고, 만류하고자 하니 자신이 너무 초라한 것 같아 한숨만 나왔다. 코치와 이런저런 이야기를 나눈 후 집으로 돌아온 대호는 영선과 경호의 운동 문제로 상의를 했다.

"여보. 오늘 경호 때문에 골프 코치와 이야기를 좀 나누었어. 경호가 골프를 너무 배우고 싶어 하는데, 어떻게 하지?"

영선 역시 대호가 무슨 의도로 이 이야기를 하는지 알고 있었다. 그러나 그녀 역시 하나뿐인 아들이 하고자 하는 것을 못하게 하고 싶지는 않았다.

"스스로 하고 싶어 하는데, 어떻게 해서든 다니게 해야죠. 당신 생각은 어때요?"

"나 역시 당신과 마찬가지 생각이야. 다만 앞으로 골프를 가르치려면 많은 돈이 들 테고, 들어 보니 전지훈련도 보내야 한다던데? …우리가 경제적으로 썩 넉넉한 것도 아닌데. 그게 문제라 좀 고민스럽군."

"당신이 버는 것만으로는 좀 어려울 수도 있으니 내가 나가서 좀 벌어 볼게요…"

"당신이 나가서 뭘 하려고? 그냥 집에 있어. 어떻게든 돈은 내가 마련해 볼 테니."

"여보! 돈이 하늘에서 뚝 떨어지나요? 한 푼이라도 벌어야 돈이 생기는 거지요."

영선과 대호는 대책 없는 푸념만 되풀이할 뿐이었다.

"저기요. 여기 사람 안 뽑나요?"

"아, 여길 어떻게 알고 찾아오셨어요?"

영선은 동네 근처에 있는 25시 편의점 광고를 보고 점장을 찾아가 일을 하겠다고 했다. 주부인 여자가 갑작스레 일을 시작한다는 게 쉽지 않았기에 며칠 전부터 동네 구인광고란도 찾아보고 지인들에게도 일자리를 알아봐 달라고 수소문하던 차에 우연히 지하철역 부근 벽에 붙은 광고지를 보고 점장을 찾아온 것이다.

"언제부터 일하시겠어요?"

"오늘 당장이라도 가능해요."

"바로 하실 수 있겠어요? 일은 어렵지 않아요. 그냥 물건 정리 정돈하고, 계산대에서 계산하는 등의 일이에요. 쉽게 할 수 있을 거예요. 근데 중간에 그만두시면 저희는 사원을 새로 뽑아야 하니, 신중히 고민해서 의사를 밝혀 주세요."

점장은 비록 영선이가 일하겠다는 의사를 피력했지만, 이곳과는 어울리지 않게 귀티가 나고 반듯해 보이는 주부가 일하겠다고 덥석 찾아온 것이 왠지 모르게 미심쩍었고, 오래 일을 하지 못할 것 같다는 걱정도 되어서 영선의 의사를 한 번 더 물어보았다.

"점장님. 오늘 당장 시작할 수 있다고 이야기했잖아요? 점장님만 안 자르시면 저는 계속할 겁니다!"

영선은 그런 점장의 의도를 눈치채고는 다소 불쾌한 듯이 대답했다.

"그러세요. 그럼 오늘부터 하시면 됩니다."

영선은 경호를 위해서 일하는 것이라고 생각하니 부끄러움이나 힘들다는 감정도 자신에겐 사치라는 생각이 들었다.

"경호야. 하루하루 골프 실력이 늘고 있구나. 조금만 더 노력해서 시합에 나갈 수 있도록 우리 함께 노력해 보자."

경호의 학교 골프 코치는 경호의 실력에 흡족해했고 학교의 명예를 세우기 위해서라도 경호를 잘 가르쳐 대회에 내보내 입상을 시켜야겠다는 생각을 하고 있었다. 하루하루 경호의 실력은 일취월장했고 그런 모습을 보는 대호와 영선의 마음은 흐뭇했다. 그러던 중 영선은 골프 코치로부터 경호를 외국에 보내 현지 레슨을 받도록 했으면 좋겠다는 연락을 받았다.

"코치님. 외국 현지의 레슨비는 얼마나 되나요?"

영선은 경호의 레슨비가 걱정되었다.

"현지 체류비, 레슨비, 기타 등등 해서 비용이 좀 나올 것 같은데, 자세한 건 제가 명세서를 만들어서 보내드리겠습니다."

영선은 코치의 전화를 받고 고민에 빠졌다. 남편이 최근 회사를 그만두고 새로운 사업을 하겠다고 하면서 이를 준비하는 과정에서 금전적으로 힘거운 상황인 것을 생각하니, 남편이 이를 선뜻 허락해 줄 것 같지 않아 걱정이었다. 그리고 앞으로도 밑 빠진 독에 물붓기식으로 얼마나 돈이 더 들어갈지 생각해 보니 별별 생각이 다 들었다.

"여보. 오늘 집에 몇 시에 와요?"

영선은 대호가 집에 일찍 들어오면 그에게 경호의 해외연수 문제에 관해 이야기해 볼 작정이었다.

"무슨 일 있어? …알았어. 일찍 들어갈게."

현관문을 열고 들어오는 대호의 얼굴이 많이 피곤해 보였다. 그도 그럴 것이, 회사 다닐 때는 몰랐는데 막상 사업을 한다고 하니 사무실을 새로 얻는 것과 직원들을 고용해야 하는 것 등 비용 문제가 만만치 않았고, 은행을 전전하면서 대출을 받거나 하는 등의 과정이 너무 힘들어 많은 스트레스를 받고 있었다.

"여보. 미안해요. 회사 일로 바쁠 텐데 오늘 일찍 들어오라고 해서요…"

"무슨 이야기인데, 할 이야기가?"

"당신도 잘 알다시피, 우리 경호가 요즘 골프 실력이 하루하루 늘고 있어요. 코치도 경호의 실력을 인정해 주고 있고 다음에 대회도 출전할 수 있도록 계획 중이라고 하네요."

영선의 말에 대호는 무슨 말을 하려는지 이미 알고 있는 듯이 되물었다.

"그런데?"

"코치님이 전지훈련을 계획하고 있나 봐요. 근데, 비용이 만만치 않은 것 같아요. 어떻게 하면 좋겠어요?"

영선은 대호가 개인 사업 문제 등으로 인해 최근 경제적으로 몹시 어려운 상황에 처한 것을 알고 있기에 이야기를 하면서도 대호의 눈치만 살피고 있었다.

"당신도 잘 알다시피, 내가 요즘 어렵잖아. 비용이 한두 푼도 아니고… 그리고 이번만 전지훈련을 보내는 것도 아닐 텐데? 앞으로 계속 그 비용을 어떻게 감당하려고?"

영선은 대호의 말이 틀린 말이 아니기에 이러지도 저러지도 못하고 대호의 얼굴만 바라보고 있었다.

"그래서 제가 뭐랬어요? 애 말만 믿고 덥석 운동을 시키면 어떻게 해요? 그러면 지금 와서 아이에게 운동을 하지 말라고 해야 하나요?"

영선은 괜히 대호의 말에 짜증을 냈다.

"아, 몰라! 당신이 알아서 해! 난 돈 없으니."

대호 역시 자신의 입장을 몰라주는 영선이가 너무 야속한 나머지 한껏 고함을 지른 뒤에 집을 나가 버렸다. 영선은 대호가 그렇게 나가고 난 뒤, 앞으로 어떻게 해야 할지 막막한 생각이 들었다. 어디 가서 쉽게 돈을 빌릴 수도 없고, 빌릴 수 있는 처지도 아니어서 더욱 답답한 마음이었다. 그래도 영선은 경호의 해외연수가 임박해오자, 여기저기 수소문하여 급전을 빌려 코치에게 겨우 전달했다. 물론 경호에게는 전후 사정을 이야기하지 않고 잘 다녀오라고 격려해 주었다.

"엄마. 나 열심히 배우고 올게. 건강관리 잘하시고, 나 없는 동안 아빠하고 잘 계시고요…."

"그래. 아빠, 엄마 걱정은 하지 말고. 그냥 마음 편안히 가지고 열심히 운동에만 전념해. 무슨 일 있으면 돈 아끼지 말고 전화하고…."

"예. 알겠습니다."

영선은 마치 아무 일 없었다는 듯이, 경호가 신경 쓸 만한 이야기는 일절 하지 않았다. 그리고 일단 큰불은 껐기에 안도의 한숨을 내쉬었다. 그렇게 경호가 해외로 전지훈련을 떠나고, 그럭저럭 대호의 사업도 조금씩 풀려가고 있었다.

"영선 씨. 오늘 월급날인데, 서방님하고 데이트하러 가셔야죠? 호호. 오늘 일찍 들어가세요. 제가 직권으로 몇 시간 일찍 보내드릴게요."

영선이 일하고 있는 편의점의 점장은 월급날을 맞아 그간 묵묵히 일해 준 영선에게 고마운 마음과 매일 내색하지 않고 힘든 일을 잘해 주고 있는 직원에 대한 감사의 표시로 그녀가 몇 시간 일찍 퇴근토록 호의를 베풀어 주었다.

"아! 감사합니다. 모처럼 신랑과 삼겹살에 소주 한잔해야겠어요. 호호."

그녀가 막 퇴근하려는 찰나, 손님이 들어왔다.

"담배 있어요?"

"무슨 담배 드릴까요?"

"어! 너, 영선이 아니야?"

영선은 자신의 이름을 부르는 손님을 보고 놀란 표정으로 쳐다보았다.

"어, 너는 세구?"

"맞지?"

"응. 그래. 나 세구야!"

남녀공학이었던 영선의 고등학교 시절, 그녀와 가장 친했던 남자 동창생 세구였다.

"어, 근데 너 여기서 뭐 하는 거야?"

"야! 그런 것은 묻지 마!"

"영선아. 그러지 말고 우리 정말 오랜만에 우연히 만났는데 호프라도 한잔할까?"

"그래. 그거 좋지!"

영선은 오늘 점장의 재량으로 조기 퇴근할 수 있는 여유 시간을 모처럼 만난 동창생과 보내게 될 것이라고 생각하니 남편인 대호에게 미안한 마음이 들었다. 영선과 세구는 편의점 근처의 포장마차로 이동해서 술자리를 가졌다.

"그간 어떻게 지냈어? 요즘 무슨 일 하니?"

영선은 세구가 졸업 후 어떤 일을 하며 어떻게 살아왔는지 너무 궁금했다.

"아…. 나는 금융업 쪽에서 일하고 있어. 외국에도 나갔다가 국내에도 들어왔다가 하면서 그렇게 일하고 있어."

"애들은?"

"나 아직 싱글이야. 아니, 결혼 생각 없어! 그냥 혼자 사는 게 편해서…. 영선이 너는? 그간 어떻게 지냈어?"

"응. 나는 아들 하나 있고, 남편은 회사원이야. 그냥 그럭저럭 그렇게 살고 있어."

"애는 뭐 하는데?"

"응. 골프 운동선수인데 지금은 외국에 전지훈련 나가 있어."

"아, 그래? 골프 하면 돈 많이 든다던데… 너희 부부는 잘사는가 보구나?"

"아니야. 너 봤잖아? 돈이 많으면 내가 편의점에서 일하겠어?"

영선은 모처럼 만난 세구에게 편하게 이야기하고 있었지만, 자신의 가정 형편을 이야기할 때는 왠지 모를 서글픔이 밀려왔다.

"그렇구나…. 난 영선이가 그렇게 어렵게 사는지 몰랐네? 학교 다닐 때 공부도 잘했고 많은 남자의 로망이었는데. 결혼해서 잘살고 있는 줄 알았어. …영선아. 사실 내가 투자금을 모아서 외국에 있는 부동산을 매입하여 그 고수익으로 이익을 나누어 주는 회사에 근무하고 있어. 너도 관심 있으면 투자해 봐. 단기간에 목돈을 벌기에는 딱이야."

"그래? 그럼 얼마를 투자하면 돼? 사실 나, 아들 하나 있는데 돈이 너무 많이 들어가서 여기저기 알아보는 중이었는데…."

영선은 세구의 말에 귀가 솔깃했다. 다른 사람도 아니고 고교 절친인 동창의 이야기였고, 마침 남편의 개인 사무실 정리 후 남은 목돈이 조금 있었기에 그 돈을 맡겨서 수익을 내줄지도 모른다는 기대감이 내심 든 것이다.

"그래. 잘됐다. 이번에 회사에서 좋은 매물이 있어 투자자를 모집하는 중이었는데, 영선이의 입장이 그렇다면 내가 도와줄 수 있겠구나. 내일 내가 계좌번호를 보내줄 테니 그리로 가진 돈 있으면 보내 줘. 내가 네 돈은 특별히 더 챙겨서 수익금을 보내줄 테니. 오늘 영선이를 모처럼 만난 것도 인연인데, 좋은 투자자도 얻게 생겼네? 하하."

영선은 모처럼 세구와 호프 한잔을 나누면서 그간 살아온 이야기, 학창 시절 있었던 즐거운 추억 등을 이야기하며 밤새우는 줄 모르며 이야기를 나누었다.

영선은 전날 세구의 사업과 관련해서 남편인 대호에게 이야기를 하고 의논을 해야 할까 망설였다. 많은 고민을 하며 일하고 있는데, 영선의 핸드폰으로 문자가 왔다.

"어제 잘 들어갔어? 나는 잘 들어갔고, 즐거운 시간이었어.
어제 이야기한 건 잘 생각해 봐. 친구인 영선이 투자금은 내가
특별히 챙겨줄 테니. 수익금으로. 계좌는 ○○은행 ○○-○○○
○-○○○○으로 보내 줘."

영선은 경호 생각을 하니 앞으로 돈이 얼마나 더 많이 들어갈지 몰라 답답하기만 했다. 결국 그녀는 세구가 보내준 계좌로 가지고 있던 목돈을 송금했다.

"세구야. 이 돈은 나한테는 정말 중요한 돈이고, 우리 애한테
앞으로 필요한 돈이니 네가 신경 좀 써 줘. 너만 믿는다."

모처럼 반가운 소식이 왔다. 경호가 일시적으로 귀국한다는 연락이
었다. 영선과 대호는 경호를 맞이할 생각으로 분주하게 움직였다. 경호
가 머무르는 동안 아들이 좋아하는 음식이며 가고 싶어 하는 곳에 같
이 다닐 생각을 하니 기쁜 마음이 들었다. 모처럼 손님 맞을 준비로 집
안이 북적였다. 영선과 대호는 경호의 귀국일에 들뜬 마음으로 공항에
마중을 나갔다. 설레는 마음과 함께 아들이 국내에 머무르는 동안 경
호의 마음을 최대한 맞추어 즐겁게 보낼 수 있도록 하는 것이 오랜만
에 아들을 맞이하는 부모인 영선과 대호의 마음이었다.

"아빠, 엄마!"

경호는 멀리서 뛰어와서 영선과 대호를 껴안았다.

"그간 잘 계셨어요?"

"그래. 잘 있었어. 훈련은 힘들지 않았어? 지낼 만했니?"

영선과 대호는 경호를 픽업해서 집으로 데리고 왔다. 저녁 밥상은 경
호를 위한 진수성찬으로 가득 메워졌다. 모처럼 먹는 한국의 음식이었
고, 엄마가 해 준 밥이 그리웠던 경호는 밥 몇 공기를 금방 뚝딱 비웠
다.

"엄마, 아빠. 그간 잘 계셨죠? 별일 없으셨고요?"

경호는 오래간만에 보는 엄마, 아빠의 얼굴이 많이 수척해진 모습에

다소 걱정이 되었고 당황스러웠다. 자신을 위해서 엄마, 아빠가 뒷바라지를 해 주는 것이 한편으로는 고마우면서도 다른 한편으로는 죄송한 마음이었다. 경호는 집에서 모처럼 가족과 함께하는 시간을 보내며 그간의 피로를 풀고 있었지만, 한편으로는 자신의 문제로 부모님에게 부담을 주고 있지는 않은지 죄송스러운 마음뿐이었다. 경호는 짧은 귀국 일정 시간을 보내고 다시 전지훈련을 위해 외국으로 떠났다. 영선과 대호는 경호가 신경이 쓰일 만한 말은 일체 하지 않는 것이 경호가 편안히 운동에만 집중할 수 있게 해 주는 것이라 믿고 금전적 문제는 이야기하지 않았다.

"영선 씨. 오늘 점심이나 같이합시다."

모처럼 점장님이 날씨도 좋고 하니 외부에서 점심 식사를 사고 싶다며 나가자고 했다. 영선과 점장은 근처 백반집으로 가서 매일 먹던 도시락이 아닌 맛있는 집밥으로 점심을 해결하였다. 점심 식사 중 영선은 점장에게서 뜻밖의 이야기를 들었다.

"아는 친구가 다단계 업체에 투자해서 거금을 날려 버렸다고 어제 전화해서 하소연하네요. 요즘 그런 회사가 많은가 봐요?"

점장의 말에 영선의 신경은 자연스레 그쪽으로 쏠렸다. 얼마 전 친구인 세구에게 투자한 돈이 염려되었으나 아무 일 없겠지 하는 마음으로 혼자 덤덤히 생각했다. 그런데 집에 돌아와서도 왠지 점장의 말이 자꾸 귀에 맴돌았다. 세구에게 안부도 물어볼 겸 전화를 해보고 싶었다.

드르릉- 드르릉-

신호는 가는데 아무도 전화를 받지 않았다. 영선은 왠지 모를 불길한 마음이 들었다. 일전에 받아 두었던 세구의 명함에 있던 사무실 전화번호로 전화를 걸었다.

"여보세요. 여기는 ○○무역업입니다."

"혹시, 거기 ○○금융 푸르덴셜 회사 아닌가요?"

"아, 예. 그 회사 얼마 전에 파산했다고 하던데요? 투자자들이 사무실 앞으로 몰려오고 난리였어요!"

"예? …그게 사실인가요?"

"아, 그럼요. 방송에도 나오던데요?"

그 말을 들은 영선은 자리에 털썩 주저앉고 말았다. 가끔 듣던 금융사기 피해자들의 이야기가 나한테 실제로 일어날 줄이야…. 그리고 제일 친했던 동창생이 설마 나를 상대로 사기를 쳤을까 하는 의문과 배신감이 마음속에서 용솟음치며 울분을 주체할 수 없었다. 영선은 즉시 세구의 핸드폰으로 전화를 걸었다.

"지금은 전화를 받을 수 없습니다. 다음에 걸어 주세요."

영선은 그제야 자신이 사기를 당했다는 현실을 직시하게 되었다.

영선은 우선 세구를 잘 안다는 친구들을 수소문하기 시작했다. 그러나 세구가 학교 다닐 때 활달하고 동아리 활동도 적극적으로 했던 친구이기에 그의 근황을 잘 아는 친구를 쉽게 찾으리라는 생각이 어리석은 생각이었다는 것을 깨닫는 데는 그리 오랜 시간이 걸리지 않았다. 다음 날도, 그다음 날도 영선은 계속 세구의 근황을 수소문했다. 그러던 와중 우연히 세구가 근거지로 두었던 사무실 근처에서 순찰차를 보게 되었다. 경찰관에게 사정을 이야기했더니, 경찰관은 "아주머니도 피해자신가 봐요? 벌써 많은 사람이 피해를 봤다고 신고 및 고소를 하여 지금 수사 중입니다."라고 말했다. 영선은 더 이상 이 사태를 숨길 수 없다는 생각이 들어 남편인 대호와 의논해야겠다고 생각했다. 평소 잘 이용하지 않던 택시를 잡아타고 곧장 대호의 회사 1층 커피숍으로 가서 대호에게 전화를 걸었다.

"여보. 나예요…. 지금 잠깐 시간 되면 1층 커피숍에서 봤으면 좋겠어요."

심상치 않은 영선의 갑작스러운 전화를 받고 대호는 황급히 커피숍으로 내려왔다.

"무슨 일이야? 갑자기?"

"여보. 큰일 났어요!"

"무슨 말이야? 그건 또?"

영선은 대호 앞에서 얼굴을 들 면목이 없었다. 그녀는 차분히 그간 있었던 일들을 대호에게 상세하게 이야기했다. 이야기를 듣던 대호의 얼굴은 금방 벌겋게 상기되었다.

"뭐야?! 당신 미쳤어? 당신 바보야? 아무리 동창이라지만 몇십 년 동안 얼굴 한번 안 본 동창생의 말을 그냥 믿어버리고 그 거금을 투자했

단 말이야?"

대호는 영선을 향해 주먹 한 방이라도 날릴 듯한 기세로 윽박지르며 이야기를 했다.

"여보. 미안해요! 죽을죄를 지었어요…."

"이제 어떻게 할 거야? 그리고 경호는 어떻게 할 거고? 그 돈으로 경호 뒷바라지하려고 했던 것 아니야?"

대호의 말 중에 경호 이야기가 나오자 영선은 마치 죄인이라도 된듯한 모습으로 눈물을 흘리기 시작했다.

"여보. 내가 어떻게든 알아서 해 볼게요…."

"어떻게 알아서 한다고?"

영선의 말에 대호는 한심하다는 듯이 그녀를 쳐다보았다. 그리고는 마치 마지막 경고의 말을 하는 듯이 말했다.

"당신이 저지른 일이니, 당신이 알아서 해! 그리고 책임도 당신이 지는 거야."

그 말과 함께 대호는 자리를 떴다. 영선은 비록 예상했지만, 대호의 차갑고 격앙된 말투에 이내 풀이 죽었다. 그리고 마치 사막에 홀로 남아 있는 듯한 느낌에 외로움과 슬픔이 북받쳐 올랐다. 집으로 가는 길에 영선은 어려운 일이 있을 때마다 상의했던 친한 친구인 미선에게 전화를 걸었다. 그리고 미선에게 그간의 일들에 대한 설명과 조언을 구했다.

"영선아. 너에게 그런 일이 있었다니, 안타깝다! 사실, 그런 피해는 너무도 주변에서 많이 보았어! 그리고 너한테, 아니, 너니까 솔직히 이야기하는데, 그놈이 돈을 가지고 자수를 하지 않는 이상 그 돈은 거의 돌려받기 어려울 거야. 설령 받는다고 해도 많은 피해자가 있을 테니 너는 원금도 받기 어려울 거야! 경찰이 그런 사건에 대해 적극적으로 나선다 해도, 법적인 처벌 외에 뭐가 더 있겠어?"

미선의 현실적인 이야기에 영선은 더욱더 실망이 컸다. 혼자 쓸쓸히 집으로 돌아오는 길에 핸드폰에 저장된 경호의 웃는 사진을 보았다. 영선에게 경호는 자신의 분신이었다. 그뿐만 아니라 어렵게 얻은 자식인 만큼 더욱더 애지중지 키웠고 설령 자신의 목숨을 내놓더라도 무엇이라도 다 해주고 싶은 마음으로 지금껏 살아왔는데… 더 이상 경호를 경제적으로 지원해 줄 수 없을 거라는 생각이 들자 한없이 눈물이 나왔다. 다니던 편의점에서도 일이 손에 잡히지도 않았고 일할 상황도 못 되어 점장에게 그만두겠다고 말하고 사직서를 제출했다.

영선은 경호를 위해 학교 코치를 만나 봐야겠다는 생각이 들었다. 그러나 막상 코치를 만나 이야기한다 해도 뾰족한 수가 없을 뿐만 아니라, 집안 사정을 이야기하는 것이 창피하기도 하고 두렵기도 해서 이런저런 생각으로 망설여졌다. 그래도 학교 코치에게 입장을 이야기하고 경호의 앞날을 위해 상의를 하지 않으면 안 되었기에 굳은 결심으로 교무실로 들어갔다. 때마침 코치는 수업이 없던 관계로 교무실에 있었다.

"어, 경호 어머니 아니세요? 어쩐 일이신지요?"

"아, 코치님. 오늘 경호 때문에 상의 좀 드릴 일이 생겨서요…."

"그래요? 말씀하시죠? 무슨 일인지는 모르겠지만, 말씀해 보시죠?"

영선은 그간 있었던 일들을 이야기하고 앞으로 경호의 일정과 앞날에 대하여 코치와 의논했다. 영선의 이야기를 들은 코치는 걱정스러운 표정을 지으며 말문을 열었다.

"아, 그런 일이 있으셨어요?! 안타깝습니다. 뭐라고 위로해 드려야 할지 모르겠습니다. 그렇다면 제가 사실대로 말씀을 드리는 편이 좋을 것 같습니다. 잘 아시겠지만, 경호는 운동 신경이 아주 남다릅니다. 또 골프가 체질에도 맞는 것 같고요. 무엇보다도 본인이 좋아하고 있어요. 그러니 골프를 계속 시키는 것이 좋을 듯합니다. 다만, 잘 아시다시피 골프라는 운동이 시합 준비, 전지훈련, 기타 등으로 여러 가지로 돈이 많이 드는 운동인 것은 사실입니다. 본인이 잘해서 우수한 성적으로 입상하면 스폰서도 붙고 하지만, 지금은 학생 신분이라 그렇게 되기는 어려울 것 같아요. 그래도 지금 어머님 입장이 경제적으로 어려운 형편이라고 하시니 경호하고 상의 좀 해 봐야 할 것 같습니다. 정 여의치 않으면 개인적으로 운동하면서 다른 진로를 모색해 보는 것도 필요하지 않나 생각해 봅니다. 제가 이래라저래라하는 것은 좀 아닌 것 같고요…."

예상했던 대답이기는 했지만, 영선은 코치의 대답을 듣고 앞으로 어떻게 해야 할지 더욱더 막막하기만 했다. 영선은 학교를 나온 뒤 학교 주변의 공원을 무작정 걸었다. 공원 배수지 주변으로 산책 나온 가족과 어린아이의 손을 잡고 환하게 웃으며 걷고 있는 부부의 모습이 더욱 정겨워 보였다. 어릴 적 경호를 유모차에 태워 집 주변을 산책하던 기억과 경호가 성장하여 놀이 공원에 데리고 가서 즐겁게 놀았던 기억, 필리핀 세부로 해외여행을 갔던 추억들이 새록새록 생각났다. 그러나 문득 영선은 지금 그런 추억을 되뇌는 것조차 사치스럽다는 생각이 들었다.

"지금 뭐 하고 있어?"

"왜요?"

대호의 전화에 영선은 힘없이 전화를 받았다.

"밥은 먹었어?"

"그냥요…"

"오늘 저녁이나 같이하게 회사 근처로 와. 7시까지…"

그 일이 있고 난 뒤, 오랜만에 남편인 대호로부터 저녁을 같이하자고 걸려온 전화에 영선은 한편으로는 반갑기도 하고 한편으로는 마음이 내키지 않아 복잡한 심정이 들었다. 그래도 모처럼 풀 죽어 있는 자신을 위해 남편이 저녁 식사 제의를 한 것이 썩 그리 나쁘지만은 않았다. 영선은 옷을 입는 둥 마는 둥 하고 서둘러 약속 장소로 갔다. 대호는 이미 와서 자리에 앉아 있었다.

"여기야. 이리로 와서 앉아. 모처럼 만의 외식인데 옷 좀 잘 입고 나오지? 직원들이 볼 수도 있는데?"

"여보. 내가 밥 먹으러 왔지, 멋 내러 왔어요?"

영선은 물론 대호의 입장을 이해는 하지만, 충분히 자신의 기분 상태와 입장을 알고 있는 남편이 옷 이야기를 하는 것에 불쾌한 마음이 들었다.

"음…. 오늘은 당신이 좋아하는 것으로 시켜 봐. 나는 모처럼 와인 한잔해야겠어!"

"그냥 늘 먹던 것으로 먹어요…"

영선은 대호의 제의가 옛날처럼 살갑게 느껴지지 않았던 탓에 퉁명스럽게 대답하며 주문을 했다.

"한우 스테이크하고 샐러드, 그리고 레드 와인 주세요."

영선과 대호가 자주 먹던 음식이었다.

"여보. 요즘 마음고생 많지? 당신이 힘든 것 잘 알고 있어! 살다 보면 이런 일 저런 일 다 겪는 것 아니겠어? 힘내고…. 돈 문제는 나도 지금껏 많이 고민했는데… 이렇게 하면 어떨까?"

뭔가 결정을 내려야 한다는 듯한 대호의 이야기에 영선은 잠시 긴장했다.

"현실적으로 우리가 가진 돈은 한정되어 있고, 또 앞으로 전후 사정을 보면 돈을 벌기가 쉽지 않을 것 같아. 가만히 생각해 보니, 시골에 계신 어머니가 집하고 땅을 가지고 있으니, 우리가 그리로 가서 경호의 뒷바라지를 하는 게 현실적인 것 같아! …나도 사무실 처분하면 어느

정도 여유가 생길 테고…"

대호의 말에 영선은 잠시 먼발치를 바라보며 침묵과 함께 생각에 잠겼다. 사실 영선도 사기 피해를 본 후 뭔가 새로운 변화가 필요하다고 생각하고 있었지만, 선뜻 자신이 무엇을 이야기하기에는 한계가 있었다. 그러던 차에 대호의 제의를 받고 나니 그것도 나쁘지만은 않다는 생각을 했다. 영선은 홀짝홀짝 와인을 들이켰다.

"일단 생각 좀 해 봐요…"

영선은 대호가 많은 고민 끝에 한 이야기라고 생각하고 더 이상 그 문제에 대하여 가타부타 이야기할 필요가 없다는 생각이 들었다. 모처럼 대호와의 식사를 마치고 집으로 가는 도중, 한 통의 국제전화가 걸려왔다. 뜻밖에도 경호의 전화였다.

"엄마! 뭐 해?"

"응. 아빠랑 데이트했어!"

"오, 그래? 데이트? 호호. 아빠, 엄마는 아직도 신혼이네?"

"어쩐 일로 국제전화야?"

"오늘 문득 아빠, 엄마 목소리가 듣고 싶어서…"

"무슨 일 있는 건 아니고?"

"무슨 일이 있겠어요? 그냥…"

경호의 전화는 마치 아빠, 엄마에게 무슨 일이 있다는 것을 알고 있는 듯한 안부 전화였다.

"빨리 끊어! 전화 요금 많이 나와!"

영선은 경호와 오랫동안 통화를 하고 싶었지만, 더 통화하면 마음만 괴로울 것 같아 일부러 전화를 끊도록 유도했다.

"아니, 엄마. 나 사실, 한국에 가서 며칠 좀 쉬려고 하는데 어때요? 물론 코치님하고도 상의 좀 할 거고요."

"왜? 무슨 일 있어? 갑자기 쉰다니!"

"아니야. 아무 일 없고, 그냥 사실 나 그동안 미국에서 훈련하면서 많이 지쳤어. 그냥 좀 쉬고 싶어! 귀국해서 좀 쉬면 안 돼?"

영선은 경호의 말에서 그간 그가 아주 힘들었고 말 못 할 고민이 많았다는 것을 느낄 수 있었다. 어쩌면 최근 영선에게 일어난 일련의 사건들을 그녀가 이제는 운명처럼 받아들이고 있듯이, 경호에게도 뭔가 운명 같은 일이 생길지도 모른다는 불길한 예감이 그녀의 마음속으로 스쳐 지나갔다.

"그래? 네가 그렇다면 조금 쉴 겸 한국으로 들어와. 내가 아빠한테는 잘 이야기할 테니…."

"어머니. 잘 계세요? 건강은 좀 어떠세요?"

영선은 시골 시어머니에게 안부 전화 겸 전화를 걸었다.

"응. 잘 있어. 너희들은 별일 없지?"

"예. 별일 없어요…."

"경호는 운동 잘하고 있지? 우리 손자 보고 싶네…. 많이 컸지?"

"예. 많이 컸어요. 어머니."

"우리 손자는 언제 한국에 들어온대?"

"아, 어머니. 안 그래도 어제 전화가 왔었어요. 경호가 개인적으로 볼 일도 있고 해서 며칠 안에 겸사겸사 한국에 귀국하겠다고 해서 그렇게 하라고 했어요."

"그래? 우리 손자 경호, 귀국하면 할미한테 한번 보내라. 보고 싶구나…"

"예. 어머니. 그렇게 하겠습니다."

영선은 대호가 제안한 귀향하자는 제의에 많은 고민을 해 보고, 그것이 현실적인 대안이 될 수도 있겠다는 생각을 하며 마음의 정리를 하던 중에 어쩌면 모시고 살게 될지도 모르는 시어머니에게 안부 전화를 걸었던 것이다. 그 전화는 어떻게 보면 시어머니의 근황을 알아보기 위한 전화인 동시에 미리 시어머니의 생각을 한번 알아보기 위한 탐색전이기도 했다.

경호는 자신의 귀국 일정에 맞추어 인천공항에 마중을 나와 달라고 했다. 영선은 이른 아침부터 경호를 맞이할 생각에 집 청소부터 먹거리 준비 등 분주하게 움직였다. 영선은 인천공항에서 경호가 도착할 시간에 맞추어 공항 로비에서 그를 기다리며 핸드폰에 저장된 경호의 돌때 사진부터 최근 같이 찍은 사진들을 쭉 훑어보면서 경호와의 추억을 새록새록 더듬어 보았다. 시간이 되어 게이트 쪽으로 이동해서 기다리는데 검은 모자를 눌러쓴 경호가 게이트를 통해서 빠져나오고 있었다.

"경호야! 여기야!"

"엄마! 많이 기다렸어?"

"아니, 나도 조금 전에 도착했어. 배고프지? 뭐 좀 먹을까? 뭐 먹고 싶은 것 있어?"

"나야 당연히 엄마가 해 주는 집밥이 제일 먹고 싶지! 집으로 가자!"

영선은 경호를 데리고 좋은 식당으로 가서 같이 식사를 하려 했지만, 경호는 미국에서 엄마의 손맛이 담긴 음식이 그리웠는지 집으로 빨리 가자고 독촉했다. 집에 오자마자 경호는 한참 비어 있던 자신의 공부방으로 들어가서 액자에 걸린 사진, 미국으로 떠나기 전 즐겨 읽었던 소설책, 기타 음악 CD 등을 보며 깊은 생각에 잠겼다.

"경호야. 밥 먹자!"

거실 식탁 위에는 평소 경호가 좋아했던 김치찌개, 갈비, 잡채 등으로 그야말로 진수성찬이 차려져 있었다. 하이에나가 모처럼 잡은 고기를 물고 혼자 미친 듯이 먹잇감을 먹어 치우듯, 경호도 며칠 동안 굶었던 사람처럼 순식간에 밥 몇 그릇을 뚝딱 해치웠다.

"경호야. 물도 마시면서 천천히 먹어."

그런 경호를 보며 영선은 마음이 아팠다. 타국에 가서 운동을 한다며 겉으로는 태연한 척하는 경호지만, 음식이라든가 생활하는 것이 모두 한국에서보다는 당연히 못했을 것이고 그래서 힘들었으리라는 것은 말하지 않아도 잘 아는 터였기 때문이다.

딩동!

문밖에서 초인종 소리가 들렸다.

"누구세요?"

"아, 예. 대한부동산입니다. 얼마 전 집 때문에 문의하셨잖아요? 집을 파실 생각이 있다고 하셔서, 집 상태가 어떤지 좀 알아보려고 왔습니다."

영선은 대호와 시골로 귀향을 할 것인지에 대해 고민하던 중, 혹시나 하는 마음에 매매할 때의 집값 시세 등을 동네 부동산에 연락해서 상의한 적이 있는데, 부동산 사장이 때마침 집을 방문한 것이었다.

"엄마! 집 내놓았어? 왜? 무슨 일 있어…?"

경호는 밥을 먹다 말고, 부동산에서 집을 보러 온 것을 보고 궁금한 마음에 엄마인 영선에게 물어보았다.

"아니야. 아무 일도 아니니, 걱정하지 마!"

"무슨 일이야? 나한테 이야기해 봐! 나한테 못할 말이라도 있어?"

경호는 계속 다그치듯이 영선에게 물었다.

"경호야…."

"왜? 엄마?"

"놀라지도 말고, 걱정하지도 마!"

영선은 그간 있었던 일들을 사실대로 경호에게 이야기했다. 언젠가는 알게 될 것이고, 또 경호도 알아야 한다는 생각이 들어서 이야기를 할 수밖에 없었다. 엄마인 영선의 이야기를 들은 경호는 한참 동안 고개를 숙이고 멍하니 생각에 잠겼다.

"엄마. 나 잠깐 밖에 좀 나갔다 올게…."

"어디 가려고?"

"모처럼 한국에 왔으니 친구들 좀 만나게."

"알았어."

경호는 영선에게 나간다고 이야기를 하고는 평소 자주 가던 신촌의 한 카페로 갔다. 사실 경호도 미국에서 훈련하는 동안 가끔 집안의 사정을 친한 친구로부터 전해 듣고 있었다. 그리고 뭔지는 모르지만, 집에 무슨 일이 있는 것 같다는 이야기도 듣던 터였는데, 때마침 그 이유를 알게 된 것이다. 경호는 독한 위스키 한잔을 스트레이트로 쭉 들이켰다. 담배 한 개비를 꺼내어 불을 붙이고 깊게 들이마신 뒤, 진한 연기를 뿜었다. 그리고 창밖을 바라보는데 갑자기 울컥한 마음이 들며 눈물이 쏟아졌다. 자신 때문에 고생하신 부모님에 대한 깊은 죄스러움과, 성적도 제대로 나오지 않는데 겉멋만 낸다고 전지훈련을 떠난 것이 아닌가 하는 죄책감이 한순간에 들었기 때문이다. 그리고 앞으로 어떻게 하는 것이 좋을지, 많은 고민이 생겼다.

모처럼 마신 위스키로 경호는 이내 취했다. 집으로 돌아와서는 아무 생각 없이 방에 드러누워 자는 척을 했다. 영선은 경호가 방에 들어가서 문을 잠그고 나오지 않자 걱정이 되었다.

"경호야? 무슨 일 있어? 뭐 좀 먹어야지?"

"엄마. 나 아무것도 생각 없으니 그냥 신경 쓰지 마시고 놔두세요!"

경호는 밥 먹는 것도 고사하고 그냥 누워서 혼자 있고 싶다는 생각 뿐이었다. 지금부터는 선택과 집중이 필요하다는 생각이 들었다. 어릴 적부터 아버지인 대호로부터 무슨 일이든 결단을 내려야 할 때는 신속 하게 결단을 내려야 한다고 교육을 받으며 자라왔던 터라 이내 결단을 내릴 수 있었다.

"아빠, 엄마. 저녁에 이야기 좀 하시죠?"

모처럼 침묵을 깨고 방문을 열어젖힌 경호의 첫마디에는 비장함마저 묻어 나왔다. 영선과 대호는 경호의 말에 잔뜩 긴장이 되었다. 대호, 영선, 경호는 거실 탁자에 둘러앉아 서로 얼굴을 쳐다보고 있었다.

"아빠, 엄마! 지금부터는 제 의견을 존중해 주시기 바랍니다! …그간 아빠, 엄마께 감사하다는 말씀을 드립니다. 못난 제가 그나마 골프를 한답시고 미국에 가서 전지훈련을 하면서 좋은 것을 먹고, 좋은 데 가 서 여행도 다니고, 많은 것을 느꼈습니다. 그 모든 것이 아빠, 엄마가 지원해 준 덕입니다. 자식으로서, 저는 아빠, 엄마를 잘 만난 것 같습 니다. 그런데 사실, 저도 미국에 있으면서 훈련을 나름대로 열심히 했 지만, 성적이 썩 좋지 않았고 제가 좋아해서 한 운동이지만, 실력에 한 계가 있다는 생각을 많이 했습니다. 그래도 아빠, 엄마의 기대 덕분에 끝까지 해 보자는 생각에 쉽게 귀국한다는 것이 어려웠습니다. 그런데, 귀국해서 보니… 집이 많이 어려워졌고, 사실, 지금의 경제 형편으로는 저를 후원하기에는 한계가 있다는 생각이 들었습니다. 그래서, 저는 당

분간 골프를 하지 않고 집에 있으면서 개인 운동을 하려고 합니다. 제 생각입니다…"

경호의 말에 영선과 대호는 한동안 서로의 눈만 쳐다보았다. 한참의 침묵이 흐르다가 대호가 고민을 끝낸 듯이 말했다.

"그래도 아빠는 경호가 계속 골프 전지훈련 하기를 희망한다. 부모 입장에서 자식이 하고자 하는 운동을 하지 말라고 할 수는 없다. 그런데, 사실 너한테는 이야기 안 했지만, 지금 우리 집이 많이 어려워졌다. 어떻게 해서라도 네 전지훈련비는 계속 대 주려고 했지만, 아빠도 그렇고, 엄마도 본의 아니게 일이 있었어…. 그래. 일단 네 이야기는 충분히 이해했고 네 마음도 알겠다. 조금 여유를 두고 고민해 보자!"

대호는 경호의 말이 대견하다는 생각이 들었고, 어쩌면 아빠, 엄마의 짐을 덜어주기 위한 고육지책 결단의 말이었기에 고마운 마음도 들었다. 영선도 같은 마음이었기에 경호의 이야기를 경청했다.

빵-빵!

차의 경적이 울렸다. 영선이 경적소리에 놀라 창문 밖을 내다보니, 경호가 부지런하게 무엇을 옮기고 있었다. 이삿짐이었다. 창문 밖으로 경호의 우렁찬 목소리가 들렸다.

"엄마, 아빠! 빨리 나와요!"

대호와 영선은 문밖에 주차된 1.5톤 트럭 운전석에 경호가 앉아 있는 것을 보았다.

"우선 중요한 것만 이삿짐으로 뺐어요! 큰 물건은 나중에 또 옮기면 돼요!"

경호는 시골로 갈 생각으로 아침 일찍부터 이삿짐을 옮기고 부모인 영선과 대호를 차에 태워 함께 타고 내려갈 계획이었던 것이다. 이미 마음의 준비를 다 끝낸 대호와 영선도 듬직한 아들의 낙향 결정에 소풍 가는 마음으로 차에 올랐다.

"자, 엄마, 아빠! 갑니다!"

영선은 어릴 적 아빠와 경운기를 타고 시골 농촌 길을 가던 때가 생각났다. 쿠션이 없던 좌석에 앉아 가는 내내 엉덩이가 아팠지만, 그래도 마음은 항상 즐거웠다. 지금 경호와 남편인 대호와 같이 트럭을 타고 시골로 가는 길은 마치 그때의 기분과 같았다. 시골길에 다다르자 동네 초입의 푸르른 소나무와 큰 느티나무가 수목원에 온 것 같은 평온함을 느끼게 해 주었다. 시골집 앞에는 벌써 이야기를 듣고 손자가 오기만을 기다리던 할머니가 마중을 나와 있었다.

"할머니! 그간 잘 계셨어요?"

"그래! 우리 손자 많이 컸네! 벌써 어른이 다 되었네!"

할머니는 실로 오랜만에 보는 경호를 껴안고 매우 반가워했다. 고향에 오니 모든 것이 편안했다. 언제 그랬냐는 듯이 모든 것을 정리하고 대호, 영선, 경호는 시골의 일상으로 들어갔다.

"경호야! 이리와 봐. 너를 위해 특별히 아빠가 만든 것이 있다."

며칠 전부터 시장에 가서 톱, 그물 등 장비를 사 오던 아빠를 보고 궁금했던 경호였다. 시골집 뒤뜰로 대호를 따라서 간 경호는 뒤뜰 마당에 설치된 골프연습장을 보고 눈이 휘둥그레졌다.

"경호야! 비록 서울에서 시골로 와서 형편이 넉넉하지는 못하지만, 네가 좋아했던 골프 연습은 계속하기를 희망한다. 아빠가 너를 위해 준비한 골프 연습장이야. 언젠가는 너의 날개를 펼 때가 올 거야. 그날을 기약하며, 너도, 나도, 우리 열심히 하자!"

경호는 자신을 위해 아빠가 만들어준 마당 뜰에 그물을 연결해서 만들어준 골프연습장을 보는 순간 한동안 눈물을 흘리며 말을 잇지 못했다.

"아빠. 그럼 첫 티샷(Tee shot)을 제가 한번 날려볼까요?"

경호는 그물망으로 멋진 샷을 날렸다.

"오! 오잘구(오, 잘 맞은 구질)! 역시 우리 아들의 샷은 최고야! 호호호."

영선은 경호의 샷을 보고는 큰 박수를 쳤다. 때마침 누군가가 산속에서 외치는 "야호!" 메아리 소리가 들려왔다. 대호, 영선, 경호 가족의 시골 생활을 자축이라도 하는듯한 흥겨운 메아리 소리였다.

만남, 이별, 그리고 내일의 또 다른 사랑을 그리며

김기홍

햇살이 눈 부신 아침, 수아는 부스스한 눈을 비비며 컴퓨터 앞에 앉았다. 하루의 일과를 이메일을 열어 보는 것으로 시작하는 것은 수아의 오래된 습관이었다.

"어… 답장이 왔네?"

수아는 마치 갖고 싶었던 물품을 홈쇼핑을 통해 신청해서 집으로 막 배달되어 온 물건을 받아 포장을 뜯기 전의 마음 같은 설레는 마음으로 메일을 열어 보았다.

"수아 씨. 제가 프랑스 음식 박람회에 2박 3일 일정으로 가려는데, 시간이 괜찮으시면 여행 겸해서 오실 수 있어요?"

수아는 카를로스 위안 셰프(Chef)가 이메일로 보낸 뜻밖의 제안을 읽고 한동안 창밖을 물끄러미 바라보았다.

우연히 친구를 따라갔던 한남동의 전문 퓨전 양식 음식점에서 카를로스 위안 셰프를 처음 만났다. 그만의 독특한 음식 재료로 만든 스테이크를 먹어본 후, 그녀는 그날부터 셰프가 만든 음식의 마니아가 되었다. 게다가 음식을 먹는 내내 친절하게 그가 말해 주는 음식의 재료 및 원산지에 대한 자세한 소개는 식사 시간에 덤으로 얻을 수 있는 선물이었다. 요리를 좋아하는 수아가 양식에 관해 관심을 가진 것은 카를로스 위안 셰프를 알고 난 뒤부터였다. 자상하면서도 다른 사람에게서 느낄 수 없는 뭔가 독특한 아우라는 카를로스 위안 셰프만이 가지고 있는 남다른 특징이었다.

"자연스럽게 사람을 끄는 마성(魔性)이 있는 남자라고나 할까…"

그런 그를 만난 후부터 수아에게는 많은 변화가 있었다. 음식에 대한 잡지를 사 모으는가 하면, 서울에서 유명하다는 레스토랑을 방문하여 그 집의 대표 음식을 맛본다던가, 다양한 음식 재료에 대해 공부도 하면서 차츰차츰 음식에 대한 마니아가 되어가고 있었다. 그도 그럴 것이, 수아가 처음으로 이성으로 느낀 사람의 직업이 셰프였으니 이는 당연한 일이었다. 음식 전문가와 대화를 하려면 그만한 지식이 있어야 하고, 그런 노력이 필요할 수밖에 없었다.

수아는 어릴 적부터 옷 입는 맵시가 남달랐던 아이였다. 엄마가 외출하면 엄마 옷을 걸치고 엄마의 루주도 바르면서 거울 앞에 서서 한껏 멋을 내곤 했다. 대학교 졸업 후, 수아는 그토록 바라던 의류 회사에 입사했다. 손재주가 남달라서 수아가 디자인하는 옷은 항상 그야말로 대박이 났다. 세계 유명한 디자이너가 주관하는 패션쇼에 회사의 대표와 같이 출장을 가는 날이면 꼭 그 지역의 맛집을 찾아다니며 외국의 음식을 맛보는 것은 수아가 가질 수 있는 소소하고 작은 행복이었다. 프랑스 출장길에서 석양이 지는 에펠탑을 바라보며 마신 레드 와인 한잔은 지금도 잊을 수 없는 색다른 추억으로 남아 있다. 프랑스 지사에서 근무 중인 코로 씨는 늘 만날 때마다 자유분방하면서도 멋스러운 남자였다. 그는 매주 금요일 일과를 마칠 때면 검은 선글라스를 끼고 콘셉트 카를 운전하여 회사 정문을 나가면서 "수아…! 수아…!" 하며 윙크를 보내곤 했는데, 그럴 때면 함께 승차하여 어디든 따라가고픈 마음이 들곤 했다. 한국 사람들에게서는 느끼지 못했던 자유분방함이 곧 익숙해진 것은 잦은 출장으로 인하여 자연스레 외국 사람들과의 만남 속에서 얻은 편안함 때문이었다.

"데상트! 비 오는 날, 리얼 스테이크 50% DC."라는 한 통의 문자가 수아의 핸드폰으로 전송되었다.

"비 오는 날이라?"

최근 유독 비가 오지 않아 농촌에서 걱정을 많이 하고 있다는 소리를 지인들에게서 많이 들었는데….

"비가 언제 오려나? 이벤트 기획을 잘못한 것 같은데…. 호호."

문자를 받아 본 수아는 비가 올 기미가 보이지 않는 지금의 상황에서 카를로스 위안 셰프가 운영하는 데상트 레스토랑에서 내건 이벤트에 혼자서 자조적인 말을 되뇌며 쓴웃음을 지었다.

프랑스 지사에서 야심작으로 추진하고 있는 기획 상품에 대한 품평회가 다가오면서 실무 팀장인 수아는 야근을 하는 경우가 많았다. 팀원들과 늦은 시간까지 회의하며 기획 상품에 대한 완성도를 높이려고 노력했지만, 뭔가 마음속에 허전함이 많았다. 일을 시작하면 끝장을 보고야 마는 성격 탓에 하루하루 마무리 작업을 하는 시간 내내 힘든 나날의 연속이었다. 같이 근무하는 팀원들은 그런 팀장의 성격을 모르는 바가 아니고 회사의 입장도 이해하지만, 그래도 빨리 일이 마무리되기를 바라는 눈치였다.

수아는 전날 늦은 야근으로 인해 아침을 먹는 둥 마는 둥 겨우 한술을 뜨고 회사로 발걸음을 옮겼다. 하늘에서는 금방이라도 비가 내릴 듯한 기세로 흐린 먹구름이 자욱하게 끼어 있었다.

"수아 씨! 요즘 얼굴이 안 좋아 보이는데요?"

회사로 들어오는 순간 마주치는 회사 동료 직원들이 수아의 초췌한 얼굴을 보고 안쓰러운 마음으로 다들 한마디씩 했다.

"아직 시집도 안 간 여자가 얼굴이 왜 그래…"

수아는 부서장의 걱정스러운 말을 듣고는 곧장 회사 화장실로 달려갔다. 화장실의 대형 거울을 통해 바라본 그녀의 얼굴은 30대 초반이라고는 믿기지 않을 정도로 많이 상해 있었다. 그간 일도 일이지만, 아직 피부는 남부럽지 않게 탱탱하다고 생각했는데, 관리 부족 탓인지, 화장기 없는 얼굴에다 계속 누적된 피로로 인해 피부 결이 너무도 많이 거칠어져 있었다.

"사는 게 뭔지…"

혼자서 한숨을 쉬고는 사무실로 들어서는데, 부서장이 그녀를 불렀다.

"김 팀장. 제출한 보고서 수정 좀 해야겠어. 알맹이가 하나도 없어! 회사의 신성장 사업 부분과 세계 경제 사정을 고려할 때, 보고서의 현실감이 많이 떨어져… 사업 방향이 전혀 맞지 않는데? 그동안 뭐 했어?"

부서장의 한마디에 수아는 멘붕 상태에 빠졌다. 그간 야간 근무를 마다하지 않고 팀원들과 힘들게 달려온 시간이 부서장의 말 한마디에 한순간 빛바랜 시간이 되어 버린 것 같아 답답하기 그지없었다. 팀원들을 물끄러미 바라보니 그들도 적잖이 실망하는 눈치였다. 팀장으로서 미안한 감도 있었지만, 능력의 한계를 느끼는 듯해서 자괴감이 들었다.

"부장님. 오늘 오후 집에 일이 있어 반가 좀 내겠습니다."

수아는 육체적으로나 정신적으로나 너무 지쳐서 더 이상 사무실에 남아 있을 수 없었다. 뭐가 잘못된 것인지, 무엇이 부족한지, 어디서부터 다시 시작해야 할지 차분히 생각해 보아야 했다.

사무실을 나와서 아무런 목적지 없이 지하철을 타기 위해 걷는데, 하늘에서 비가 내렸다. 이내 빗방울이 거세지기 시작했다. 내리는 비를 맞으며, 수아는 얼마 전 받은 데상트 문자 생각이 났다. 셰프가 만든 음식에 와인을 한잔하고 싶다는 생각이 문득 들었다. 곧장 택시를 타고 한남동의 레스토랑으로 갔다. 점심시간이 지난 후라서인지 레스토랑 안은 한산한 분위기였다.

"오랜만이네요? 그간 왜 자주 안 오셨어요?"

카를로스 위안 셰프는 수아를 반갑게 맞이했다. 사실 카를로스 위안 셰프도 손님으로 오는 수아를 관심 있게 보고 있었다. 자기가 만든 음식을 맛있게 먹어 주고, 그 누구보다도 자기의 실력을 인정해 주며, 음식에 대한 궁금증을 메일로 보내면서 이런저런 질문으로 관심과 열정을 보이는 손님이 드물었기 때문이다. 그런 수아가 한동안 레스토랑에 오지 않기에 반갑기도 하고 또 그간 오지 못했던 이유가 궁금하기도 했지만, 한편으로는 걱정도 되었다.

"오늘 비도 오고, 이런 날씨에 어울리는 특별한 음식이 있는데 만들어 드릴까요?"

셰프의 말에 수아는 두말할 것도 없이 "예. 그걸로 해 주세요."라고 대답했다. 무슨 음식인지는 모르지만, 셰프가 추천하고 만드는 음식이라면 맛있을 거란 기대감이 들었다. 레스토랑 창문 밖의 쇼윈도로 보이는 길거리에는 연인들이 우산을 받쳐 들고 다정하게 걸어가는 모습이 보였다. 자신이 처한 상황과는 사뭇 다른 광경이라 물끄러미 그들을 바라보며 쓴웃음을 지었다.

"많이 기다리셨죠? 제가 특별히 수아 씨를 위해 만든 특제 칠리소스로 준비한 등심 스테이크입니다."

하얀 접시 위에 비 내리는 날씨와 어울리는 우산 모양으로 양파와

당근을 잘라 장식한 우아한 등심 스테이크는 한눈에 봐도 맛깔스럽게 느껴졌다.

"와인도 한잔하셔야죠?"

"예. 레드 와인 한 잔 주세요."

"아, 그러면 저도 같이 한잔해도 될까요? 왠지 수아 씨가 오늘 얼굴 안색이 안 좋아 보여서 오래간만에 이야기나 할까 싶은데. 괜찮으시죠?"

"저는 좋습니다. 편하신 대로 하세요."

"저도 사람인지라, 오늘같이 비 내리는 날이면 기분이 꿀꿀합니다. 수아 씨도 오늘 저희 가게에 오신 것을 보니 그런 날이신가 봐요?"

"아니요. 요즘 회사 일로 너무 힘들었습니다. 게다가 오늘 부서장님한테 혼도 났고요. 호호…."

그렇게 자연스럽게 셰프와 마주한 수아는 평소 느끼지 못했던 묘한 기분이 들었다. 마치 좋아하는 이성 친구와 같이 있는 느낌이랄까…. 한 모금 들이킨 레드 와인의 탄닌 맛이 목 안쪽으로 깊숙이 파고들었다. 투명한 와인 잔에 비친 셰프의 얼굴이 유난히 환해 보였다.

"수아 씨…. 오늘 모처럼 우리 가게를 방문해 주셨는데, 저도 보답을 해야겠네요? 제가 자주 가는 카페가 있는데 거기서 한잔 더 할래요?"

수아는 와인을 좋아했지만, 오늘은 평소보다 많이 마신 탓에 얼굴이 붉어져 있었다. 그래도 오늘만큼은 발걸음이 가는 대로 아무 생각 없이 시간의 흐름에 몸을 맡기고 싶었다. 수아가 동의하자 셰프도 일찍 가게 문을 닫고 밖을 나섰다.

　둘은 조용한 샹송이 울리고 샹들리에 조명이 있는 고즈넉한 카페에 자리를 잡았다. 셰프와 수아는 구석진 자리에 마주 앉았다.

　"무엇으로 한잔할래요? 아니면 제가 좋아하는 맥주가 있는데 한 잔 마셔 볼래요?"

　셰프가 추천하는 메뉴는 평소에 그가 좋아하는 수제 흑맥주였다.

　"수아 씨와 이렇게 단둘이 마주 보고 이야기를 하고 있어도 어색하지가 않네요."

　셰프는 평소 자주 만나는 연인같이 수아의 얼굴을 바라보며 이야기하였다.

　"수아 씨… 요즘 회사 일로 많이 힘든가 봐요? 저는 개인적으로 수아 씨가 저희 가게에 처음 왔을 때 웃는 얼굴로 이런저런 이야기를 하는 모습이 너무 보기 좋았어요. 수아 씨는 제가 지금까지 만나본 손님 중에 제일 이야기하고픈 끌림이 있었던 손님이었던 것 아세요? 수아 씨에게는 뭔가 사람을 끌어당기는 마성이 있어요."

　셰프의 말에 수아는 웃음이 나왔다.

　"셰프 님. 저한테 관심 있어요? 무슨 그런 말씀을요. 호호."

　"아니, 사실이에요. 식당을 하면서 많은 손님을 만나지만, 저도 남자입니다. 개인적 취향으로 좋아하는 사람이 왜 없겠어요? 수아 씨도 그런 사람이 있을 것 아니에요? 수아 씨. 오늘 만난 김에 제가 개인적인 이야기 하나 해 드릴게요. 저는 프랑스에서 셰프가 되어 많은 식당에서 일했었습니다. 그러던 중 좋은 여자를 만나 결혼도 했어요. 애도 낳았고요…. 그런데 그 여자랑은 오래가지 못했어요. 제가 너무 성급히 사랑을 했었나 봐요. 그 당시에는 한 사람을 진정으로 사랑하기엔 부족한 나이였는데, 너무 힘들었던 시기라 여자를 만나 위로를 받고 싶어서 택한 여자였어요…. 수아 씨는 그런 남자를 만나본 적이 있어요?"

카를로스 위안 셰프의 이야기는 그간 그가 힘들었던 것, 외로웠던 것을 알아달라는 넋두리로 들렸다. 손님으로서 듣는 셰프의 개인사는 그녀가 사회생활에서 겪는 힘든 과정에 대한 동질감과 함께 동병상련을 느끼기에 충분했다. 그 뒤로도 둘 사이에는 많은 술잔이 오갔다. 셰프도, 수아도 동공이 서서히 풀리고 있었다.

"셰프 님. 오늘 많이 마신 것 같아요. 이제 그만 집에 가야 할 것 같아요. 오늘 정말 즐거운 시간이었습니다. 괜히 저 때문에 시간도 내주시고, 좋은 음식도 만들어 주시고. 정말 감사합니다."

수아는 그렇게 답례의 인사말을 건네고 정중히 자리에서 일어섰다. 그런데 몇 걸음을 못 가 카페의 벽면 쪽으로 가다가 쓰러질 뻔했다. 셰프의 레스토랑에서 마신 와인과 카페에서 마신 맥주 탓에 일어서자마자 취기가 그녀의 몸에 확 돌았던 것이다.

"수아 씨. 괜찮아요?"

"아…. 예. 괜찮습니다. 죄송합니다. 좀 많이 마셨나 봐요."

"많이 마셨을 것 같아요. 제가 집까지 모셔다드리겠습니다."

"아니 괜찮습니다. 저 혼자서 갈 수 있어요."

카페에서 나와 택시를 잡다가 수아는 자기도 모르게 길바닥에 털썩 주저앉았다. 카를로스 위안 셰프는 수아를 혼자서 택시에 태워 보내는 것이 걱정되어 밖으로 나왔다가 앉아 있는 그녀를 발견했다.

"수아 씨. 정신이 좀 드세요? …술을 많이 마신 것 같아요. 아무래도 안 되겠어요. 제가 집까지 모셔다드릴게요."

"아니요. 혼자 갈 수 있어요…."

수아는 힘없는 말로 혼자 독백하듯 이야기했지만, 정신은 더욱 몽롱해져 가고 있었다. 카를로스 셰프는 수아의 손을 들어 자신의 어깨 위로 얹고 다른 한 손으로는 그녀의 허리를 잡고 걷기 시작했다. 가로등을 따라 걷다 보니 고즈넉한 호텔이 하나 보였다. 평일이라 호텔 안은 한적했다. 카를로스 셰프는 호텔리어의 안내하에 체크인하고 방으로 들어가 수아를 침대 위에 조심스레 눕혔다. 그리고는 메모지에 글을 적었다.

"오늘 많이 힘들어 보였어요. 힘내세요. 내일 활기차게 출근
하시고…."

작성한 메모지를 침대의 머리맡에 두고 방을 나서려는데, 그의 등 뒤로 수아의 손이 그를 감싸는 것이 느껴졌다. 수아를 바라보는 순간, 어느새 그녀의 입술은 셰프의 입술에 포개져 있었다.

"수아 씨. 이러면 안 되는데…."

"아무 말 마세요. 오늘 저와 함께 있어 줄 거죠?"

눈 부신 햇살이 창문 사이로 비쳐들었다. 수아는 부스스한 모습으로 눈을 떴다. 머리맡의 메모지가 눈에 띄었다.

> "수아 씨. 당신의 팔베개로 모처럼 편안한 잠을 잔 것 같아요.
> 오늘부터는 수아 씨가 힘들어하지 않도록 제가 항상 함께할게
> 요. ♡" - 카를로스 위안

수아는 호텔을 나와 택시를 타고 회사로 향했다. 전날 하루 동안 많은 일이 있었기에 회사로 가는 발걸음이 무거웠다.

"굿모닝!"

언제 그랬냐는 듯이 부서장은 출근하는 수아를 즐거운 인사로 맞이했다. 수아 또한 마치 아무 일 없었던 것처럼 자리에 앉아 진행하던 보고서를 검토하기 시작했다. 프랑스 신사업을 겨냥한 수아의 기획보고서였다. 팀장의 결재를 거쳐 온 수아의 보고서를 부서장은 한참 동안 검토했다. 얼마간의 시간이 지났을까. 부서장은 그녀를 호출했다.

"수아 씨! 그동안 고생 많았습니다. 보고서는 아주 흡족하게 잘 되었습니다. 그간 고생도 했는데, 이 보고서의 내용대로 수아 씨가 현장 조사 겸 프랑스 출장을 한 번 다녀오세요."

수아는 부서장의 말에 그간 고생한 모든 것이 한 번에 눈 녹듯이 녹아내리는 것 같았다. 더욱이 프랑스 출장에서 카를로스 위안 셰프가 참여하는 음식 박람회에서 그를 만날 수 있을 거란 기대감에 내심 마음이 들떴다.

수아는 프랑스행 비행기에 몸을 실었다.

그녀가 프랑스 출장으로 리옹 역에 도착했을 때 카를로스 위안 셰프가 꽃다발을 들고 공항 게이트 입구에 그녀를 마중 나와 있었다.

"먼 길 오느라 고생했어."

카를로스 위안 셰프는 꽃다발을 건네주며 그녀의 이마에 가볍게 키스를 건넸다. 수아는 프랑스 출장 일정에 맞추어 약속대로 카를로스 위안 셰프가 참여하는 프랑스 음식 박람회를 방문한 것이었다.

"오늘 프랑스까지 왔는데, 뭘 먼저 하고 싶어? 음…. 수아가 보고 싶다고 했던 에펠탑을 보면서 레드 와인을 한 잔 마실까?"

수아는 한 치의 망설임 없이 "좋아요!"라고 말하며 카를로스 위안의 팔에 팔짱을 꼈다.

센(Seine)강 위, 유람선이 지나가고 은은한 달빛이 강 위를 비추고 있었다. 수아와 카를로스 위안 셰프는 센 강변을 따라 다정한 연인처럼 손을 잡고 걸었다. 조금 걷다 보니 에펠탑이 보이는 위치에 하얀 지붕과 고풍스러운 느낌의 카페가 보였다.

"그간 어떻게 지냈어요? 연락도 없었고요…."

"미안해. 박람회 준비한다고 이래저래 좀 많이 바빴어… 수아는 별일 없었어?"

"예!"

수아는 짧게 답했지만, 회사에서 힘들었던 생각을 하며 묵묵히 에펠탑을 바라보았다. 카를로스 위안은 조금 전 공항에서 보았던 수아의 밝은 얼굴이 지금은 수심에 찬 얼굴로 변하자 다소 당황스러움을 느꼈다.

"그간 무슨 일 있었어?"

"저… 정말로 사랑하나요?"

뜬금없는 수아의 대답에 카를로스 위안 셰프는 당황한 기색이 역력했다.

"왜 갑자기 그런 이야기를 해? 내가 사랑하지 않으면 이곳까지 오라고 했겠어? 무슨 일 있어?"

"아니, 그러면 됐어요. 그냥 와인도 한잔했고, 오랜만에 이국적인 경치에서 당신을 보니 마음도 풀리고 해서 그냥 한마디 했어요."

"수아답지 않게 실없이 왜 그래? 자, 오늘은 멀리 이곳까지 왔으니 편하게 한잔하지? 그러고 보니 옛날 생각이 나네…. 수아…! 수아가 회사에서 힘든 일이 있어서 나를 찾아왔고, 나하고 이런저런 이야기를 하다가 같이 하룻밤을 보냈던 날…. 사실 사람은 겉으로만 보는 게 다가 아니야. 나도 무척이나 힘들 때였는데, 그날 수아를 보는 순간 왠지 모르게 수아가 나를 위로해 줄 유일한 사람이라고 느꼈거든⋯. 수아는 단순히 회사 일로 힘들어 나를 보러 왔던 거겠지만, 나는 수아가 나를 찾아온 그 날, 정말로 가슴이 뛰었었어! 이성 간에 첫눈에 반한다는 이야기가 있잖아. 사실인가 봐⋯. 내가 수아를 몇 번이나 봤다고⋯. 그동안 많은 여자를 만나보았지만, 그렇게 가슴이 뛴 적이 없었거든⋯."

에펠탑의 화려한 조명을 뒤로 한 채 카를로스 위안은 수아의 입술에 자신의 입술을 살포시 갖다 대었다.

그리고는 가슴 한구석에 묻어 두었던 이야기를 조심스럽게 꺼냈다.

"나⋯ 사실 수아에게 말하지 못했던 이야기가 있어⋯. 지금 와서 이야기를 털어놓게 돼서 미안해!"

카를로스 위안이 고백의 말을 한다고 하자, 수아는 당황한 기색이 역력했다.

"무슨 이야기인데요?"

수아⋯. 내가 유부남이라는 사실을 말했었잖아? 그간 수아를 만나면서 처녀인 수아에게 마음을 주거나 불편한 만남을 이어가지 말았어야 했는데⋯. 수아의 첫인상에 반해서 어쩔 수 없었어! 내가 자제력을 상실했던 것 같아⋯. 고의는 절대 아니니 이해해 줘⋯. 그리고 이제 앞으로는 수아를 볼 수 없을 것 같아. 모든 것을 정리하고 가족과 함께 호주에 이민을 가기로 했어⋯. 애도 이제 결혼할 나이가 되었고, 집사람이 아주 아파⋯. 내가 돌보지 않으면 안 될 것 같아서⋯. 수아를 생각하면 자꾸 보고 싶고 만나고 싶고 해서⋯ 이제부터 수아와의 아름다운 추억은 가슴속에 간직하고 수아를 놓아주고 싶어! 내가 어디에 있든, 수아가 잘되기를 바랄게… 수아도 나를 이제 잊어줘…."

카를로스 위안 셰프는 작심한 듯 이야기를 마친 후 마지막 작별의 키스를 했다. 수아의 눈에 눈물이 고였다. 눈물은 이내 그녀의 마스카라를 흠뻑 물들였다.

"그래요… 당신의 입장을 충분히 이해해요…. 저도 앞으로 제 인생을 위해서 열심히 살게요…. 우리가 가졌던 추억들은 좋은 기억으로 간직하고, 어디에 있든 당신의 인생을 위해 저도 응원할게요!"

"수아…. 고마워…. 나도 수아가 행복한 삶을 살기를 항상 기도할게!"

센강에서 바라본 하늘의 별은 유난히도 밝게 빛나고 있었고, 많은 사람이 센강 주변을 거닐고 있었다. 만남, 이별, 그리고 내일의 또 다른 사랑을 그리며….

삶, 죽음, 그리고 이별

김기홍

"선영아. 밥 먹어야지…."

정임은 아침부터 피곤한 몸을 이끌고 애지중지하는 딸을 위해 정성껏 준비한 아침밥을 한 상 가득 차렸다. 정임에게 선영은 남다른 딸이었다. 결혼 후 임신이 잘 안 되어 몇 년을 기다린 끝에 힘들게 얻은 무남독녀(無男獨女)였기 때문이다.

"엄마. 오늘 밥맛이 없어… 나 그냥 나갈래…."

선영은 구직을 위해 지원한 회사의 면접날을 맞아 긴장한 탓에 전날 밤잠을 설쳐서인지 입맛이 없어 한술도 뜰 수 없었다. 선영은 대학교를 졸업할 때까지 한 번도 엄마의 속을 썩이지 않은 모범생이었다. 그런 선영이 대기업에 취업하기 위해 지원했고, 마지막 관문만 남아 있는 상태였다. 정임은 선영에게 부담 갖지 말고 편하게 면접을 보고 오라고 했지만, 그래도 긴장이 되는 건 어쩔 수 없는 현실이었다.

"조금만이라도 먹어. 네가 좋아하는 미역국을 끓여 놓았으니. 한술이라도 뜨고 가야 지치지 않는다…."

선영은 엄마의 말에 할 수 없이 먹는 둥 마는 둥 한 숟가락을 떴다.

세탁소에 맡기지 않고 엄마가 직접 전날 저녁에 다린 정장을 입은 선영은 긴장된 마음으로 집을 나섰다. 콩나물시루 같은 지하철은 많은 사람으로 인하여 서 있기조차 힘들었지만, 머릿속에선 면접에 대비하여 면접관들이 무엇을 물어볼지 혼자 질문의 답을 선정하여 소가 되새김질을 하듯 초조한 마음으로 답을 되뇌며 반복하고 있었다.

면접 장소인 대기업 회사 정문에 들어서자마자, 간부들을 비롯하여 많은 사원이 1층 로비에서 플래카드를 들고 예비 새내기 직장인들을 반기고 있었다. 선영은 "여러분은 우리 회사의 희망이자 자랑입니다."라는 플래카드를 보는 순간 이곳에 당당히 합격하여 엄마에게 기쁨을 안겨주고 싶다는 오기가 발동했다. 정임 역시 그런 딸의 간절한 바람을 이미 알고 있다는 듯이 집에서 조용히 기도하며 선영이가 좋은 소식을 들고 무사 귀환하기를 고대하고 있었다.

기나긴 기다림 뒤, 선영의 면접 차례가 왔다. 그간 혼자만의 수많은 시뮬레이션 덕분인지 그다지 긴장되지는 않았지만, 그래도 어떤 질문이 나올지 모르는 상황에서 면접관 앞에 서니 긴장을 하지 않을 수 없었다. 그런데 면접관은 의외로 순탄한 질문을 하여서, 선영은 평소 준비했던 대로 차분하게 면접관의 질문에 답했고 명확한 답변으로 면접관들의 기억 뇌리에 강인하게 자신의 이름 석 자를 새겨 넣을 수 있었다. 준비한 대로 무난히 면접을 마친 터라, 선영은 가벼운 발걸음으로 집으로 돌아올 수 있었다. 한편으로는 자신감도 있었고, 또 다른 한편으로는 걱정도 되었다. 더구나 모든 인생을 오직 딸 하나만을 위하여 사신 어머니를 생각하면 꼭 합격 소식으로 어머니를 기쁘게 해드리고 싶었다. 집에 들어서는 순간 정임은 선영을 꼭 끌어안았다.

"고생 많았다. 내 딸, 장하다!"

정임은 아낌없는 격려의 이야기를 하며 선영의 두 손을 꼭 잡았다. 엄마의 따뜻한 기온이 손으로 전달될 때, 그제야 선영은 편안한 마음으로 마음의 짐을 내려놓을 수 있었다.

"0503, 박선영. 합격입니다."

며칠 뒤, 선영의 핸드폰으로 합격 문자 메시지가 도달되었다. 선영은 뛸 듯이 기쁜 마음으로 교회에 가 있는 엄마 정임에게 합격 소식을 전했다. 정임은 기쁨의 눈물을 흘리며 딸의 합격 소식에 함성을 질렀다.

"권사님. 우리 선영이가 합격했대요⋯!"

"와! 축하합니다!"

한순간에 교회 예배당 안에서 축하의 박수 소리가 터져 나왔다. 정임은 많은 신도로부터 축하 인사를 건네받고 발걸음을 재촉하여 집으로 향했다. 집에 들어서는 순간 정임은 선영을 부둥켜안고 기쁨의 눈물을 흘렸다.

"너무 고생 많았다. 선영아!"

"뭘요. 다 엄마의 기도 덕분이지요⋯."

선영의 마음은 한편으로는 기쁘면서도 다른 한편으로는 뭔가 허전함이 있었다. 그도 그럴 것이, 그간 취업을 준비한다고 너무도 마음고생이 심했기 때문이다. 그런 과정을 한 번 더 겪으라고 하면 아마 진작 포기하고 말았을 것이다. 그간 학원에 다니며 스펙까지 쌓기 위해 공부했던 많은 시간은 너무 힘든 과정의 연속이었다. 그런 일련의 순간들이 선영의 머릿속으로 파노라마처럼 스쳐 지나갔다.

　이후 선영은 간만에 미용실에 가서 머리도 하고, 엄마와 같이 백화점에 가서 산 단정하면서도 맵시 나는 정장을 입고, 입에는 빨간 루주도 바르고 한껏 멋을 낸 자세로 첫 직장에 출근했다. 회사에서는 새내기 여직원에 대한 환대가 이어졌고, 직장 선임들은 누가 시키지도 않았는데 이것저것 친절하게 업무를 가르쳐 주었다. 선영은 성격도 차분하고 대학교에서 메이퀸으로 활동할 정도로 기본적인 외모도 갖추고 있었기에 금방 많은 선배 남자 직원에게 선망의 대상이 되었다. 그렇게 갈구하던 첫 직장이고, 남부럽지 않은 대기업 직원이 되어서 하루하루 즐거운 마음으로 직장 생활을 하기 시작했다. 그런데 무엇이든 일을 하면 꼼꼼하게 마무리하고야 마는 선영의 타고난 성격 탓에 상사의 업무 지시는 갈수록 짐이 되어가고 있었다. 그냥 무엇이든 대충 넘기는 법이 없으니, 매일 야근을 하며 늦은 시간에 퇴근하는 경우가 다반사였다. 그건 누가 시켜서가 아니라, 자신의 성격 탓이기도 했다. 어느 순간 선영의 얼굴에서는 웃음이 사라지고, 짬짬이 친구들과 나누는 메신저상의 대화에서도 무거운 대화가 오가곤 했다.

　"선영아. 무슨 일 있어?"

"왜요?"

"아니. 얼굴에 핏기가 하나도 없고, 근심이 가득한 것 같아서…."

"그래요?"

간간이 보는 직장 동료뿐만 아니라 친구들도 걱정 반, 궁금 반으로 선영에게 안부를 묻기 일쑤였다.

선영은 한 번도 어머니의 속을 썩이지 않은 착하디 착한 외동딸이었다. 그런 딸이 좋은 남자를 만나 사귀다 결혼을 하면 좋겠다는 건 딸자식을 둔 부모의 한결같은 마음일 것이다. 정임 역시 선영이 취업도 했고 혼기도 차가는 마당이라 직장 생활도 중요하지만, 쉬는 날에는 남자도 좀 만났으면 하는 눈치였다.

"선영아. 사귀는 남자 없어?"

"엄마, 왜요?"

"아니, 네가 어디가 어때서 남자가 없는지 모르겠어?"

"엄마. 때 되면 남자가 생기겠죠? 너무 걱정하지 마세요…."

사실 선영은 한가하게 남자나 만날 처지가 아니었다. 회사 생활이 그리 녹록지 않았다. 비록 남들이 선망하는 회사에 다니고 있었지만, 다니는 본인의 입장에서는 무인도에 혼자 덩그러니 떨어져 있는 외톨이 같은 생활의 연속이었다. 인사이동으로 부임한 직장 상사는 일에 대한 욕심이 많고 남녀 간에 차별을 두지 않는 철저한 일 중심의 성향이어서 업무를 꼼꼼히 챙기는 스타일인 데다가, 회사의 대규모 프로젝트 실무 담당자가 선영이어서 직속 상사의 선영에 대한 의존도는 나날이 커질 수밖에 없었다. 물론 그런 상사의 마음을 이해 못하는 건 아니지만, 선영이가 감당해 내기에는 벅찰 정도로 힘에 겨운 날들이었다. 그래도 선영은 싫은 내색 없이 하루하루 업무와의 사투(死鬪)를 벌이고 있었다. 엄마가 희망하는 듬직하고 착한 남자를 만나 데이트하고 누구나 다 하는 인증 사진을 찍어 친구들에게 돌리기도 하는 상상은 언감생심(焉敢生心)이었다. 어렵게 취업한 직장이고 그 누구보다도 엄마에 대한 효심이 지극한 착한 딸이었기에, 어떤 어려움이 와도 차마 힘들다는 이야기를 할 수 없었다. 선영은 혼자서 꾹 참고 견뎌내는 목석같은 존재로서의 한 인간인 자신이 원망스럽고 답답한 마음을 금할 길이 없었다.

하루하루 힘든 나날의 연속이었다. 급기야 불면증에 시달리며 잠을 뒤척이기 일쑤였고 엎친 데 덮친 격으로 시한이 정해진 프로젝트 때문에 밤을 지새우는 날들이 계속 이어지고 있었다. 점심시간을 이용하여 쪽잠을 청해봤지만 충분한 휴식이 될 수는 없었고, 급기야 회의 시간에도 꾸벅꾸벅 조는 날이 늘어났다. 그런 사정을 알 리 없는 직원들은 선영에게 농담조로 말을 건넬 뿐이었다.

"선영 씨. 요즘 좋은 일 있어?"

"어제 어디 좋은 데 갔다 왔어? 매일 피곤해 보이는데…"

선영은 직원들의 생뚱맞은 질문에 실소를 금할 길이 없었다. 매일매일, 퇴로가 보이지 않는 기나긴 암흑의 터널을 기약 없이 지나가고 있었다. 그러던 어느 날이었다.

"여기 와 보세요! 사람이 죽었어요!"

청사를 청소하던 아주머니가 화장실에 들어갔다가 뛰쳐나오면서 긴급하고 다급한 목소리로 고함을 질렀다. 회사에 있던 많은 직원이 화장실 앞으로 몰려들었다. 싸늘한 주검의 대상은 바로 선영이었다. 그간 그녀의 마음고생을 그 누구도 알 리 없었지만, 이유라도 알고 싶은 마음인 회사 동료 직원들에게 한 장의 유서도 없이, 그렇게 홀로 떠난 선영이었다. 이 청천벽력(靑天霹靂)같은 비보(悲報)에 가장 놀란 것은 다름 아닌 고인이 된 선영의 엄마인 정임이었다. 회사 부서장으로부터 소식을 듣고 황급히 달려온 정임은 영안실에 흰 천으로 덮여 싸늘하게 주검으로 놓여 있는 선영을 보는 순간 그만 그 자리에서 실신하고 말았다.

시간이 얼마나 지났을까. 응급실에 누워 있는 정임을 깨운 것은 선영의 직장 상사인 부서장이었다.

"뭐라고 위로의 말씀을 드려야 할지 모르겠습니다. 정말 열심히 하고 착한 직원이었는데요…."

정임에게 그런 위로의 말은 들릴 턱이 없었다. 애지중지 키운 하나밖에 없는 딸이 죽었다는 게 믿기지 않을뿐더러 믿고 싶지도 않았다. 아무것도 할 수 없는 자신이 밉기까지 했다. 식음을 전폐하고 우선 냉정하게 사실관계를 파악하는 것이 우선이었다.

정임은 선영이 같은 부서에서 유독 친하게 지냈던 언니인 유진을 찾아갔다.

"유진 씨. 우리 선영이에게 그간 무슨 일이 있었어요? 선영이가 회사에서 어떻게 지내왔나요?"

분노에 찬 그녀의 질문 공세에 유진은 전혀 대꾸할 수 없었다. 그녀가 무슨 말을 하더라도 선영의 죽음에 합당한 이유를 댈 수 없었기 때문이다.

"이야기 좀 해 주세요… 제발!"

그래도 유진은 울면서 호소하는 정임의 말에 뭐라도 답하지 않을 수 없었다.

"사실은요…."

"예. 사실은요? 무슨 일이라도 있었나요?"

"아니요. 선영이는 회사 생활에 잘 적응을 못했습니다. 선영이가 잘 못했다기보다는요, 회사 생활이 적성에 맞지 않았고, 업무도 많아서 혼자 헤쳐나가기가 힘들었던 것 같아요…."

"아니, 얼마나 힘들었길래 애가 자살을 해요?"

"어머니. 저도 같은 직장 동료로서 드릴 말씀이 없습니다. 정말 너무 죄송합니다…."

정임은 더 이상 질문을 할 수가 없었다. 유진이가 대답한 그 말 한마디에 모든 것이 눈에 보이는 듯 선명하게 느껴졌기 때문이다.

"우리 선영이가 얼마나 힘들었을까… 우리 선영이. 그렇게 힘들었는데도 엄마인 나한테 왜 말 한마디도 안 했어! 나 혼자 두고… 나 혼자 어떻게 살라고…. 흑흑…."

정임은 감정이 복받쳐 혼자 눈물을 흘리며 사무실을 나섰다.

정임은 수소문 끝에 많은 이의 이야기를 듣고는 선영이 사무실에서 혼자 외톨이로 힘들게 생활했다는 것을 알 수 있었다. 그녀는 선영의 유골을 화장하여 납골당에 안장했다. 그렇게 선영은 짧디짧은 스물아홉 해의 인생을 마감했고, 정임은 그 영혼을 하늘나라로 보내야만 했다. 눈물이 말라 더는 눈물도 나오지 않았다. 이제 정임에게는 누구를 원망하거나 누구를 미워할 만한 체력도 고갈되어 있었다. 하루하루 살기도 벅찬 나날이었다. 남은 인생에서 먼저 떠나보낸 선영을 가슴속에 묻어 두고, 혼자 살아갈 수 있을지… 도저히 자신이 없었다.

그렇게 선영이가 하늘나라로 떠난 지 3년이 되었다. 정임은 남편이 교통사고로 죽기 전 어깨너머로 배운 사업과 대학 때 전공했던 사회복지 분야를 접목해 새로운 사업을 시작했다. 사업이라는 것은 만만치 않았다. 더욱이 여자 혼자 사업을 헤쳐 나가기란 더욱더 힘든 일이었지만, 정임은 선영을 생각하면 무슨 일인들 못하겠냐는 생각으로 사업을 추진했다. 여자 혼자 사업을 한다고 하니 주변의 많은 사람이 정임을 애처로운 시선으로 바라보았지만, 자금도 많이 융통할 수 있었고 아파트가 재개발 지역으로 선정되면서 이를 매매하여 안정적인 자금도 확보할 수 있었다. 그러나 사업의 성격상 건장한 남자들의 세계에서 나이 먹은 여자가 혼자 그들과 술자리를 하고, 커뮤니티를 형성해 간다는 것은 쉽지 않은 일이었다. 정임은 사업으로 번 돈을 선영과 같은 짧은 생을 마감한 사람들을 위한 공익재단을 설립하는 데 쓰고 자살 관련 협회도 만들 계획이었다. 어려운 여건으로 극단적으로 생을 마감한 부류의 사람들을 위한 자살 예방 프로그램을 만들어 다양한 교육 사업을 진행할 구상을 하고 있었다. 그것이 고인이 된 선영을 위한 엄마로서의 마지막 역할이라고 믿었기 때문이다.

사업은 계획대로 잘 진척되었다. 아는 지인의 도움으로 사무실도 하나 얻을 수 있었다. 정임은 사무실 안의 모든 일을 도맡아 처리하기 위해 죽은 남편의 후배를 사무차장으로 영입했다. 자금이라든가 행정적인 부분은 사무차장이 일괄로 다 처리하였다. 이후 정임은 국회를 방문하여 국회의원들을 상대로 교육 사업에 대한 홍보 및 입법 부분에 대한 도움을 요청하면서 대외적인 활동에 주력했다. 모든 것이 순조로웠다. 해외에서도 정임의 사업에 관심이 있는 사업가들로부터 러브콜이 이어졌다. 그들로부터 사업을 검토하고 재정적 투자도 아끼지 않겠다는 확답까지 받아 놓은 상태였다.

"사무차장! 제가 이번 주에는 미국에 좀 다녀와야겠어요. 사업 홍보 목적으로 다녀올 일이 생겼어요. 그때까지 사무차장이 이것저것 잘 좀 챙겨 주세요. 급한 일 있으면 국제전화로 바로 전화해 주고요."

미국에서의 일은 순조롭게 잘 진행되었다. 정임은 일정에 맞추어 한국에 귀국하자마자 피로도 잊은 채로 사무실로 향했다. 미국에서의 일들을 정리하고 새로운 사업을 다시 구상해야 했기 때문이다. 오피스텔 사무실로 이동하며 사무차장에게 전화를 걸었다. 그런데, 전화기 너머로 "지금 전화번호는 고객의 사정으로 수신이 불가하거나 착신이 금지되어 있습니다."라는 음성메시지가 들렸다. 이상하다는 생각이 들었다. 그도 그럴 것이, 사무차장은 정임에겐 가족 같은 존재였고, 새벽 시간에도 전화를 바로 받을 정도로 각별한 사이였다. 그런데 아무리 전화해도 전화를 받지 않자 불길한 예감이 들었다. 사무실 오피스텔은 문이 굳게 잠겨 있었다. 그녀가 떠난 지 일주일밖에 안 되었는데, 신문과 잡다한 쓰레기들이 문 앞에 널브러져 있었다. 정임은 뭔가 일이 생겼다는 불안감 속에 혹시나 하는 마음으로 오피스텔 관리사무소 소장을 만났다.

"혹시 제가 없는 사이 우리 사무실에 무슨 일 있었나요?"

정임의 말에 관리사무소 소장은 그녀를 한참 동안 빼꼼히 바라보다가 말을 꺼냈다.

"대표님…. 대표님 안 계신 사이에 많은 일이 있었어요!"

"무슨 일요?"

"그 사무차장이 대표님 출국하자마자 잠적했고 경찰들이 사무실을 몇 번 왔다 갔다 했었어요. 제가 궁금해서 물어보았더니, 그 사무차장이라는 작자가 그전부터 사기를 치고 다녔는가 보더라고요…."

"예? …그게 무슨 말인지요?"

정임은 관리사무소 소장의 이야기를 이해할 수 없었다.

"아, 글쎄요! 대표님께서 출국하시자마자, 바로 집기류하고, 서류봉투하고, 뭔지 모르지만… 이삿짐센터 차량에 한가득 싣고는 어디론가 가버렸어요. 그 이후에 경찰서에서 형사가 왔길래 제가 물어보니, 많은 사람한테 돈을 빌리고는 잠적해버린 것이라네요…. 아마, 피해자가 상당히 많다지요….."

정임은 그제야 사태가 심각하다는 것을 피부로 느꼈다.

"거기 국민은행이지요? 888-02-016이 저희 재단 계좌인데요, 돈이 있는지 확인 좀 바랍니다."

정임은 재단 통합 계좌에 모든 자금을 넣어두고 그 관리를 사무차장에게 맡기고 해외 출장을 갔었다. 그래서 혹시나 하는 마음에 은행에 전화를 걸었다.

"선생님. 그 계좌에는 잔고가 하나도 없습니다. 휴면 계좌입니다."

사무차장이 통장에 있는 돈을 다 빼서 잠적한 것이었다. 정임의 온몸에서 식은땀이 흘러내렸다. 무엇을 어떻게 해야 할지 아무 생각도 나지 않았다. 지금까지 고생한 모든 것이 물거품이 되는 순간이었다. 더욱이, 죽은 선영을 생각하며 인생의 모든 것을 걸었던 사업이 믿었던 사람에게 배신당하여 할 수 없게 됐다고 생각하니 더 이상 견딜 수 없었다. 정임은 아무것도 할 수 없었다. 바람이 차갑게 부는 겨울날, 아파트 발코니에 앉아 하늘에서 홀로 외롭게 빛나는 별똥별을 바라보며, 정임은 담배 연기 한 모금을 들이마신 뒤 길게 내뿜었다.

"선영아! …엄마가 이제 너의 곁으로 갈게…. 선영아…!"

정임은 선영의 영혼을 부르며 다시 못 올 세상을 향해 그렇게 몸을 던졌다.

바람이 불면 당신이 그립다

김기홍

"안녕하세요? 지금 출근하시나 봐요?"

"아, 예…."

수지는 같은 아파트 아래층에 사는 주민인 상형이가 엘리베이터에 타자 가벼운 목례와 함께 인사를 건넸다. 수지와 상형은 비슷한 출퇴근 시간대에 같은 엘리베이터를 자주 이용하다 보니 서로 주민으로 낯이 익어 거리낌 없이 인사를 나누는 사이가 되었다. 수지는 대학을 졸업하고 대기업의 새내기 인턴사원으로 근무 중인데, 자신보다 족히 20살은 많아 보이는 상형이가 무슨 일을 하는 사람인지 꽤 궁금하다는 생각이 들었다.

수지는 사회 초년생으로 입사했지만, 늦깎이 대학생인 데다 동기들보다 나이가 많아 회사 팀장들이 그녀를 데리고 늦게까지 야근을 하는 경우가 많았다. 처음에는 그런 것이 부담이었지만, 같이 입사한 동기들에 비해 뭔가 책임감을 느끼고 더 열심히 해야 한다는 강박관념이 있어서인지 싫은 내색 한 번 안 하고 묵묵히 일할 때가 많았다.

그러던 어느 날, 수지가 여느 때와 다름없이 야근한 후 피곤한 몸을 이끌고 집에 와서 아파트 지하 주차장에 차를 주차하고 엘리베이터를 탔는데 심한 알코올 냄새가 진동했다. 상형이었다. 수지는 평소 말이 없고 조용한 성품의 주민이라고 생각했던 상형이가 술에 취한 모습을 보니 다소 의아하다는 생각이 들었다.

"안녕하세요?"

"아! 예…."

수지는 상형을 보자마자 늘 그래왔듯이 가벼운 인사를 건넸다.

"오늘 회식 있으셨나 봐요? 약주를 많이 드셨네요?"

수지의 질문에 상형은 아무 말 없이 고개만 숙이고 있었다. 상형은 본인이 사는 7층에서 엘리베이터의 문이 열리자 평소와는 다르게 수지에게 인사도 없이 그냥 내렸다. 수지는 평소와는 다른 상형의 그런 모습이 다소 낯설었다.

"오늘 회사에서 무슨 일 있었나? 저 아저씨, 오늘 좀 이상하군…."

수지는 혼잣말을 하면서 엘리베이터를 내리려는데, 바닥에 회사 출입증이 하나 떨어져 있는 것을 발견하게 되었다. 바로 상형의 회사 출입증이었다. 수지는 상형의 출입증을 주워들고는 아래층 계단으로 내려가서 상형의 집 초인종을 눌렀다.

딩동! 딩동! 몇 번을 눌렀는데도 인기척도 없고 집에서 아무도 나오지 않았다.

"거참, 이상하네? …방금 내렸는데, 왜 안 나오지?"

수지는 엘리베이터에서 상형이 떨어뜨린 출입증을 주워들고 바로 내려가 그의 집 초인종을 눌렀는데도 인기척이 없자 이상한 생각이 들었다. 할 수 없이 수지는 출입증을 들고 집으로 돌아왔다. 출입증을 보니 드디어 상형이가 무엇을 하는 사람인지 알 수 있었다. 'ㅇㅇㅇ 처장' 수지는 비로소 상형이가 공기업에 다니고 직급이 처장이라는 것을 알게 되었다.

"오호, 저 아저씨가 공무원이었군! 그렇지, 뭔가 풍기는 냄새가 공무원티가 났어. 호호."

수지는 평소 자주 마주쳤던 같은 아파트 주민인 상형이가 공무원이고 처장이라는 직급을 가진 사람이라는 것을 알고는 자못 호기심이 발동했다. 사회에 처음 발을 디딘 초년생에게는 오랫동안 공직 생활을 하는 사람의 인생관, 업무 등이 궁금할 수밖에 없었다. 수지는 여느 때와 다름없이 출근 시간에 맞춰 회사에 가기 위해 엘리베이터에 탔다. 때마침 상형도 출근하기 위해 엘리베이터에 탔다. 수지는 기다렸다는 듯이 그에게 말을 건넸다.

"아저씨! 어제 출입증 떨어뜨리지 않았어요? 제가 바닥에 떨어져 있는 걸 주워서 가지고 있다가 드리려고 바로 집으로 찾아가서 초인종을 눌렀는데, 인기척도 없고 아무도 나오시지 않아서 오늘 드리는 겁니다. 여기 있습니다."

수지는 상형에게 가지고 있던 출입증을 건네주었다.

"아! 감사합니다. 어제 직원들하고 회식한다고 좀 과음했었나 봐요…"

그리고서 상형은 바지 속에 손을 넣어 무언가를 찾는 것처럼 만지작
거렸다.

"아, 제가 출입증을 떨어뜨린 것도 모르고… 집에 가자마자 곯아떨어
졌어요. 요즘 정신을 놓고 다녀요. 제가요…! 어쩌죠? 제 출입증을 주워
서 보관하고 계시다가 손수 건네주시니…. 제가 저녁이라도 한번 살게
요. 안 그래도 서로 아래, 윗집 살면서 매일 출근할 때마다 자주 보는
주민인데, 그동안에는 서로 얼굴만 쳐다보고 인사만 했잖아요? 이렇게
기회가 되었으니 맛있는 저녁 한번 사겠습니다."

"저녁은 뭘요…."

수지는 상형의 제안이 싫지는 않았지만, 그렇다고 덥석 "그렇게 하시
죠!"라고 이야기할 수는 없었다. 대신 가지고 있던 본인의 명함을 그에
게 한 장 건네주었다.

"여기, 제 연락처예요. 같은 아파트에 사니 자주 뵙기는 하지만, 저보
다 연배도 한참 있으신 것 같은데, 저녁은 좀 그렇고요… 언제 차나 한
잔 사 주시면 좋겠습니다. 한 2~3일 전에만 저한테 연락 주시면 퇴근길
에 한 번 뵙겠습니다."

수지는 상형에게 공식적으로 만남의 시간을 제의하고는 회사로 총총
히 발걸음을 옮겼다.

아침부터 바람이 불면서 날씨가 흐려지고 있었다.

"직원 여러분. 오늘 회의 좀 하시죠?"

여느 때와 마찬가지로 회사 팀장이 아침 회의를 소집했다. 그런데, 팀장의 안색이 썩 밝지 않았다.

"무슨 일이 있는 거지…?"

다른 팀원들도 그렇지만, 수지도 상사인 팀장의 눈치를 보기 시작했다. 팀장은 기쁠 때나 기분이 안 좋을 때는 얼굴에 그 감정이 바로 드러날 정도로 감정 표현이 확연한 사람이었다. 오늘 팀장의 기분은 후자였다. 썩 기분이 좋지 않아 보였다.

"여러분. 오늘 회사 임원 회의 전달 사항을 알려드리려고 합니다. 여러분들도 잘 아시다시피 요즘 회사가 몹시 어려워요. 오늘 임원 회의에서는 구조조정 이야기도 나왔다고 하는군요. 물론 여러분들에게 압박을 주려고 하는 이야기는 아닙니다. 그러나 그렇다고 해서 우리가 이런 상황을 남의 집 불구경하듯이 구경하고 있을 수만은 없잖아요?"

팀장은 임원 회의 전달 사항을 이야기하면서 뭔가 회사 사정이 좋지 않다는 것을 강조하는 듯 굳은 표정으로 이야기를 이어갔다.

"전 세계적으로 리먼 브러더스(Lehman Brothers) 사태 및 금리 인상, 대외무역 적자 등으로 이어지는 일련의 과정으로 거시적 글로벌 경제가 썩 좋지 않다는 것은 여러분들도 잘 알 것입니다. 연일 경제 흐름의 지표를 보면 앞으로도 근시일 내에 좋아질 것 같지는 않습니다. 물론 회사에서는 여러 가지 방안을 강구하고 있지만, 뾰족한 묘수는 없어 보입니다. 그러나 이럴 때일수록 직원들이 일당백의 마음으로 모두가 열심히 맡은 바 업무에 매진하는 수밖에는 없을 것 같습니다. 특히, 우리같이 광고하는 회사는 더욱더 새로운 아이템을 발굴해서 전략적으로 움직여야 할 것입니다. 개인의 역량도 키워 나가면서 경쟁사의 움직임도 보고, 비상 체제로 전환하여 좀 더 획기적인 발상의 전환으로, 그야말로 대박을 터트려야 할 때입니다!"

팀장은 일일 회의라는 명목으로 임원들의 전달 사항을 이야기하고 있었지만, 마치 회사 대표가 임원들에게 비상경영 체제를 선포하는 듯한 엄숙한 분위기로 회의가 진행되었다. 수지가 입사 후 처음으로 느끼는 무거운 회의 분위기였다.

"우리 회사가 요즘 관심을 두고 있는 것이 예술 분야입니다. 저는 광고의 모태는 아무래도 예술이라고 생각합니다. 다양한 사회의 구성원이 공존하는 시대에 살고 있는데, 그런 구성원들을 만족시키려면 우리들도 생각의 폭이 유연해야 합니다. 그러려면 문학, 예술과 같은 다양한 매체를 접해야 합니다. 거기서 느끼는 감흥은 곧 아이디어로 연결됩니다. 그것이 살아있는 광고로 이어진다고 저는 생각합니다. 여러분들도 시간이 되면 연극도 좀 보시고 화랑도 들러 작품도 감상하시면서 많은 아이디어를 개발해 주시기 바랍니다. 특히, 회사에서 중점적으로 추진하고 있는 이번 기획전에 여러분들의 참신한 아이디어가 접목된다면 우리 팀의 위상도 높아질 거라 봅니다. 윗분들이 우리 팀에 거는 기대가 큽니다. 우리 열심히 다 같이 잘해봅시다!"

팀장은 나름대로 편안한 분위기로 회의를 주재했지만, 자리엔 참석한 모든 팀원에게는 상당한 부담을 가지게 하는 일일 회의였다.

화창한 오후였다. 삐리릭 소리와 함께 수지의 핸드폰으로 한 통의 문자가 도달되었다.

"오늘 저녁에 뭐 하세요? 시간 되면 번개로 호프 한잔할까요?"

상형의 문자였다. 출입증을 주워서 건네준 이후 한번 보기로 했는데, 상형이가 깜짝만남 제의를 한 것이었다. 수지는 그간 회사 사정으로 스트레스도 받고, 기분도 우울하여 왠지 술 한잔하고픈 마음이 있었는데, 때마침 그의 문자를 받고는 뭔가 서로 통했다는 생각이 들어 바로 답장을 했다.

"몇 시까지 어디로 가면 되는지요?"

"7시까지 블루마운틴으로 오세요. 약도는 보내 드릴게요."

상형은 이미 오래전부터 수지와의 약속을 생각하기라도 한 것처럼 바로 그녀에게 약속 시각과 장소를 보내 주었다.

상형은 약속 시각보다 조금 일찍 도착해서 수지를 기다리고 있었다. 같은 아파트에 살지만, 막상 여자와 외부에서 술 한잔을 한다고 생각하니, 적잖이 긴장되었다.

"저기요. 여기 기네스 흑맥주 한 잔 주세요."

상형은 미리 긴장도 풀 겸 맥주 한 잔을 주문했다. 그리고 맥주가 나오자마자 단숨에 쭉 들이켰다. 수지를 기다리는 동안, 상형은 지인들한테 받은 카톡을 보며 답장을 하고 있었다. 그 바람에 수지가 도착한 것도 몰랐다.

"일찍 오셨네요?"

"아, 예… 오셨어요? 저는 먼저 한잔했어요. 이렇게 시간 내주셔서 감사드립니다. 오늘은 제가 모실 테니 편안히 드세요. 이 집은 수제 맥주가 유명한 집인데요…. 뭐 좀 드시겠어요?"

이렇게 마주 앉아서 수지를 바라보고 있으니, 묘한 기분이 들었다. 주문하면서도 똑바로 얼굴을 쳐다보지 못했다. 다행히도 수지가 오기 전에 맥주를 한잔 마신 탓에 술기운을 빌어 이런저런 이야기를 할 만한 용기가 났다.

"아…. 저는 그냥 샐러드에 맥주 한잔하겠습니다."

"그러지 마시고, 저녁 겸 안주 될 만한 것을 시키시지요?"

상형은 비록 수지가 같은 동네 주민이고 자신보다 나이도 어린 아가씨지만, 최대한 예의를 갖추고자 조심히 그녀의 의향을 물었다.

"괜찮습니다. 저는 평소에 저녁은 안 먹거나 조금만 먹습니다. 술을 많이 마시지 못하니, 그다지 안주는 필요 없을 것 같습니다."

수지는 비록 우연한 기회로 상형을 만났지만, 그가 나이 차도 많이 나는 삼촌뻘 되는 남자라는 점과 같은 아파트에 사는 남녀가 만난다는 게 조금 부담스러웠다. 성의를 거절하기도 어려워 나온 자리인 만큼 적절하게 분위기를 맞춰 주다가 일어서야겠다는 생각을 하고 있었다.

"요즘 많이 바쁘시지 않으세요?"

수지는 상형의 출입증에 그가 다니는 기관 및 그의 직함이 있어 상형이 어렴풋이 무슨 일을 하는지는 알고 있었으나, 그래도 직접 이야기를 하면서 평소 궁금했던 것을 물어볼 작정이었다.

"예…. 저는 공무원입니다. 노사 업무 파트에 있습니다. 이름은 김상형이고요. 그쪽은요?"

"저는 김수지이고요. 회사 광고 마케팅 부서에서 일하고 있습니다. 보니까 저보다 한참 높은 연배이신 것 같으신데요? 편하게 이야기하셔도 됩니다."

"아, 남자가 여자한테 나이 물어보면 실례가 된다고 다들 이야기하던데…."

"저는 그런 것 따지지 않고 처음 보는 사이라도 오히려 이야기해 주는 편이에요. 저는 29세입니다. 호호."

"아, 그러시군요…. 우리 조카뻘 되는군요. 하하…. 같은 아파트에 사니까 얼굴은 익히 알지만, 이렇게 마주 앉아 이야기하고 있으니 대학교 다닐 때 미팅하는 기분이군요. 하하."

상형은 몇 마디 안 했는데도 벌써 서로 간에 거리낌 없이 자연스럽게 수지와 대화를 나눌 수 있었다. 수지 역시 마찬가지로 상형이가 평소 무엇을 하는 사람인지 잘 몰라서 궁금한 게 많았던 터라 그를 만난 김에 이것저것 물어볼 작정이었다.

"공무원이시면 구체적으로 무슨 일을 하세요?"

"아, 저는 노사 업무를 하고 있습니다. 공조직의 당면 현안을 비롯하여 향후 미래 비전을 담은 업무를 기획하고, 지도하고, 또 노사 간에 이견이 있을 때마다 상호 의견을 조율하여 문제를 해결하는… 뭐 그런 업무입니다. 수지 씨는 무슨 업무를 하시나요?"

"저는…. 음…. 뭐라고 말씀드려야 하나…. 그냥 회사를 소개하고, 회사의 중점 추진 업무가 발생하면 아이템을 편성하여 언론 기관에 홍보하고, 때에 따라서는 광고 모델을 써서 방송에 출연시키는, 뭐 그런 업무를 담당하고 있습니다. 아직 사회 초년생인지라 모르는 게 많아 회사 상사들한테 많이 배우고 있습니다. 그래서, 시장 조사 겸 많이 돌아다니고, 여기저기 구경도 하고, 경쟁사의 제품도 직접 써 보고, 다양한 콘텐츠도 발굴하기 위해 박물관, 화랑, 기타 카피라이터, 미술관의 큐레이터도 만나는 등 그런 활동을 하고 있습니다…."

"많이 바쁘게 사시는군요?"

상형은 수지의 이야기를 듣고는 그녀가 회사에서 바쁜 업무를 도맡아 하고 있어 고생한다는 생각에 측은한 마음이 들었다.

"수지 씨는 시간이 없어서 개인 취미생활이라든가 여가생활을 잘 즐기지도 못하겠어요?"

"취미생활, 여가생활요? 저에게는 사치 같은 단어입니다. 여기저기 많이 돌아다니며 구경을 하지만, 그건 오롯이 업무를 위한 것이고, 편안히 제가 여유를 가지고 시간을 보내는 것이 아니잖아요? 집에 오면 자기 바빠요…. 사는 게 사는 게 아닙니다."

수지는 상형에게 가벼운 자기소개를 하려고 했지만, 어느새 그만 개인의 일상에 대한 넋두리 겸 체념을 털어놓고 있었다.

"아, 그러시군요.? 그건 저도 마찬가지예요. 조직에서 그래도 동기들보다 승진이 빨라서 인정을 받지만, 지금 이 자리에 오기까지 얼마나 바쁘게 살았겠어요. 이 세상에 공짜는 없어요. 주말, 휴일에도 사무실에 나와서 일하고 변변히 가족들하고 시간을 보내지도 못했어요. 그런 알토란같은 소중한 시간을 보내본 게 언제인지, 까마득합니다. 저 역시도 사는 게 사는 게 아니에요…."

상형 역시 수지의 이야기를 들으면서 위로 겸 맞장구를 친다는 것이 어느새 개인의 넋두리를 하고 있었다.

"자, 바쁘게 사는 사람끼리 한잔합시다!"

상형과 수지는 맥주잔을 들고는 연거푸 마셨다. 마시던 중 수지가 먼저 말을 꺼냈다.

"혹시, 화랑에 가보셨어요?"

"그림 구경 말입니까?"

"제가 다음 주에 인사동에서 큐레이터를 만납니다. 혹시 시간 되시면 그곳에 초대하려고 하는데, 어떠세요?"

"화랑요? 좋죠! 저도 어릴 적부터 그림 그리기를 좋아했고, 지금도 시간이 되면 문화, 예술을 접해 보려고 노력 중이에요. 변명 같지만, 시간이 안 되어 자주 가보지 못했거든요…."

"잘 되었네요! 제가 다음 주에 초대장을 보내 드릴 테니 미술 작품 소개 및 관람 같이하시죠."

수지는 상형에게 화랑 구경을 시켜주겠다고 해놓고는 내심 아직 작품 소개나 작품에 대해 전문가적인 식견이 없는 자신이 주제넘게 이야기한 것이 아닌지 하는 걱정이 되었다. 그래도 그냥 같은 아파트에 사는 주민에게 문화 관광을 시켜준다는 생각으로 부담을 갖지 않기로 했다. 수지는 자신이 다니는 회사의 업무와 상형이가 하는 업무가 연관성이 있겠다는 생각도 가진 반면에, 혹시라도 공조직에 부탁할 일이 있으면 상형을 통해 조언을 받을 수도 있겠다는 마음도 있었다.

"처장님. 오늘 좋은 일 있으세요? 옷이 완전 X 세대 옷이네요? 컬러도 산뜻하고… 사모님하고 데이트 가세요?"

상형은 저녁에 수지의 초대로 인사동에 있는 화랑을 가기 위해 나름 집에서 신경 써서 옷을 입고 나왔다. 평소와 다른 캐주얼한 옷차림에 직원들이 다양한 반응을 보이며 한마디씩 했다. 상형은 직원들의 그런 평가가 나쁘지만은 않았다. 사무실을 나오는데, 살랑살랑 바람이 불어 기분이 너무 상쾌했다.

화랑 안에는 많은 사람이 삼삼오오 모여서 작품을 감상하고 있었다.

"오셨어요? 저는 혹시 안 오시나 궁금해하며 기다리고 있었어요."

수지는 상형을 보고 반가워서 이야기 겸 인사를 나누었다.

"당연히 와야죠! 약속했으니까요. 그런데 우리 같은 국가의 녹을 먹는 사람들은 아직 이런 문화생활이 좀 어색해요…"

"무슨 그런 말씀을요. 앞으로 자주 다양한 예술 작품을 감상하시면서 식견을 높이시면 되지요."

수지는 어렵게 화랑을 방문해 준 상형의 입장을 고려하여 최대한 어색하지 않게 대하려고 노력했다. 상형은 화랑 내 전시물을 쭉 구경하며 이동하다 눈에 띄는 한 작품이 있어 발걸음을 멈추었다. 웅장한 폭포를 그린 작품이었다.

"멋있죠? 작자 미상의 작품인데 제목은 〈이구아수 폭포〉입니다. 작가가 남미를 여행하며 우연히 이구아수 폭포를 보게 되었는데, 그 웅장함에 놀라서 그린 작품이라고 합니다. 참고로 부연설명을 더 드리자면 세계에는 3대 폭포가 있는데, 북미의 나이아가라, 아프리카의 빅토리아, 남미의 이구아수가 그것입니다. 그중 으뜸은 역시 이구아수입니다. 브라질, 아르헨티나, 파라과이 세 나라의 국경에 걸친 이구아수 폭포는 275개 폭포로 이루어져 있는데, 너비가 무려 4.5㎞, 길이가 4㎞로 지금으로부터 1억 5,000만 년 전에 생성되었다고 알려져 있습니다. 또한, 이구아수 폭포와 관련된 전설이 있어요. 이구아수강에 '보이'라는 괴물 뱀이 살았는데, 원주민은 이 뱀의 저주가 두려워 1년에 한 번씩 어여쁜 처녀를 제물로 바쳤다고 합니다. 어느 해인가 '나이피'라는 아가

씨의 차례가 왔는데, 그녀가 제물로 바쳐지기 전날 밤, 그녀를 흠모하던 '타로바'라는 젊은 부족장이 그녀와 함께 카누를 타고 이구아수강을 따라 달아났다고 합니다. 이에 격노한 '보이'가 몸을 비틀면서 포효하자 강이 갈라져 두 사람을 집어삼켰고, 그렇게 해서 생긴 게 바로 이구아수 폭포라는 전설입니다."

수지는 모처럼 큐레이터를 자청하여 김 처장에게 작품에 대한 다양한 설명을 해 주려고 노력했다.

"음. 작품도 웅장하지만, 수지 씨의 작품 설명을 듣고 보니, 더욱더 감흥을 느끼게 되네요. 호호. 저희 같은 남자들은 마초 기질이 있어서 잘 알지도 못하면서 마치 많이 알고 있는 것처럼 이야기하곤 합니다. 어떻게 보면 참 웃긴 거죠! 제가 공무원 생활을 하면서 다양한 민원인들을 만나보았는데, 그중에서도 행색은 초라하지만, 이야기를 해 보면 저보다 훨씬 식견이 높은 분들이 있는가 하면, 좋은 외제 차를 타고 좋은 옷을 입고 온 사람이지만 머리에 든 것은 없어서 일일이 제가 직접 설명을 해 주며 이야기를 들어주어야 하는 경우도 있습니다. 결국 사람은 겉만 보고 평가할 수 없다는 교훈을 얻은 적이 있지요. 게다가 특히나, 예술 분야에서는 전공을 한 전문가와 우리처럼 일반 관람객들은 작품을 바라보는 관점이 확연히 차이가 나죠! 괜히 어설프게 아는 체했다가는 딱 무시당하기 좋죠."

상형은 비록 자신보다 나이도 어리고 사회 초년생이라고 하지만, 수지의 실력과 전문성을 충분히 인정해 주고 싶은 마음이었다.

"처음부터 잘하는 사람이 어디 있어요? 저도 학교 다닐 때부터 지금까지 좌충우돌하면서 많은 경험을 했고, 지금도 틈날 때마다 공부하고 노력해서 약간의 지식을 얻은 것뿐입니다. 더 노력하고 공부해야죠!"

"수지 씨! 이리로 좀 와 봐요!"

작품 전시회를 주관한 대한미술관의 관장이 그녀를 불렀다.

"오늘 방문한 관람객들에게 팸플릿을 좀 나누어 주세요. 나중 우리 작품에 대한 홍보가 필요하니까요."

"관장님. 참, 인사하시죠. 여기는 김상형 처장님입니다. 저하고 같은 아파트에 사는데, 오늘 제가 관람을 보러 오라고 초대했습니다."

"아, 반갑습니다."

관장은 김 처장에게 명함을 건넸고, 김 처장도 같이 명함을 주고받았다.

"오늘 초면인데, 우리 수지 양 덕분에 좋은 분을 알게 되었네요? 제가 나중에 부탁할 일이 많을지도 모르겠습니다. 잘 부탁드립니다."

"제가 힘이 될지 모르지만, 도와 드릴 일이 있으면 도와 드려야죠! 그리고 수지 씨 잘 좀 부탁해요!"

나른한 주말 오후, 상형은 아파트 주변 배수지에서 산책을 했다. 많은 사람이 나와서 한가롭게 운동을 하고 있었다. 산책하던 도중 상형은 문득 수지가 무엇을 하고 있는지 궁금한 생각이 들었다. 일전에 수지의 초대로 화랑을 구경한 후 고마운 마음도 있었고, 그간의 근황도 궁금했다.

"아찌. 뭐 하세요?"

찰나였는데 텔레파시가 통했는지, 수지의 문자가 도달되었다.

"아, 안 그래도 수지 동생 생각하고 있었는데, 문자가 왔네? 신기하네!"

상형은 한 치의 주저함도 없이 바로 답신 문자를 보냈다.

"그러세요? 그러면 우리 치맥 한잔할까요? 저도 마침 시간이 되어서 맥주 한잔하고파서 생각하다가 아찌 생각이 나서 문자 드렸는데…. 잘 되었네요! 장소 정해서 뵙지요?"

상형은 평소 자주 가던 평창동의 조용한 카페에서 수지를 만났다. 그가 좋아하는 기네스 흑맥주가 먹고 싶기도 했고 분위기도 좋아서 귀한 사람을 만날 때면 가끔 이용하는 아지트였다.
"그간 어떻게 지냈어?"
"아, 회사 일로 몹시 바빴습니다."

"한동안 연락이 없어서 걱정 많이 했었는데…. 아파트에서도 가끔 엘리베이터를 타다가 둘러봐도 통 보이지 않아서 말이야."

상형은 수지에게 무슨 일이라도 일어난 게 아닌지 걱정이 되어 그녀에게 근황을 물었다.

"아, 예…. 회사 일로 진짜 바빴어요. 잔업도 많이 했고, 회사에 늦게까지 남아서 일하고 또 반대로 일찍 출근하고…. 요즘 같아서는 진짜 일 그만두고 어디라도 떠나고 싶은 마음이에요…."

"아, 그랬구나…. 나는 혹시라도 무슨 일 있나 걱정했지…."

"무슨 일 있겠어요? 저 같은 년을 누가 잡아가겠어요? 호호…. 아찌는 사는 게 재미있으세요?"

수지의 돌발적인 질문에 상형은 다소 당황한 모습으로 그녀를 쳐다보았다.

"사는 게 재미있는 사람이 있나? 그냥 그러려니 하고 살아가는 거지…. 인생이 자기 뜻대로 되는 게 있겠나? 재미없어도 사는 거지…. 왜, 수지가 요즘 힘든가 보구나? 그런 이야기를 하는 것을 보니…."

"요즘 제가 읽고 있는 책이 프랑수아즈 사강의 『브람스를 좋아하세요』라는 책인데요. 내용에 남자주인공인 로제가 현재의 불행함에 안주하려는 여자주인공인 폴에게 '사랑을 스쳐 지나간 죄, 편법과 체념으로 살아온 죄로 당신을 고발합니다. 당신은 사형을 선고해야 마땅하지만, 고독형을 선고합니다.'라고 이야기하는 대목이 있습니다. 사랑과 행복을 못 느끼면 살아서는 고독형, 그리고 죽어서는 저승에도 못 가고 계속 망자들에게 '당신의 가장 행복한 순간은 언제였나요?'를 물어야 한답니다. 그건 타인이 아니라 자신에게 내리는 벌인 셈이라는 것이죠…."

수지는 뭔가 의미심장한 말을 했다는 듯, 탁자 위에 놓인 맥주를 단숨에 들이켰다.

"오, 수지가 미술 쪽에만 능력이 있는 줄 알았는데, 소설도 많이 읽어서인지 나이보다 훨씬 성숙한 말을 하는군! 사고력이 제법 뛰어난데…! 오늘 내가 많은 걸 배우는 것 같군!"

"아, 아닙니다. 제가 주제넘은 이야기를 한 것 같아요…."

상형은 수지의 이야기를 듣고는 자신이 살아온 인생을 돌이켜 보는 시간을 갖게 되었다. 그동안 일만 한다고 가족과 같이 재미있는 시간을 보낸 적이 별로 없었고 자신에 대한 투자는 더더욱 없었다. 물론 그 덕에 공조직에서 승진을 빨리해 그나마 그것으로 위안을 삼을 수 있을지는 모르겠지만, 그것이 인생의 다가 아니라는 것을 요즘 들어 스스로 뼈저리게 느낀 적이 많았기 때문이다. 요즘 같이 근무하는 젊은 직원들과 이야기를 해 보면 일할 때는 일하고, 쉴 때는 확실히 쉬는 삶, 그들 나름의 인생을 즐길 줄 아는 멋있는 삶을 사는 직원이 대부분이었다. 그런데 정작 나는 뭐 하고 있느냐는 자조 섞인 마음이 들 때가 많았다. 그런 직원들은 최소한 자기 삶에 대한 확실한 주관을 가지고 인생이라는 그림을 그려나가고 있는 반면에, 상형은 그 알량한 업무 외에는 그다지 내세울 것이 없어 자신이 한심하다는 생각이 들었다.

"무슨 생각을 그리하세요?"

멍하니 있는 상형을 바라보며 수지가 한마디 했다.

"아… 아니, 수지의 이야기를 듣다 보니 내 삶이 투영이 되어서, 잠시 옛날 생각 좀 했어!"

"예? 처장님은 술 먹는 자리에서 무슨 생각이 그리 많으세요? 호호… 술이나 드세요. 자, 치어스(Cheers)!"

수지는 환하게 웃으면서 잔을 들었다.

상형과 수지가 밖을 나왔을 때는 어느새 어둠이 짙게 깔려 있었다. 밤공기가 제법 상쾌했다.

"속 좀 괜찮아? 주량보다 많이 마신 것 같은데… 괜찮겠어?"

"예. 저는 괜찮아요. 조금 속이 쓰리긴 하지만요…."

"우리 그럼 술도 깰 겸 해서 가볍게 앞산 둘레길 산책이나 할까?"

"아, 좋아요. 그러시죠…."

앞산의 산책로 주변은 이미 개나리로 노랗게 물들어 있었다. 수지는 상형의 팔짱을 끼고 환한 웃음을 지었다.

"처장님, 개나리 좀 보세요. 너무 예쁘지 않나요?"

수지는 성숙미도 있지만, 몸매도 풍만해서 상형은 묘한 감정이 들었다. 남자로서 느끼는 이성적 감흥이라고나 할까. 상형에게서 테스토스테론이 분비되고 있었다.

"여기 조금 앉았다가 갈까?"

상형은 벤치에 앉아 수지를 바라보았다. 달빛에 비친 수지의 얼굴을 보니, 순간 그녀를 껴안고 싶은 충동이 일었다. 수지의 얼굴을 가슴에 묻었다. 그리고 그녀의 입술에 입을 갖다 대었다.

"아, 이러시면 안 돼요!"

"수지, 오늘은 자기감정에 충실해지자! …오늘은 너를 이성으로 받아들이고 싶어! 너도 나를 그렇게 받아줘…. 제발!"

상형은 미친 듯이 수지의 입술을 탐했다. 그녀의 입에서 나오는 타액이 상형의 입을 타고 흘렀다. 그리고, 상형은 서서히 수지의 가슴을 만졌다.

"아, 제발! …이러지 마세요. 제발…."

수지는 이미 정신을 잃은 듯 눈의 힘이 풀려 있었다. 상형은 수지를 꼭 껴안고 한동안 멍하니 있었다. 그녀의 머릿결을 쓰다듬으며 터질 것 같은 가슴을 진정시켰다.

"미안해! …그리고 사랑해!"

햇살이 유난히도 빛나는 휴일 아침, 상형은 모처럼 집에서 휴식을 취하고 있었다. 자주는 아니지만, 그는 집에 있을 때면 청소부터 아파트 베란다에 있는 화분에 물 주기 등 집안일을 도와주기도 하고, 또 독서도 하면서 시간을 보내곤 했다.

"우리 모처럼 외식 좀 할까? 여보, 어때?"

이렇게 간만에 가족이 다 모여 있는 날이면 상형은 외식을 하자고 제의를 했다. 회사 일로 자주 가족들의 얼굴을 보기가 어렵고, 최근 건강이 안 좋아진 정해를 위해서도 바깥 공기를 쐴 겸 해서 그녀를 밖으로 데리고 나가고 싶었다. 정해는 상형과 중매결혼을 통해 맺어진 아내로, 전형적인 순종형 여인이었다. 상형이가 공무원 시험에 합격한 이후, 지금의 자리까지 올라오게 된 것은 누가 뭐래도 부인인 정해가 묵묵히 뒷바라지한 내조 덕분이라는 것을 상형은 누구보다 잘 알고 있었고 그 사실에 대해 늘 감사하게 생각하고 있었다. 사실 상형은 신혼 때부터 지금까지 결혼 생활 내내 제대로 그녀를 챙겨 주지 못하고 같이 함께한 시간이 없었던 것 같아 늘 미안한 마음이었다.

상형은 어느새 부쩍 커버린 아들과 정해를 차에 태우고 강변길을 따라 평소 자주 가던 경치 좋은 식당으로 향했다. 어스름한 불빛에 비친 낙조가 너무도 멋있게 보였고, 기분도 상쾌했다. 무엇보다도 가족들과 함께하는 시간이라는 것이 상형에겐 너무나도 소중했다. 식당 안에 들어가니 이미 좌석은 만석이었다. 사전 예약을 해놓은 구석 창가 쪽 자리에 상형과 정해는 마주 앉았다. 식사는 정해가 좋아하는 유럽식 파스타와 한우 스테이크였다.

"여보. 우리 오랜만에 바깥 구경을 하네? 당신하고 자주 시간을 가져야 하는데, 내 미안하오…."

상형은 정해에게 그간 미안했던 마음과 고마움을 표시하며 그녀의 얼굴을 바라보았다.

"새삼스럽게 웬 그런 말을요…. 당신이 공무원으로 들어와 지금까지 앞만 보고 달렸는데, 그래도 원했던 대로 승진도 잘되고, 하는 일마다 잘 풀리는 것 같아 좋네요. 그래도 일도 일이지만, 건강 관리도 좀 하면서 지내세요…. 요즘 내가 건강이 안 좋아져서 걱정이네요. 얼마 전에 병원에 검진하러 갔더니 위에 조그만 혹이 하나 생겼다던데, 의사님이 작은 것이라 금방 절개할 수 있었다고 하면서 무리하지 말고 좀 쉬라고 하네요. 나이가 드니 여기저기 한두 군데 아픈 데가 생기네요…. 어쩔 수 없죠! 지금부터라도 관리하면서 더 나빠지지 않게 챙겨야죠…."

상형은 정해의 이야기를 듣는 순간 건강이 나빠진 부인을 두고, 연하인 수지와의 로맨스를 즐기고 있다는 사실에 너무도 깊은 죄책감에 빠져들었다.

"오늘 저녁 변동 없으시죠? 제가 조금 일찍 식당에 가 있겠습니다. 처장님. 오늘도 예쁘게 하고 나오세요! 젊은 삼촌같이 보이게요. 호호."

수지의 생일날을 맞이하여 같이 식사를 하기로 사전 약속을 잡아놓은 상태에서 일정을 재차 확인하는 수지의 문자였다.

"당근이지. 한 달 동안 오늘만을 기다렸는걸. 저녁에 봐. 예쁜 공주님…."

상형은 젊은이들이 많이 가는 퓨전 음식을 하는 식당에서 수지를 보기로 했고, 분위기에 맞는 옷을 코디하여 입고 가야 해서 조금 일찍 사무실을 나와 집으로 왔다. 집에 들어와서 옷을 갈아입으려는 순간, 아이들 방에서 헛기침 소리가 났다. 정해였다.

"당신, 어디 아파?"

"아침부터 배에 복수가 차고 숨이 멎을 것 같은 통증이 종일 이어졌어요! 아무래도 몸에 이상이 있는 것 같아요…."

"병원에 가 봤어?"

"혼자서 병원에 가려고 해 보았는데 복통이 심해 도저히 나갈 수 없었어요! 그래서 당신이 오면 저녁이라도 응급실에 같이 가 보려고 기다리고 있었어요. 여보, 당신 괜찮으시면 병원에 저 좀 데려다주고 가시면 안 되겠어요?"

정해는 상형을 보며 힘없이 이야기했다. 상형은 정해를 차에 태우고 인근 대학 병원으로 내달렸다. 응급실에 정해를 데려다주고 야간 당직 의사의 진료가 끝날 때까지 기다렸다.

"보호자 되세요?"

"아, 예. 제가 보호자인 남편입니다."

"검진을 해 보니 배에 복수가 많이 차고 위쪽에 큰 혹이 보입니다. 내일 정밀 검진을 해 봐야 할 것 같습니다. 일단 오늘은 댁으로 모시고 가셔도 좋습니다."

당직 의사의 소견으로 볼 때, 정해에게 뭔가 큰 병이 생긴 것 같다는 불길한 생각이 들었다. 상형은 정해를 집으로 데려다주고, 황급히 택시를 타고 수지와의 약속 장소로 이동했다. 도착해서 시계를 보니, 약속 시각보다 30분이나 지나 있었다.

"수지, 미안해! 사무실에 일이 생겨서 좀 늦었어…."

"아, 예. …처장님! 조금만 더 늦게 오셨으면 저 집에 가려고 했어요. 오늘 제 생일인데, 식구들하고 약속도 취소하고 처장님하고 같이 보내려고 일부러 일정을 잡았는데…."

"아, 미안해. 수지…."

상형은 사정을 모르는 수지에게 거짓말을 했지만, 집에 있는 정해를 생각하니 마음이 편하지 않았다. 그러나 수지를 보니 언제 그랬냐는 듯이 기분이 좋아지고 얼굴에 화색이 돌았다.

"여기요. 오늘 생일인 사람한테 특별한 이벤트 없나요?"

상형은 수지를 위해 뭔가를 해 주고 싶은 마음에 종업원에게 이벤트 요청을 했다. 그리고 준비해 온 케이크를 탁자 위에 올려놓았다.

"수지. 오늘 생일 축하해! 오늘 마음껏 먹고, 즐거운 시간 보내자."

상형은 수지를 향해 조그마한 선물 케이스를 보여 주었다.

"이것, 별 건 아니지만, 조그마한 것 하나 준비했어…."

"이게 뭔데요…?"

"아, 일전에 수지가 별 모양의 귀걸이를 갖고 싶다고 해서 특별히 백화점에 가서 산 귀걸이인데, 마음에 드는지 모르겠네…."

"아, 처장님! 너무 좋아요. 디자인도 그렇고… 제가 아주 좋아하는 스타일이에요."

상형은 준비한 생일 선물을 받고 어린애처럼 기뻐하는 수지의 얼굴을 보니, 비로소 마음이 놓였다.

"자. 오늘같이 좋은 날, 한잔 안 할 수 없지! 수지, 생일 축하해…."

상형은 수지에게 건배 제의를 하고 단숨에 한잔을 마셨다.

"수지. 사실 우리가 이렇게 만나는 것이 조금은 부담이 되는 게 사실이야. 그런데도 수지를 보고 있으면 하루의 피로가 싹 풀려…. 자네는 그야말로 나의 비타민이야…."

"호호호…. 처장님, 아재 개그도 아니고, 무슨 그런 말씀을. 근데, 저도 요즘 한 번씩 일할 때마다 처장님이 생각나요. 자주 보니까 우리 정들었나 봐요. 호호."

상형과 수지는 마치 연인이라도 된 것처럼 편안하게 대화를 나누었다. 이미 탁자 위에 주문해 놓았던 와인 병은 바닥을 드러내고 있었다.

"수지, 오늘은 많이 마신 것 같아…. 내일 출근도 해야 하니 이제 일어서지?"

"아, 그러시면 간단히 차 한잔하시고 가시죠?"

수지는 상형과의 헤어짐이 못내 아쉬워 조금이라도 시간을 더 보내고 싶은 마음에 평소 자주 가는 커피숍으로 그를 안내했다. 젊은이들의 거리답게 커피숍이라기보다는 룸카페에 가까운 곳이었다.

"처장님! 오늘 저하고 같이 있어 주면 안 돼요? 오늘은 제 감정에 충실해지고 싶어요. 처장님도 오늘은 저를 여자로 봐 주세요. 처장님!"

수지는 상형의 팔에 기대어 그의 가슴에 얼굴을 묻었다. 상형은 수지의 얼굴을 손으로 가볍게 어루만졌다.

"수지. 사실 나도 남자야…. 수지처럼 아름다운 여자를 만난 것도 행운이고, 이렇게 시간을 보내고 있는 것도 나에겐 복이지…. 그런데, 솔직히 난 수지하고 더 깊은 감정을 갖는 것은 두려워…. 수지도 아마 그럴 거야! 난 유부남이고 수지는 앞길이 구만리 같은 예쁜 아가씨인데, 나 같은 유부남하고 관계를 지속해서 좋을 게 없잖아?"

"처장님! 무슨 말을 그렇게 하세요. …제 인생은 제가 책임지는 것이에요. 제가 한두 살 먹은 어린애도 아니고…. 저는 좋은 사람이면 좋은 감정에 따라 이끌려 가고 싶어요! 물론, 주위의 시선을 의식하지 않을 수는 없겠죠? 도의적으로 우리 사이가 많은 이들에게 좋게 보일 리는 없을 거예요. 그렇더라도 지금, 이 순간만큼은 처장님과… 아니, 오빠하고 좋은 시간을 보내고 싶은 마음뿐이에요!"

상형은 수지가 평소 가지고 있었던 속마음을 알게 되었지만, 그래도 냉정함을 되찾아야 한다는 생각과 봄에 활짝 핀 개나리 같은 아름다운 사랑을 이어갈 기회를 스스로 박탈해 버려야 하는지에 대한 고민 사이에서 갈등이 일었다. 그건 수지를 처음 만날 때부터 지금까지 줄곧 자신에게 던지는 질문이었다.

"여보! 오늘 날씨가 화창한데, 모처럼 당신과 드라이브 좀 하고 싶어요. 그리고 좋은 곳에서 사진도 찍고 싶은데 시간 좀 내줄 수 있죠?"

"당연하지! 당신이 이야기하는데, 내가 감사히 운전사 겸 수행비서 역할을 해야지. 당신이 몸이 좋지 않아서 멀리는 못 가지만, 가까운 데라도 같이 시간을 보낼 수 있다면 나는 언제나 오케이지!"

상형은 정해의 건강이 날로 안 좋아지는 것을 알고 있었다. 그리고 정해가 암 수술 기일을 잡아 놓은 상태에서 조금이라도 가족들과 추억의 시간을 갖고자 한다는 것 역시 알고 있었다. 그런 정해를 위해 상형은 아낌없이 그녀가 원하는 것을 해 주고 마음을 편하게 해 주는 것이 당연한 도리이자 의무라고 믿고 있었다.

양평 두물머리 강가를 따라 드라이브를 하면서 멋있는 조각상들이 눈에 띌 때면 잠시 차를 세워두고 정해와 같이 다정히 인증 사진을 찍었다.

"여보. 독사진을 한 장 찍고 싶은데, 잘 좀 찍어 주세요. 혹시라도 내가 잘못되면 애들에게 유품으로 남겨 주고 싶어요…."

"당신, 무슨 말을 하는 거야? 아직 수술 시작도 안 했어. 수술도 잘 될 거고, 아직 살날이 많은데… 무슨 곧 죽을 사람같이 그런 이야기를 해!"

상형은 정해가 수술을 앞두고 매우 불안한 모습을 보인다는 것을 느낄 수 있었지만, 애써 태연한 모습을 보이려고 했다.

"여보. 좀 더 당신과 시간을 보내고 싶지만, 집에 가서 약도 먹어야 하고, 당신 몸 상태를 고려하여 그만 집으로 갑시다."

상형은 정해와 같이 걸으며 바깥 공기를 좀 더 쐬어 주려 했지만, 한 걸음, 한 걸음 걷는 게 힘들어 보이는 정해를 그냥 내버려 둘 수는 없었다.

"비가 내리고 음악이 흐르면, 난 당신을 생각해요. 당신이 떠나버린 이 밤에…"

차 안에서는 김현식의 〈비처럼 음악처럼〉이 흘러나오고 있었다.

"여보. 그때 기억해? 우리 처음 만났을 때, 레스토랑에서 흘러나왔던 음악인데, 우리 사귈 때 내가 참 좋아했던 노래잖아? …이 노래가 흘러나오면 항상 당신을 생각하게 해주었던 명곡이었지!"

상형은 노래를 들으면서 정해를 만났던 옛날의 아련한 추억들을 복기하고 있었다.

"그때 당신은 참 아름다웠었지! 물론 지금도 아름답지만…"

상형은 지금 이 순간 정해에게 해 줄 수 있는 것은 정해와의 아름다운 추억을 기억나게 해 주는 것이라 믿었다.

"보호자 들어오세요! 지금 수술실에 들어가는데, 동의자 확인서가 필요합니다. 여기에 사인 좀 해 주세요."

간호사는 상형에게 정해의 수술을 위해 보호자의 동의를 필요로 하는 확인서를 받았다. 상형은 수술실로 들어가는 정해의 손을 꽉 잡고 애써 태연한 척했지만, 어느새 그의 눈에는 눈물이 고였다.

상형은 수술실 앞에서 한참을 기다리며 빈속에 줄담배만 피워 대었다.

삶과 죽음의 고비에 서 있는 정해의 수술을 끝나기를 기다리는 동안에도 수지에 대한 생각이 머릿속 한쪽에 떠올랐다. 한 인간으로서 가질 수 있는 이중적 양면성이라는 것을 상형은 실제로 체험하고 있었다. 어쩌면 정해가 아프기 때문에 양심상 수지를 더 만날 수 없었지, 만약 정해가 건강한 상태이고 정상적 삶을 살고 있었다면, 수지와의 로맨스는 끝이 없는 나락으로 이어졌을 거란 생각도 들었다.

"보호자 들어오세요."

오랜 시간을 기다린 끝에 수술을 집도한 의사가 보호자인 상형을 불렀다. 의사는 그에게 절개한 암 덩어리와 수술 상태를 설명했다.

"일단 고비는 넘겼어요! 그런데, 향후 암세포가 다시 전이할지는 좀더 치료를 받으면서 지켜봐야 할 듯합니다. 우선 환자를 푹 쉬게 해주시고 절대 안정을 취하도록 보호자께서 잘해 주시기 바랍니다."

상형은 피곤한 몸을 이끌고 사무실로 출근했다.

"김 처장. 잠시 내 방으로 들어와 보세요!"

본부장의 호출이었다. 아침 일찍부터 본부장이 호출한 것이 의아했지만, 긴급한 당면 현안 업무가 떨어졌을지도 모른다는 생각에 상형은 황급히 본부장실로 올라갔다.

"김 처장. 혹시 사귀는 여자 있어요?"

"예? …본부장님. 그게 무슨 말씀이신지요?"

"감사실을 통해서 김 처장에 대한 투서가 들어왔어요!"

"본부장님. 무슨 말씀인지 저는 도저히 알 수가 없습니다."

상형은 투서가 들어왔다는 본부장의 이야기에 당황하여 말꼬리를 흐렸다.

"감사실 투서 내용에 의하면, 김 처장이 수시로 나이 어린 여자와 만나고 있는데, 아마도 불륜 같다는 투서로 고위공직자가 품위 유지 위반을 했으니 조사해 달라는 내용이라는데…."

상형은 본부장을 통해 들은 감사실의 투서 내용도 내용이거니와, 정해가 병마에 고통을 받는 상황에서 이런 일이 벌어진 것에 대해 참담한 심정이 들었다.

"투서 내용에는 김 처장이 어떤 여자와 같이 식사하는 사진과 같이 술을 마시는 사진도 찍혀서 들어 있다는데… 누군가가 우연히 김 처장을 보고 사진을 찍어서 제보한 것 같아."

"본부장님. 그럼 제가 어떻게 해야 하는지요?"

상형은 답답한 마음으로 본부장의 얼굴을 쳐다보았다.

"김 처장에 대한 사생활은 내가 알 수 없고 알 필요도 없잖아? 다만, 감사실의 투서 내용에 대해서는 김 처장이 사실관계를 소명하기는 해야 하니, 나중에 감사실 조사를 받을 때 잘 대응해서 마무리 짓도록 하는 게 좋겠죠? 그리고 이건 할 이야기는 아니지만, 사모님이 많이 아픈 걸로 아는데… 보안을 유지해서 사모님이 전혀 모르도록 하시는 게 좋을 듯합니다. 아픈 환자가 그래도 의지하는 건 가족뿐이잖아요? 아무래도 남편에게 제일 의지할 텐데…. 아무튼 잘 마무리되었으면 좋겠네요!"

본부장실을 나온 상형은 창밖을 바라보며 많은 생각을 했다. 누가 자신에 대하여 투서를 했는지… 또 이런 상황을 혹시라도 정해가 알게 될지도 모른다는 두려움과 앞으로 수지와 더 진전된 관계를 원치 않으니 지금 이 상황을 순조롭게 마무리해야 한다는 생각이 엉켜 복잡한 생각이 들었다. 그가 사무실 창가에 서서 밖을 바라보며 담배를 한 개비 무는 순간, 진동으로 해 놓은 그의 핸드폰이 울렸다. 수지였다. 상형이 처한 사정을 전혀 모르는 수지에게 어떤 식으로 설명해야 할지, 어떤 식으로 관계를 정리해야 할지… 마음이 착잡했다. 전화를 받을 수 없는 상황이었다.

"처장님. 요즘 너무 연락이 없으시네요? 혹시 무슨 일 있으신 것 아니시죠?"

전화에 이은 수지의 문자였다. 어떻게라도 답장을 해야 했지만, 상형은 아무것도 할 수 없었다. 사실 한동안 정해가 투병으로 힘들어하는 모습을 보며 더 이상 수지를 만난다는 것은 인간적으로 있을 수 없는 일이라고 생각했고, 정해를 위해서도 그건 천벌을 받을 짓이라고 마음속으로 느끼고 있었다. 어쩌면 자신 때문에 정해가 더 병세가 악화된 것이 아닌지 죄책감이 들었다. 그러면서도 자신이 더 미웠던 것은 잊으려고 해도 수지의 생각이 완전히 지워진 것은 아니라는 사실이었다. 상형은 자신에게 주어진 운명이 너무도 가혹하다는 생각이 들었다.

사무실을 나서려는데 처제로부터 전화가 왔다.

"형부. 집에 빨리 와 보셔야 할 것 같아요. 지금 언니가 많이 아파서 힘든 상황입니다!"

"그래? 알았어. 최대한 빨리 갈 테니, 언니 좀 부탁해…."

상형은 정해에게 뭔가 문제가 생긴 것 같다는 불길한 예감이 들었다. 황급히 차를 몰아 집에 도착한 순간, 구급차 한 대가 집 앞에서 막 떠나고 있었다.

"형부! 지금 병원으로 가는 중인데요. 언니가 곧 임종할 것 같아요. 언니가 뭐라고 이야기하는데, 마지막 유언인 것 같기도 하고…."

상형은 황급히 옷가지를 챙겨서 병원의 응급실로 급하게 차를 몰았다. 응급실에 도착하니 안쪽에서 울음소리가 들렸다. 처제의 목소리였다. 응급실에 들어서는 순간, 눈을 감은 상태로 편안히 누워있는 정해의 모습이 보였다.

"임종하셨습니다…. 그간 많이 힘드셨을 텐데…. 뭐라 위로의 말씀을 드려야 할지 모르겠습니다."

담당 의사의 말을 들은 상형은 정해의 주검 앞에서 무릎을 꿇고 하염없이 울기 시작했다.

"여보! 나를 두고 먼저 가면 어떻게 하오. 여보, 애들은 어떻게 하란 말이오…! 당신 너무 야속하오. 나는 어떻게 하란 말이오. 여보…."

상형의 눈에서 눈물이 계속해서 흘러내렸다.

"형부. 언니가 임종 직전에 작은 소리로 힘겹게 뭐라고 이야기했는데, 제가 듣지를 못했어요. 형부에게 뭔가 말하고 싶었던 게 있었던 것 같았어요. 아, 맞아요…. 언니가 임종 전에 이런 이야기를 했어요. '사람이 죽으면 나비로 환생한다던데, 내가 죽으면 나비로 환생하여 우리 가족 곁을 맴돌면서 지켜줄 거야! 항상 행복하길 바래!'라고요…. 형부! 언니가 형부하고 애들을 두고 먼저 가는 게 한스러운지, 아직 눈을 뜨고 있어요. 형부가 편안히 눈을 감겨주시죠! …우리 착한 언니! 너무 불쌍해요…."

처제의 울먹이는 목소리를 뒤로하고 상형은 마지막으로 정해의 눈을 살며시 감겨 주었다.

이제 이 세상 사람이 아닌 정해와의 아름다운 추억을 가슴속에 묻어두고 정해를 그렇게 아프게 보내야만 했다. 장례식을 치르고 병원을 나서는데, 스산한 바람이 불어 상형의 옷깃을 여몄다. 홀로 외롭게 살아가야 할 상형을 남겨두고 먼저 떠난 정해가 위로하고 걱정하는 듯, 그렇게 슬픔의 바람이 불어왔다.

"여보. 그동안 너무 고생 많았소. 그리고 감사하오. 좋은 곳으로 잘 가시게…. 여보!"

꽃은 졌지만, 향기를 맡고 싶다

김기홍

성혁은 일제 강점기에 2남 1녀 중 장남으로 태어났다. 먹고살기 힘든 보릿고개 시절 태어난 그는 포대기에 싸여서 어머니의 젖을 빨며, 한시도 품 밖으로 나갈 수 없고 아무것도 할 수 없는 젖먹이였다. 포탄이 시도 때도 없이 떨어지는 생(生)과 사(死)의 갈림길에서 운 좋게 살아남은 한 생명체에 불과한 약한 존재였다.

저잣거리에서 엄마가 국밥을 사 먹을 때 엄마가 호호 입김을 불어 전해 주는 밥 한술을 무슨 맛인지도 모르고 혀끝으로 넘겼는데, 잘게 씹힌 밥 한 톨이 원초적인 삶의 활력소가 되었다. 당시는 먹고사는 것만이 관심사이자 그 이상의 가치는 생각도 할 수 없는 상황이었으니, 강하게 살아남기 위한 자생력은 누가 가르쳐 주지 않아도 자연스레 터득한 비법이었다.

성혁은 세월이 흘러 제법 건장한 체격의 사내가 되었다. 어릴 적 초가집 부근을 지나다니던 미군 군용 트럭에서 미군들이 한 개씩 던져 주는 초콜릿, 건빵 등의 먹거리는 제법 힘 안 들이고 얻어먹을 수 있는 특식이었다. 어린 성혁의 눈에는 미군의 각진 모자와 군복도 멋있었지만, 군대에 가면 먹고 싶어도 먹지 못했던 많은 먹거리를 먹을 수 있을 거란 생각에 군은 선망의 대상이었다. 그런 희망은 어른이 되면서 점점 현실이 되었다. 6·25 전쟁 이후 정부에서는 군인들을 징집하고 입대 지원자들을 받았다. 성혁은 한 치의 주저함도 없이 자원입대했다. 희망도, 꿈도 없는 병영 생활을 견뎌내기 위해서는 무지와 단순함만이 살아남기 위한 방법이라는 것을 어릴 적부터 익히 체득해 와서 너무나 잘 알고 있던 그였다.

성혁은 자존심이 강한 남자였다. 비록 폐쇄된 군 생활이지만 상사, 동료 군인들과 매일 이념적 논쟁 및 일상사에 대하여 이야기하며 사소한 소일거리를 찾아 무료한 일상을 달랬다. 그것이 그나마 낙이었다면 낙이라고 할 수 있을 것이다.

힘든 훈련을 마치고 항상 마음의 위안을 주었던 것은 빛바랜 가족사진이었다. 언제 끝날지 모르는 전쟁터에서 평온의 시대를 기대하며, 자신의 삶이 어떻게 될지 모르는 불명확한 삶 속에서 목숨의 담보도 장담할 수 없는 상황이었지만, 그래도 반드시 가족의 품으로 돌아가겠다는 의지를 불태울 수 있었던 것은 그가 품속에 간직한 가족사진 때문이었는지도 모른다.

성혁은 노래를 좋아했다. 팝송을 좋아해서 올드 팝송 및 유행하는 팝송은 영어 가사를 외우며 혼자 부르기를 좋아했다. 그는 체격이라든지 외모가 서구적이라 엘비스 프레슬리와 흡사하다는 이야기를 주변 사람들에게서 많이 들었다. 각종 행사가 있을 때마다 주저 없이 무대에 올라 노래를 부르곤 했다. 군의 하계 전투 훈련이 끝나고 부대장이 주최한 만찬에서 노래 한 곡을 부르고 싶은 장병은 단상으로 올라오라는 명령이 떨어지자마자, 성혁은 한 치의 주저함도 없이 바로 단상에 올랐다. 당연히 성혁의 실력을 아는 많은 상사, 동료 전우들은 기대하며 단상을 주시했다.

"Besame, Besame mucho. como si fuera esta la noche. Lacettima vez Besame. Besame mucho."

그는 멋들어지게 허리를 배배 돌리며 각진 군모를 한껏 눌러쓰고 제법 멋스러운 모습을 연출하며 노래를 불렀다. 그가 열창하는 동안 무대 앞 객석에서는 누가 시키지도 않았는데 다들 힘껏 박수를 치며 노래를 같이 따라 불렀다. 분위기가 한껏 고조되었다. 노래가 끝나기가 무섭게 "한 곡 더!", "앙코르!"라는 소리가 무대 앞 장병들에게서 터져 나왔다. 성혁은 기다렸다는 듯이 바로 이어서 "별이 쏟아지는 해변으로 가요~ 젊음이 넘치는 해변으로 가요~"라며 노래를 목청 놓아 힘껏 불렀다.

군 생활이 만만한 것만은 아니었다. 꼭 무슨 행사가 있거나 야외 병영 지원이 있고 난 후에는 선임자들의 얼차려가 있었다.

"신참이 웃음을 보여? 기합이 빠졌어!"

성혁은 이유 같지 않은 이유로 자주 얼차려를 받곤 했다. '원산폭격*'을 하다 보면 얼마 지나지 않아 다리가 후들후들 떨렸다. 눈은 핏발이 서고, 머리 부분 정수리는 모래가 끼어 따끔따끔했다. 군 위계질서의 아우라 때문인지, 얼차려를 받는 후임들은 선임자들의 배려 섞인(?) "전원 기상!"이라는 말이 떨어지기를 기대하며 일언반구없이 이를 견뎌 내었다. 성혁은 그 모든 것이 육체적으로 힘들지만, 이상하게도 그런 노역(奴役)들이 그다지 못 견딜만한 것은 아니라고 자위했다. 태어나서 엄마의 품속을 떠나기까지, 온전히 삶은 자신이 견뎌내고 이겨내야 할 숙제인 것을 익히 알고 있었기 때문이다. 성혁에게 삶은 그 어떤 고난과 역경이 와도 이겨내야 할 자생력의 한 과정이지만, 그래도 살아가면서 자신을 보호해줄 무리들, 인간관계가 필요하다는 것은 깨닫고 있었다.

제대한 후 공기업에 취직한 성혁은 장남으로서 시골에서 살고 계신 늙은 어머니가 늘 마음에 걸렸다. 가까이 있으면서 살갑게 챙기고 보살펴 드려야 하지만, 여건과 거리상 쉽게 가지 못해 늘 마음의 부담이 있었다. 남동생이 일찍 취업하여 근근이 생계를 꾸려 갔지만, 장남으로서 역할을 못하고 있음에 늘 마음 한구석에는 죄송한 마음뿐이었다. 게다가 시골에 가서 한번 뵙기라도 하는 날이면 노모는 항상 성혁에게 말

---

* 머리를 땅에 박고 뒷짐을 지고 있는 형태

했다.

"성혁아…. 결혼은 언제 할 거고?"

돈을 빌려준 채권자처럼 늘 안부 겸, 압박 겸 자꾸 물어보니, 이만저만 스트레스가 아니었다. 결혼해서 손자를 안겨 주는 것이 효도라고 무언의 시위를 하는 듯했다.

당시에 회사를 다니고 있다는 것은 큰 보증수표였다. 특히, 신망의 대상인 공기업에 근무하는 것은 결혼을 위한 전제조건이었다. 성혁은 사내다움이 있었고, 소신이 뚜렷한 남자였다. 간혹 직장 상사들과 부딪히는 경우도 있었지만, 그런 그의 소신을 이해하고 알아주는 상사들도 제법 많았다. 그러던 차에 성혁을 눈여겨본 직장 상사가 대기업에 근무하는 고위직 임원의 조카딸을 소개해 주겠다고 연락해 왔다. 한번 만나보라는 중매였다. 성혁은 대기업 집안의 딸이라면 배경도 좋고, 가정교육도 잘 받았을 것이니 두말할 것도 없이 결혼해야겠다고 다짐하고, 그녀와 만난 지 얼마 되지 않아 바로 프러포즈를 했다. 늙은 어머니의 소원을 들어줄 절호의 기회였다. 결국, 둘은 일사천리로 결혼까지 바로 이어졌고 아내는 그를 빼닮은 아들까지 낳았다. 그토록 기다리던 손자를 노모의 가슴에 안겨 드릴 수 있었다. 제대로 효도를 해 드린 것이었다.

가정을 꾸렸지만, 사실 성혁은 이상하리만큼 여성 편력이 심한 사람이었다.

그래서는 안 되는데 이런저런 연이 되는 여자들과 거리낌 없이 만나는 것은 기본이고, 애들이 커 가는 데도 집안은 내팽개치듯 수수방관하고 여자들을 만났다. 가정 살림은 부인 혼자서 이끌어 가는 마당임에도 불구하고 그의 외유시간은 부쩍 늘어갔다. 신혼은 아니었지만, 깨가 쏟아져 한창 재미있을 법도 한 결혼 생활이 삐걱거리기 시작했다. 잦은 말싸움은 기본이고, 아내를 무차별로 폭행하는 경우도 종종 생겼다. 엄마를 때리고 울고 하는 험악한 분위기 속에서 아버지를 바라보는 아이들의 눈은 그야말로 어미를 잃은 처절한 사슴의 눈망울을 보는 듯했다. 아이들은 이해할 수 없었다. 아빠의 그런 모습을…. 그러나 그렇다고 해서 아이들에게는 아빠를 말릴만한 나이도, 용기도 없었다. 여느 가정과 다른 폭력 아빠, 폭력 남편을 두고 매 맞고 사는 엄마를 이해할 수 없는 아이들의 처참한 일상이 지속되었다. 암흑의 터널은 끝이 없을 것 같았다. 가끔 한 줄기 빛이 비치듯 잠잠하게 넘어가는 날이 있기는 했지만, 오래지 않아 또다시 침묵과 고통의 터널이 계속 이어지고 있었다. 아이러니하게도 성혁은 아내에게 폭력을 행사하는 날이면 어디서 먹었는지, 술을 먹고 들어왔다. 그런 날이면 성혁은 매번 울었다. 그것도 애처롭기까지 한 큰소리로 서럽게 울었다. 성혁에겐 두 명의 아이가 있었다. 그런 광경이 낯설지는 않았지만, 아버지의 그런 행동을 아이들은 이해할 수 없었다. 그래도 아이들에게는 하나뿐인 아빠였다. 돌이켜보면 아버지와 즐겁게 가족 여행을 가거나 맘 놓고 편하게 지냈던 시간이 별로 없었지만, 아이들은 사춘기를 겪으면서 그런 아버지를 조금씩 이해하기 시작했다. 아버지에게는 어릴 적 수시로 떨어지는 포탄과 실탄이 난무하는 전쟁터에서 죽어가는 사람들을 보면서 생긴 정신적 트라우마가 있었다. 아이들은 아버지의 그런 트라우마가 여성 편력, 이상 심리상태를 가지게 만든 것 같다는 추리를 하게 되었다. 물론 결국에는 아버지의 그런 비이성적인 행위가 이해되지 않고 슬픔으로 이어졌지만, 그래도 그런 아버지를 이해하려고 무던히 노력했다. 그러나 결국 어머니와의 결혼 생활은 오래가지 못했다. 견디다 못한 어머니가 이혼을 요청하고, 두 사람의 연은 그렇게 마감해야만 했다. 두 아이가 의지할 사람은 아버지인 성혁뿐이었다.

아버지는 나이 차이가 있는 새엄마와 재혼하였다. 아이들은 사춘기에 겪은 부모의 이혼이라는 슬픔이 채 가시기도 전에 새엄마를 받아들여야 했다. 그러나 그녀를 마음속으로 진정으로 받아들이기에는 준비가 되어 있지 않았다. 어쩌면 아버지는 육체적 대상으로만 새엄마를 생각하고 있었는지도 몰랐다. 새엄마를 인정하기 싫었고 새엄마를 "엄마."라고 부르는 것도 내키지 않았다. 아이들의 그런 분위기를 알면서도 아버지는 새엄마에게 엄마라고 부르고 잘 지내라고 이야기했지만, 형제는 새엄마에게 다가서기가 쉽지 않았다. 아니, 친엄마가 살아있는 한 쉽게 새엄마를 받아들이기가 어려웠다.

새엄마에게도 아들이 세 명 있었다. 새엄마가 아버지와 결합하자, 그녀의 아이들은 결혼한 큰형의 집에서 같이 살게 하고 새엄마만 혼자 아버지의 집에 들어왔다. 형제는 생각했다. 아이들을 버린 것인지? 아니면 아버지가 좋아서 아버지를 택한 것인지? 어쨌든 새엄마의 자식들도 불쌍하다는 생각이 들었다. 어쩌다 우연히 한 번씩 같이 볼일이 있었는데, 같은 또래라 잘해 주고 싶었다. 어쩌면 서로 동병상련의 입장이라 더 그런 생각을 가지게 되었는지도 모를 일이다. 아버지는 새엄마와 결합하고 나서 한동안은 잘 지내는 듯했다. 그러나 아버지의 폭력성은 여전했다. 뭐가 마음에 안 드는 게 있는 날이면 손찌검이 이어졌다. 새엄마도 그렇게 폭력의 피해자가 되어갔다. 어쩌면 친엄마보다 더 심한 폭력의 피해자였는지도 모른다. 아버지의 그런 행동 속에 가족 모두는 공포의 도가니 속에서 살아야만 했다. 그곳을 벗어나는 길은 가출하는 것뿐이었다.

불행 중 다행히도, 둘째 아들인 나는 군 제대 후 취업이 되어 서울로 가게 되었다. 그 순간은 나에게 있어서 8·15 광복절을 맞아 길거리를 뛰쳐나온 환희의 기쁨보다 더 기쁜 순간이었다. 그러나 막상 집을 나왔지만, 아버지의 그런 행동이 염려되었고 새엄마가 어떻게 견뎌낼지도 걱정되었다.

"잘 되겠지…. 잘 사시겠지…."

혼자 체념하고 마음의 위안으로 삼으며 직장 생활에 잘 적응하며 지냈다. 가끔 안부 전화를 드릴 때, 혹여 집에서 무슨 이야기라도 하려고 하면 바쁘다는 핑계를 대고 전화를 끊기가 일쑤였다. 아니, 아예 집안

일에 관심을 가지기 싫었고, 탈출의 기쁨을 만끽하려는 다분한 의도된 작전이었는지도 모른다. 서울 상경 후 평온한 직장생활과 아버지의 무탈한 시골 일상사가 계속 이어지며 모처럼 춘풍이 부는 듯했다. 그러던 어느 날 아버지는 둘째 아들인 현철에게 전화를 하였다.

"너 엄마가 몸이 좋지 않다. 한번 내려와라!"

느낌이 좋지 않은 갑작스러운 전화였다. 모처럼 아버지에게 드릴 선물 등을 챙겨서 시골로 내려가려는데, 이런저런 생각이 들며 걱정이 되었다. 늘 어릴 적부터 불안한 하루하루 삶의 연속을 통해 내성(耐性)이 생긴 나였지만, 그런데도 왠지 모를 불안감이 급습해 오고 있었다. '무슨 일일까? … 또 아버지가 무슨 일을 저지른 것일까?' 별생각을 다 하며 시골집에 도착하여 방문을 여는 순간 놀란 가슴을 쓸어 담을 수가 없었다. 새엄마의 얼굴은 반쪽이 되어 있었고 팔에는 링거를 꽂고 있는 중환자의 모습이었기 때문이었다. 내가 방 안에 들어가는 순간 새엄마는 나를 보며 눈물을 계속 흘리고, 아버지는 태연한 척하며 감정을 자제하는 듯했다.

"무슨 일이에요? 새엄마! 어디 많이 아프세요?"

"너 엄마가 암에 걸렸다. 수술도 했다. 병원에서 어려울 것 같다고 하더라…"

아버지는 떨리는 목소리로 이야기하더니, 애써 참았던 눈물을 흘리기 시작했다. 청천벽력같은 소리였다. 머릿속이 하얗게 변하면서 무슨 말을 해야 할지, 어떻게 해야 할지 아무 생각이 나지 않았다.

　새엄마를 병간호하기 위해서 잠시 직장을 쉬기로 했다. 집에 있는 동안 물심양면으로 새엄마를 간호했다. 시골 동네 어르신이 민들레가 암에 좋다고 이야기하여 온 들판을 뒤져 민들레를 따서 한 소쿠리에 가득 담아 오기도 했다. 그런 날이면 집에 돌아오는 길에는 새엄마를 위해 뭔가를 했다는 마음과 이런 나의 자그마한 정성이라도 하늘이 받아주어 새엄마가 완쾌되었으면 하는 간절한 마음이 들었다. 그런데 새엄마에게 민들레를 갈아서 즙으로 만들어 드리면 조금 맛을 보다가 이내 써서 못 먹겠다고 투덜투덜 대기 일쑤였다. 아버지도 지극정성으로 새엄마의 몸 구석구석을 주물러 주는가 하면, 무릎을 꿇고 성경책을 펴놓은 채로 열심히 기도하며 하느님에게 한 인간의 생명을 구해달라고 애원했다. 그러나 그런 노력과 염원은 온데간데없고, 새엄마는 항암치료로 기억을 가물가물하게 잃어갔다. 곱디고운 머리카락은 다 빠져 몰골만 앙상하게 남았다. 그래도 가끔 기억이 돌아오기라도 하는 날이면, 현철의 손을 붙잡고 "나중에 결혼하면 색시한테 잘해줘…"라며 무슨 복선(伏線)이라도 있는 듯 그렇게 당부하곤 했다. 나는 그에 대한 화답으로 "곧 완쾌되실 거예요. 아버지가 열심히 기도하고 있잖아요?"라고 했지만, 곧 새엄마가 생을 마감하게 될지도 모른다는 불안감이 엄습해오는 것은 숨길 수가 없었다. 그러는 와중에도 새엄마의 건강은 더욱더 악화되었고 결국 병원 중환자실로 옮길 수밖에 없게 되었다. 며칠 동안 병간호를 위해, 병동에서 새엄마 곁을 지키던 중 깜박 잠이 들었는데, 간호사가 다급하게 깨워 눈을 떠보니 새엄마가 편안히 눈을 감고 있는 모습이 보였다. 나도 모르게 눈물이 주르륵 흘러내리며 그간 지내왔던 새엄마와의 추억들이 파노라마처럼 머리를 스쳐 갔다. 새엄마의 시신을 화장하여 유골을 강 하굿둑에서 강물에 띄워 보내 드렸다. 새엄마와의 이생에서 마지막 이별을 고하는 순간이었다.

　새엄마를 그렇게 보내고 집으로 돌아오는 길에 길가에 핀 달맞이꽃을 바라보았다. 평소 새엄마가 좋아했던 꽃이었다. 잠시 차에서 내려 달맞이꽃의 은은한 향기를 음미하려 했지만, 향기를 맡을 수 없었다. 척박한 환경에서도 굴하지 않고 자생하며 많은 이에게 아름다움과 향기를 풍겨왔던 꽃이었는데, 부근의 난개발 때문에 뿌리째 뽑히고 있었다. 앞으로 더 이상 향기를 맡을 수 없을 것 같다는 생각이 들었다. 하늘도 슬퍼서 우는지, 가랑비가 머리를 적시고 있었다.

이카로스(Icarus)의 꿈, 그리고 좌절

김기홍

"병철아. 뭐 하고 있어?"

"뭐 하긴…. 그냥 집에 있지. 조금 이따가 도서관 가려고…."

아침 일찍부터 친구 민규에게서 전화가 걸려 왔다.

"오늘 날씨도 좋고 한데, 궁색 맞게 퀴퀴한 냄새나는 도서관에만 처박혀 있지 말고, 종로 피맛골에서 막걸리 한잔하면서 인생이나 논하자. 7시까지 우리가 자주 가던 그 주점으로 와라."

민규는 벌써 몇 년째 고시 공부를 한답시고 매일 도서관에 공부하러 가는 병철이가 불쌍하기도 하고 한편으로는 측은해 보이기도 해서 간만에 번개를 때렸다.

"너는 나한테 도움이 안 돼! 공부 중인 친구에게 책을 사주면서 격려는 못할지언정, 술친구가 그리울 때면 꼭 나한테만 전화를 하네? 안 그래도 갈 길이 먼 사람한테…."

"야! 지금까지 수년간 공부를 해 왔는데 오늘 하루 공부를 안 한다고 뭐 달라지는 게 있어? 그냥 오늘은 잔말 말고 내가 하자는 대로 해. 늦지 않게 와라!"

병철의 입장은 아랑곳하지 않은 민규의 일방적인 통보였다. 그래도 숨소리 하나 들리지 않는 이 절간 같은 도서관에서 그나마 바깥 공기를 마시게 해 주는 친구는 민규뿐이었다. 병철은 그런 민규의 제의가 싫지만은 않았다. 병철은 책을 담아둔 등산용 배낭을 꺼내어 다시 책상 위에 올려놓고는 헐렁한 츄리닝에 등산복 재킷을 입고 거리로 나섰다. 약속 시각보다 조금 일찍 나와 시내 거리를 활보했다. 초저녁이었지만 이미 거리의 네온사인은 하나둘씩 켜져 상가의 거리를 밝히고 있었다. 종묘공원을 지나면서 다정히 손을 잡고 걸어가는 촌로(村老)들을 보았다. 부부 같지는 않았지만, 귓속말을 하며 무엇인가 열심히 말하고 있는 할아버지의 얼굴에는 웃음기가 가득했다. 어울리지 않는 고가의 스포츠 브랜드로 치장한 할아버지는 외연의 부(富)를 자랑하는 것 같았지만, 축 늘어진 어깨에는 맵시라곤 찾아볼 수 없는 어색함이 묻어 있어서 이내 쓸쓸함이 느껴졌다. 병철 역시 집에서 입던 옷을 그대로 걸치고 나온 본인의 모습이 왠지 처량하게 느껴졌다. 약속 장소로 걸어가는 중에 다정한 젊은 연인들이 서로 가벼운 볼 터치를 하며 팔짱을 끼고 가는 모습을 보니 더욱더 자신의 처지가 한심하다는 생각이 들었다. 이를 악물고 꼭 사법 시험에 합격해서 검사가 되어 주변인들에게 성공한 모습을 보여주고 싶다는 오기가 발동했다. 모처럼 친구 민규의 약속 제의에도 약속 장소로 가는 발걸음이 그리 가볍지만은 않았다.

병철은 민규와 만나기로 한 장소인 '목로주점'에 약속 시각보다 조금 일찍 들어섰다. 초저녁인데도 좌석은 이미 만석이었다. 모처럼 둘만의 난상토론을 하기 위해 구석진 자리에 앉았다. 그리고 민규가 오기 전에 미리 막걸리와 모둠전을 시켜 목을 축였다.

"어! 빨리 왔네? 어지간히 술빨이 당겼나 보군! 별일 없었어?"

민규는 오자마자 대접에 막걸리를 따르고는 벌컥벌컥 단숨에 한 잔을 들이켰다.

"공부는 잘 돼?"

"잘 되겠어…? 하루하루 공부한답시고 고시원에 쳐박혀 시간과의 싸움을 하는 내가 한심스럽지…. 너는 별일 없고?"

"응. 나야 회사원이니 늘 하는 일 하면서, 따박따박 주는 월급 받아먹으면서 그냥 그렇게 살고 있지…."

모처럼 만의 만남이라 반가웠지만, 민규는 잘나가는 대기업의 어엿한 직장인이고, 병철은 만년 수험생이라 서로 학창시절 때처럼 그런 편한 술자리가 아니었다. 그래도 민규는 병철의 자존심을 건드리지 않으려고 최대한 눈치를 보며 대화를 이어나갔다.

"옛날 같으면 개천에서 용이 많이 났는데, 요즘은 개천에서 용이 살다가 다 죽었는지…. 개천에서 용이 나오기가 힘든 세상인 것 같아!"

"정부의 정책이 오락가락하고, 가진 놈한테 유리하게 맞춰져 있으니, 나같이 돈 없고 빽 없는 놈은 맨날 맨몸뚱이로 때워야 할 판이야. 너무 서글프고 서글퍼…."

민규는 병철이 하고 싶어 하는 이야기가 무엇인지 잘 알고 있었다.

"어떤 놈은 애비를 잘 만나 빈둥빈둥 놀면서 하고 싶은 것 다 하고, 좋은 직장을 물려받아 떵떵거리고 사는데… 어떤 놈은 매달 월세도 못 내 부모님 눈치를 봐야 하고! 세상이 뭐 이리 개 같아!"

"야. 맨날 신세타령 해 봐야 뭐 할 거야! 술이나 마셔…"

병철은 자신도 모르게 야전군이 다 되어 있었다. '무엇이 잘되었다.', '잘못되었다.', '정책이 옳다.', '틀리다.' 등, 결국 그런 생각들이 신세 한탄으로 이어지곤 했다.

"야. 그러니 너 같은 놈이 검사가 되어야지! 그래서 세상을 다 바꾸어 버려! 쓰레기 같은 놈들, 다 잡아넣고 무소불위의 칼날을 휘둘러 봐!"

민규는 그런 병철의 생각에 맞장구를 쳤다.

"요즘 대학생들 봐라! 하라는 공부는 안 하고 맨날 데모나 하고. 지들이 뭐 개선장군이나 된 것처럼 청와대 앞으로 몰려가 기자회견이나 하고…. 그놈들 애비는 시골에서 농사지어 자식들 등록금 대랴, 생활비 대랴… 뒷바라지하느라 허리가 굽었을 텐데, 하는 꼬락서니 하고는 말이야! 개자식들! 내가 검사가 되면 그런 놈들은 모조리 잡아넣어 버릴 거야!"

병철은 마치 검사라도 된 듯이 세상에 만연한 부패, 시국사범에 대한 이야기를 이어나갔다. 그가 검사가 되기 위해 고시 공부를 하는 것도 그런 연유 때문이었다.

"그래…. 다른 사람은 못해도 너는 꼭 해내리라 믿는다! 꼭 사시 합격

해서 네가 하고자 하는 방식대로, 생각대로 이루어 내라! 내도 친구 덕에 그 으리으리한 검찰청에 구경 한번 가 보게! 호호."

민규는 병철의 강단 있고 주관 있는 성격을 늘 지지해 주었다.

둘은 연거푸 잔을 들이켰다. 병철은 테이블 위에 놓여 있는 모둠전 하나를 집어 먹고는 담배 한 개비를 물었다.

"민규야. 내가 제일 좋아하는 전(煎)이 무슨 전인지 모르지?"

"글쎄? 모르겠는데…?"

"너도 알다시피, 나는 문경의 시골 깡촌에서 태어났어…. 어릴 적 내 유일한 낙은 엄마 손에 이끌려 시골 장터에 따라가는 거였어. 어린아이의 눈에 시골 장터는 더할 나위 없는 놀이터였지. 너도 잘 알잖아? 너도 황간 촌놈인데, 나보다 더 잘 알 것 아니야? 어쨌든, 엄마가 시골 장터에 가면 꼭 사주신 게 있어. 그게 바로 밤고구마하고 파전이야. 지금도 파전을 보면 시골에 계신 엄마 생각이 나…. 그리고 아버지는 밖에 나갔다 오시면 비닐봉지에 통닭을 싸 들고 오셨는데, 그건 우리 형제의 정말 특별한 간식거리였지! 그래서 지금도 파전이랑 통닭을 먹을 때면 아빠, 엄마 생각이 나…. 파전을 보니 갑자기 눈물이 나네…."

병철은 물고 있던 담배를 깊게 빨아들인 후 그 연기를 한껏 내뿜었다.

"내가 검사가 되려는 건 내 개인의 영리 영달을 위해서가 아니야!"

"그럼 뭔데?"

갑자기 병철이 무언가 의미심장한 이야기를 하려고 한다는 느낌이 들자, 민규는 병철의 두 눈을 뚫어지게 바라보았다.

"그동안 공부한답시고 이런저런 핑계를 대며 시골에 자주 못 내려갔는데, 문득 아버지가 보고 싶어 무작정 고향 집에 간 적이 있어. 가서 우연히 안방에 있는 탁자 위의 액자를 보게 된 거야. 궁금해서 액자 안의 사진을 보니, 아버지가 직접 그린 그림이 있더라고. 그 그림은 내가 검사복을 입고 환하게 웃는 모습을 그린 그림이었어! 아버지는 내가 꼭 검사가 될 거라고 확신을 하고 계신 듯했고, 아마도 수시로 나를 위해 기도하고 계신 듯했어. 난 그때까지만 해도 그냥 맹목적으로 사시 공부를 해 보자는 마음뿐이었는데, 그 액자를 보고 난 후로는 나 자신을 진심으로 돌이켜 보게 되었지. 정말 나 자신을 위해서도 그렇지만, 부모님의 간절한 마음에 조금이라도 보탬이 되어야겠다는 생각과 더욱 열심히 해야겠다는 다짐을 하게 되었어!"

병철의 눈가에 이슬이 맺혔다.

고시원의 작은 창문 틈으로 아침 햇살이 밝게 비추는 바람에 병철은 부스스 눈을 떴다. 어제 민규와 마신 막걸리의 취기가 아직 가시지 않은 상태였다. 그래도 병철은 공동화장실에 가서 고양이 세수를 하고 난 후 또다시 집념을 불태우며 책을 잡았다.

"이놈의 고통이 언제나 끝나려나…!"

아침마다 공부를 시작하기 전에 혼자서 되뇌는 이 말이 이제는 상투적인 독백이 되어버린 지도 어언 3년이 되었다. 3년이라는 청춘을 다

바친 시간이 앞으로 얼마나 더 길어질지는 모른다. 병철에게는 끝이 보이지 않는 암흑의 터널과도 같은 시간이었다. 고시 공부를 하던 선배들은 우공이산(愚公移山)의 마음으로 공부를 하다 보면 언젠가는 좋은 결과가 있을 거라고 그를 다독거리곤 했지만, 병철은 정말로 자신이 고시에 합격할 수 있을지에 대한 의문을 가지며 하루하루를 힘겹게 버텨 나가고 있었다. 병철의 책장에는 형법 책을 비롯하여 많은 법률 서적들이 줄을 맞춰 진열되어 있었다.

　고시원에서 잠시 바깥바람을 쐴 수 있는 시간은 점심, 저녁을 먹으러 나가는 시간뿐이다. 대부분의 고시생은 간단한 요기로 끼니를 때우기 일쑤지만, 그래도 이 시간은 사정이 비슷한 사람끼리 정보 공유도 하고 세상사에 대한 이야기도 나눌 수 있는 시간이라 병철 역시 일부러라도 나가서 먹으려고 노력했다. 병철이가 자주 가는 고시원 근처 컵밥 집에서 그는 학교 후배인 임중백을 만났다. 중백은 고시 1차 시험에 합격하여 2차 시험을 준비 중인데, 학교 다닐 때부터 1등을 놓치지 않은 수재였기에 2차 시험도 무난히 합격할 것이라 기대되는 인물이었다.

　"어! 선배. 공부는 잘 되세요?"

　"잘 되긴 뭐가 잘 돼? 공부 진도가 너무 안 나간다. 너는 잘 돼?"

　"예. 저는 그럭저럭 열심히 하고 있습니다."

　중백은 당당하게 확신에 찬 목소리로 대답했다. 그도 그럴 것이, 이미 1차 시험에 합격한 중백에 대한 소문이 퍼져 많은 고시생이 그를 만나려고 난리가 났기 때문이다. 아직 고시 시험에 합격한 것도 아닌데 마치 합격한 사람처럼, 그리고 고시에 합격하면 동기 연수원 기수 중에서도 선두주자가 될 사람이라는 것을 예견이라도 한 듯, 중백에게는 만남 요청이 끊임없이 쇄도했다. 중백은 판례라든가 해박한 법률 지식으로 노량진 고시촌에서 유명인이 된 지 오래였다. 웬만한 스타 강사보다도 더 인지도가 있는 후배였다.

"선배! 선배와 둘이 고시 시험에 합격하고 같은 검찰청에서 근무하면 너무 좋을 것 같아요. 서로 생각하는 부분도 일치하고, 미래에 대한 비전도 같으니, 저희 둘이 같은 검찰 조직에 있으면 조직의 혁신을 위해 많은 노력을 할 수 있을 것 같아요."

"중백이 너는 충분히 그럴 수 있지만, 난 아직 미흡해. 나는 나대로 열심히 할 테니 중백이도 열심히 해서 빨리 사시에 합격해서 검찰에서 승승장구하면서 나 좀 끌어 줘. 하하."

병철은 이미 중백이 곧 있을 2차 시험도 무난히 합격할 거라고 예견하고 있었다.

"모처럼 둘이 만났는데, 내가 맛있는 것 사 줄게. 우리 뭐 먹으러 갈까?"

"아, 선배. 그냥 평소 먹던 컵밥으로 간단히 때우시죠?"

"오늘은 좀 좋은 것 먹자. 공부도 잘 먹으면서 해야지, 부실하게 먹으면 힘이 달려서 공부도 잘 안 돼!"

"선배님이나 저나 가정형편이 변변치 않은 시골 촌로의 아들이잖아요? 저희가 왜 이리 힘든 고시 공부를 하고 있겠어요? 가진 것은 오직 몸뚱이 하나이고 머리 하나뿐인데요… 서로 먹은 것은 더치페이하고, 이야기나 좀 해요."

그렇게, 병철과 중백은 자리를 옮겨 이야기를 나누기로 했다.

"선배… 선배도 잘 아시다시피 저희 아버지가 경찰 출신이시잖아요? 제가 어릴 때, 저희 아버지는 경찰서의 정보 형사였어요. 그래서 항상 우리 집에는 많은 사람이 찾아오고, 술판이 벌어졌어요. 술자리의 대화 주제는 늘 시국사범에 대한 이야기였어요. 빨갱이가 어떻고, 요즘 정치판이 어떻고… 아버지는 그런 자리에서도 동네 양아치들을 다 손보아야 한다는 둥, 그야말로 누구나 겁내는 순사였어요! 저는 어린 마음에 아버지가 경찰이니 동네 깡패한테는 얻어맞지 않겠구나 하는 생각을 하며 자랐어요. 명절 때는 집으로 누가 보내는지 모르지만 많은 선물이 오고, 아버지는 항상 술에 절어 있었어요. 그런 아빠는 엄마에게 다정다감하지 못했고, 우리 형제들에게도 무서운 존재였어요. 저는 감히 아빠한테 말대꾸는 고사하고 아빠가 계는 곳이면 눈치를 슬금슬금 보며 피하기 일쑤였어요."

가슴속에 묻어두었던 어떤 말을 하려는지, 중백의 목소리 톤은 점점 더 커지고 있었다.

"어느 날, 제가 동네를 지나가다 학교 선배한테 돈을 빼앗긴 적이 있었어요. 물론 아빠한테 한마디도 안 했지요… 혹시라도 그 이야기를 들으면 불같은 성격의 아빠가 어떻게 할지 몰랐기 때문이지요…. 그런데, 우연히 학교를 마치고 집으로 가는 길에 골목 귀퉁이에서 저의 돈을 빼앗았던 선배가 아빠에게 몽둥이로 맞고 있는걸 보았어요. 아빠는 그때, '니가 누구 아들한테 감히 돈을 빼앗아! 너, 죽고 싶어서 환장했구나!'라고 하면서 사정없이 그 선배의 엉덩이를 몽둥이로 때리고 있었어요! 저는 너무 무서웠어요. 그런 모습들이 저에겐 너무 충격이었고, 경찰에 대한 부정적인 생각을 하게 했어요. 가끔 한 번씩 아빠 친구들이 집에 오는데, 그분들 중에는 경찰도 있었어요. 그분들은 한 번씩 아빠에게 '중백이도 나중에 크면 경찰 시켜 봐.'라고 말했지만, 아빠는 단 한 번도 나에게 경찰을 해 보라는 이야기를 하지 않았어요. 지금 생각해 보면 경찰을 대물림하고 싶지 않으셨던 것 같아요. 다만, 아빠는 술이라도 한잔하고 오시는 날이면 꼭 저희 형제들을 앞에 앉혀 놓고는 이렇게 말씀하셨어요. '아빠는 앞으로 너희들이 무엇을 하든 존중한다. 인생의 선택권은 각자 자신에게 있으므로, 자기가 잘할 수 있는 것, 하고 싶은 것을 하는 게 좋다. 다만, 아빠의 바람이 있다면 권력을 가진 기관에 가서 공무원으로 근무하면 좋을 것 같다는 생각이다. 어디에 가든 비굴하지 말아야 하고, 힘이 있어야 한다. 그러려면 당당히 어깨를 펴고 일할 수 있는 그런 곳이 좋을 것 같다는 생각을 해 본다. 물론 선택은 너희들이 하는 것이지만…' 선배! 제가 왜 고시 공부를 하는지 알아요?"

"글쎄?"

"아빠의 바람대로 힘을 가진 사법 기관에서 근무하고픈 마음도 있지만, 한편으로는 어릴 적부터 경찰인 아빠를 보면서 경찰에 대한 좋은 감정을 가지지 못했기에 그 대안으로 검사가 되고 싶었던 거에요. 물론 경찰이 나쁘다는 건 아닙니다!"

중백은 자신이 왜 검사가 되고자 하는지 그 이유를 아주 소신 있게 피력하고 있었다.

"권력은 오직 국민에게 돌려주어야 합니다. 예나 지금이나, 앞으로도 검사는 사법 기관의 마지막 보루가 되어야 해요. 그런데 권력을 남용하고, 강자에게는 약하고 약자에게는 강한 권력을 행사한다면 그것은 권력이 아니고, 리바이어던(Leviathan)과 같은 괴물의 집단이 될 겁니다! 그런 거만한 조직이 왕 노릇을 할 때 세상은 어지러워질 수밖에 없는 것 아니겠습니까? 외국의 경우를 한번 보세요. 선진국은 철저히 고객의 입장에서 판단하고 정책을 입안, 수행하고 있습니다. 심지어 호텔이든, 병원이든 국민이 자주 이용하는 시설, 기관에서도 스스로 안전과 품질을 유지하기 위해 인스펙션(Inspection)을 하루도 거르지 않고 합니다. 바로 그것이 국가를 살리는 경쟁력이기 때문입니다. 권력은 유한하고 국민의 신뢰와 믿음은 무한한데, 그 알량한 권력을 자신의 입신양명을 위해서 쓴다면 결국 그 권력과 조직은 그리스 신화에서 날개를 단 채 무서운 줄 모르고 하늘 높이 날아오르다 태양열에 날개가 녹아 추락한 이카로스 (Icarus)처럼 되어버릴 겁니다!"

중백의 촌철살인(寸鐵殺人) 같은 말이 병철의 마음을 요동치게 했다.

"선배! 근무는 할 만해요?"

"어. 그럭저럭 지낼 만해…. 임 검사는?"

"예. 저는 큰 사건을 배당받아 정신없이 수사하느라 매일 별을 보면서 퇴근하고 있습니다. 선배님들 하고 못 뵌 지도 오래되었네요. 소주 한잔도 못하고 있네요?"

"별말씀을…. 나 같은 지방검사야 시간 내기 편하지만, 중앙에 있는 임 검사는 시간을 내기가 어렵잖아?"

김병철과 임중백은 사법시험에 합격하여 병철은 김천지청에, 중백은 서울중앙지검에 발령을 받아 근무하게 되었다. 고시원 공부를 하면서 매일 같이 밥을 먹고 많은 이야기도 나눈 막역한 사이지만, 검사로 임용된 이후에는 자주 연락도 못하고 또 근무지가 서울과 지방이라 만나기도 여의치 않아 간간이 안부만 주고받기 일쑤였다.

"임 검사. 나 중앙지검 부근에 있는 삼호 복집에 와 있는데, 저녁이나 할까?"

"아, 선배! 연락도 없이 불쑥 어쩐 일이세요?"

"오늘 출장으로 서울에 왔다가 임 검사 생각이 나서 연락했네. 바쁜데 사전 연락도 없이 시간 빼앗아서 미안하네만, 선약 없으면 한번 보세."

"아, 선배님께서 오셨는데, 당연히 나가야죠!"

병철은 먼저 약속 장소에 도착해서 소주 한 병을 시켜놓고 목도 축일 겸 한 잔을 쭉 들이켰다. 고시원에서 어렵게 공부하던 추억을 되뇌며,

같이 공부하던 중백이 열심히 해서 조직 내에서 인정받아 서울로 영전하여 근무하고 있는 것이 대견스럽다는 생각과 함께, 일찌감치 검찰총장감이라고 주위에서 예견했던 인물이라 마음속으로 항상 그가 잘 되기를 비는 마음뿐이었다.

"선배! 서울까지 오셔서 피곤하실 텐데, 저한테 이렇게 연락을 다 주시고… 너무 고맙습니다."

"무슨 말이야. 내가 영광이지! 잘나가는 서울 검사님을 나 같은 지방검사 나부랭이가 마음대로 볼 수 있겠어?"

"아, 선배님. 무슨 그런 농담을요! 선배님이나 저나 다를 게 뭐가 있나요. 운이 좋아 서울로 발령 난 거지요…. 자, 선배님. 한잔하시죠!"

오래간만에 만나서인지 병철과 중백은 편안하게 연거푸 술잔을 들이켰다. 빈속에 술을 마신 탓에, 두 사람 모두 금세 취기가 올랐다.

"선배. 요즘 제가 금융권 대형 사기 사건을 수사하고 있는데, 피의자인 회사 대표가 얼마나 정, 관계에 돈을 뿌려 놓았는지, 수사하고 있는 동안에도 여기저기서 하도 전화가 많이 걸려 와서 미치겠습니다. 저는 원칙적으로 수사하지만, 피의자 신분인 회사 대표는 실실 웃으면서 해 볼 테면 해 보라는 식으로 묵비권을 행사하는데, 정말 웃기지도 않아요! 선배도 잘 알지만 요즘 검사들이 공명심이 뛰어나잖아요? 아무리 압박이 들어와도 철저하게 수사를 진행하려 하고, 또 그렇게 수사를 하는 것이 맞는 것인데…. 윗선에서는 많이 흔들리나 봐요. 선배나, 저나 옷 벗으면 변호사 해야 하는데, 돈 많은 회사의 대표가 그간 관리해

온 인맥을 동원해 밀고 들어오니 윗분들은 아마 거절하기 어려웠을 거예요! 저도 모르는 바는 아니지만, 제가 영장 신청을 하려고 결재를 받으러 가면, 왠지 윗분 인상이 확 달라져요! 뭔가 못마땅하다는 것인데…. 그렇다고 제가 대놓고 '이 사람 잘 아세요?'라고 물어볼 수는 없잖아요? 옛말대로 '유전무죄, 무전유죄'라니까요! 나 참…. 그렇다고 제가 독불장군식으로 수사를 해서 사법처리 하려고 하면 그것도 문제입니다. 저도 이 조직에서 커야 하는데, 윗분들한테 밉보여서 좋을 게 뭐가 있겠어요? 결국 저도 그들처럼 되어 가는 것이 아닌지 솔직히 개탄스러워요…."

중백은 그간 검사 생활을 하면서 맡은 사건에 대한 많은 고민이 있었음을, 그리고 조직에서 독단적으로 무엇을 하기에는 현실적으로 어려움이 많았음을 격정적으로 울분을 토하며 이야기하고 있었다. 병철 역시 그런 중백의 입장을 모르는 바는 아니지만, 그렇다고 조직을 비판하고 싶은 마음은 없었다. 본인도 검사 생활을 하면서 수없이 느껴왔던 행태였기 때문이다.

"임 검사…. 우리가 검사로 임용되고 나서 선서했던 것 기억나? 나는 지금도 그것을 줄줄 외우고 있어! '나는 이 순간 국가와 국민의 부름을 받고 영광스러운 대한민국 검사의 직에 나섭니다. 공익의 대표자로서 정의와 인권을 바로 세우고 범죄로부터 내 이웃과 공동체를 지키라는 막중한 사명을 부여받은 것입니다. 나는 불의의 어둠을 걷어내는 용기 있는 검사, 힘없고 소외된 사람들을 돌보는 따뜻한 검사, 오로지 진실

만을 따라가는 공평한 검사, 스스로에게 더 엄격한 바른 검사로서, 처음부터 끝까지 혼신의 힘을 다해 국민을 섬기고 국가에 봉사할 것을 나의 명예를 걸고 굳게 다짐합니다.' 임 검사나 나나, 이 선서문대로 검사직을 수행하려고 지금도 열심히 일하고 있잖아? 항상 초심을 잃지 말고 지금처럼 쭉 나아가시게!"

병철은 그 누구보다 공명심 있고 능력 있는 검사가 된 중백을 위해 술자리에서 선배 입장에서 힘이되어 주고자 이렇게 말했지만, 왠지 뒷맛은 개운치 않았다. 그도 그럴 것이, 처음 검사 생활을 시작할 때는 누구나가 그런 생각을 가지고 임하지만, 그 기조를 퇴직할 때까지 유지한다는 게 얼마나 힘든 수련의 연속인지, 너무나 잘 알고 있었기 때문이다.

"임 검사. 내가 언젠가 이런 생각이 들었어! 혹시 내가 검사 생활을 그만두고 변호사 개업을 하게 될 때, 임 검사는 유능하니 계속 현직에 남아서 승승장구하고 있을 텐데, 나는 그 알량한 자존심도 버리고 의뢰인을 위해서 검찰의 반대편에서 싸우게 될지도 모른다는 생각⋯. 혹시 그런 날이 오더라도 최소한 이 선배의 자존심만큼은 지켜주길 바랄게! 임 검사! 알다시피 내가 자존심이 굉장히 세잖아. 그 자존심 때문에 목숨도 버릴 수 있는 성격이잖아? 내 메신저 프로필 명이 '사무라이'라는 것 잘 알지?"

병철은 나중의 본인 인생을 예견이라도 한 듯 중백에게 의미심장한 말을 불쑥 던졌다.

"선배나 저나 한솥밥을 먹은 사이인데, 한배를 타게 되겠죠. 진부한 전관예우는 아니지만, 어렵게 고시원에서 생활할 때의 끈끈한 연이 있잖아요! 언제 어디서든 선배님의 인생을 응원할게요!"

"나도 마찬가지야!"

승용차를 타고 한적한 국도를 달리던 병철은 갑자기 차를 세웠다. 그리고는 양복 안주머니에서 담배 한 개비를 꺼내어 물었다. 멀리 병풍처럼 펼쳐진 고즈넉한 산을 바라보며 담배 연기를 길게 뿜었다. 병철이 검사 생활을 시작하며 처음 검사로서 사건 지휘를 했던 기억이 떠올랐다. 야산에서 일어난 사건이었다. 산 주변의 인적이 드문 인가에 살고 있던 노총각이 신변을 비관하여 술을 마시고 목을 맨 자살 사건이었는데, 그 당시 8부 능선 산을 경찰들과 힘겹게 오르며 현장 임장을 했던 기억이 어렴풋이 났다. 병철은 검사 생활을 그만두고 변호사로 개업하여 여기저기 명함을 돌리고 인사를 다니는 중이었다.

검사 퇴임 후, 처음에는 변호사로 개업하면 전관예우 차원에서 많은 사건이 수임될 거라는 기대감이 있었지만, 막상 사무실을 내고 보니 기대했던 것보다 상황이 녹록지 않았다. 빠듯한 수익으로 임대료와 직원들 월급까지 주려면 만만치 않았다. 잘나가는 검사는 아니었지만, 그는 언제나 묵묵히 최선을 다하며 조직 내에서 선후배 사이에 그리 나쁜 평판을 받지 않았던 검사였다. 그러나 막연히 잘될 것이라는 기대감을 가지고 변호사 생활을 시작한 이후, 현실은 냉정하다는 것을 알게 되기까지는 그리 오래 걸리지 않았다. 명함을 돌리며 만나는 연수원 선배부터 변호사를 일찍 개업한 선배들은 모두가 겉으로는 열심히 해 보라는 덕담을 건네지만, 내심은 '이 세계가 얼마나 냉혹한 세계인데!'라고 암묵적으로 이야기하고 있는 듯했다.

어느 날, 병철은 모처럼 일찍 집에 가서 아내를 도와 설거지도 하고 방 청소도 할 겸, 집안일을 위해 일찍 사무실을 나갈 채비를 했다. 그런데 그때, 한 사람이 그의 사무실을 방문했다.

"김 변호사! 오랜만이야."

"아니, 종일 형님! 어쩐 일이세요?"

"아, 우리 김 변이 사무실을 냈다고 하길래, 얼굴도 한번 볼 겸, 소주도 한잔할 겸 해서 왔어. 물론 내 일로 상의도 좀 할 겸 해서 겸사겸사 왔지."

종일은 병철이 검사 생활을 할 당시 그를 전폭적으로 도와준 친형제 같은 형님이었다. 옛날에 크게 사업을 하다가 사업이 제대로 되지 않아 이것저것 정리하고 지금은 시골에 전원주택을 짓고 노후 생활을 즐기는 분이었다. 병철은 사무실 근처의 꼼장어를 잘하는 음식점으로 종일을 데리고 갔다.

"형님. 시골 생활은 지낼 만하세요?"

"응. 좋아. 좀 심심하긴 하지만…. 그래도 견딜 만해. 자네는 어떤가? 변호사 생활이 옛날처럼 그리 재미있는 것 같지는 않던데?"

"그럭저럭 먹고 살 만합니다. 변호사도 어차피 직업이니까, 열심히 사건 수임을 맡아서 열심히 뛰어야죠. 형님은 얼굴이 좋아 보이십니다. 더 젊어지신 것 같아요! 늦둥이 한 명 더 낳아도 되겠어요."

병철은 오래간만에 보는 형님에게 나이를 거꾸로 먹는 것 같다며 농담을 했다.

"예끼, 이 사람아. 내가 나이가 몇 살인데 그런 농담을! 하하."

석쇠 위에서는 꼼장어가 거의 다 익어 거무스름한 빛깔을 내며 노릇노릇 타고 있었다.

"자, 우리 한 점 하세. 남자에겐 꼼장어가 최고 아닌가? 자네는 건강하지?"

"예. 저는 늘 건강합니다."

안주가 좋아서인지 술이 물처럼 술술 넘어가고 있었다.

"근데, 아까 상의할 게 있다고 하셨는데… 그게 뭔데요?"

병철은 종일의 취기가 돈 불그스름한 얼굴을 바라보며 물었다.

"아, 자네도 알다시피, 내가 시골에서 혼자 살잖아? 시골 인심이 좋아서인지, 먹을 것 있으면 서로 나눠 먹고, 어려운 일 있으면 서로 내 집처럼 거들고, 그렇게 이웃끼리 잘 살고 있지. 그게 시골 생활의 맛 아니겠어?"

종일은 병철의 얼굴을 보며 손에든 소주잔에 가득 채워진 술을 단번에 마시며 이야기를 이어갔다.

"그런데 얼마 전에 사건이 하나 터졌어!"

"형님. 무슨 일이 있으셨는데요?"

뭔가 심상치 않은 일이 있었다는 생각에 병철은 더욱 궁금해하며 물었다.

"집에서 장작을 패려는데 도끼가 없어서, 도끼를 빌리러 평소 친하게 지내는 옆집에 갔어… 난 옆집하고는 거리낌 없이 자주 왕래하는 사이야. 언제든지 편하게 문을 열고 들어가고, 먹을 것 있으면 같이 나누어 먹고, 옆집 아저씨와도 친구처럼 술도 한잔하고 그런 이문 없는 사이라, 내 집처럼 들락날락하는데… 그날도 그런 마음으로 그 집의 문이 열려 있길래 도끼를 좀 빌리려고 들어갔어. 인기척이 있는 것 같아 방문 앞에 서 있는데, 욕실에서 아주머니가 옷을 다 벗은 상태로 나오는 게 아니겠어? 나는 놀라서 눈을 감았고, 아주머니는 소스라치게 고함을 지르더라고… 나는 얼른 방을 나와버렸지… 그 당시 사과할 겨를도 없었고… 그런데 얼마 뒤 옆집 아저씨가 나를 찾아왔어. 자기 부인하고 무슨 일이 있었냐고 묻더라고. 내가 아무 일 없었고, 자초지종을 충분히 알아듣게 이야기했는데도, 옆집 아저씨는 막무가내로 욕을 하면서 가만히 두지 않겠다고 하며 방을 나가 버리더라고… 그리고 며칠 뒤에 경찰서에서 연락이 왔어. 주거침입죄로 고소되었다고 말이야! 나 참… 살면서 별일이 다 있다고 생각했지. 아무 잘못도 안 한 내가 마치 이상한 놈으로 소문나고, 사람들이 무슨 옆집 아주머니와 오랜 관계가 있었던 것 같다는 느낌으로 나를 쳐다보더라고… 어이가 없어서, 일단 형사고소를 당한 입장이니 자네한테 상담을 좀 받아봐야겠다는 생각을 하고 이렇게 찾아온 거야."

종일은 분개하여 병철에게 그간 있었던 일을 이야기했다. 병철은 일단 종일이 마음의 안정을 찾을 때까지 술잔을 돌리며 차분하게 이야기를 들어 주었다.

"형님! 형님한테 그런 일이 있었다는 게 너무 안타깝습니다. 어찌 보면 황당한 일이고, 많이 화도 나시겠지만, 일단 현행법이 있는 이상 잘 대응하는 게 순리일 듯합니다."

"그럼, 내가 어떻게 하는 게 좋겠는가?"

"일단, 변호사는 선임되어야 할 테고요. 형님의 입장에서는 검찰 쪽에 잘 대응하는 수밖에 없을 것 같아요!"

"그래? …그러면 자네가 내 수임 변호사가 되어주게. 괜찮겠지?"

"예. 형님 생각이 그러시다면 제가 사건을 맡아 잘 대응해 보겠습니다."

병철은 종일과의 관계를 떠나 어려운 입장에 있는 종일 형님을 위해 그를 도와주는 게 급선무라는 생각을 하며 사건을 잘 대응해 매끄럽게 일을 처리해야겠다는 생각을 했다.

병철은 많은 술을 연거푸 마신 탓에 집까지 가긴 갔는데, 어떻게 들어갔는지 전혀 기억나지 않았다. 반쯤은 몽롱한 상태에서 종일의 전화를 받았다.

"어제 잘 들어갔어?"

"아, 형님… 형님은 잘 들어가셨어요?"

"응. 나는 잘 들어갔지. 어제 이야기한 대로 자네가 내 일 좀 잘 봐주시게… 난 자네만 믿겠네!"

종일은 그냥 병철을 믿는다며 막무가내로 사건을 맡겼지만, 병철은 의뢰인의 입장에서 어떻게 하면 사건을 잘 대응할지 고민하지 않을 수 없었다. 시간이 흘러 사건이 접수되고 종일의 검찰 출석일이 다가왔다. 병철은 변호사로서 고소인의 입장을 들어볼 작정으로 고소인의 집을 방문했다.

"황지연 씨. 처음 뵙겠습니다. 저는 피고소인 김종일 씨의 변호사 김병철입니다. 다름이 아니옵고, 고소하신 주거침입 사건과 관련해서 한 가지 좀 여쭈어보겠습니다. 그날 마음이 많이 불편하셨을 테고, 기분도 많이 상하셨을 텐데요… 그래도 정확한 파악을 위해 그날 상황을 말씀 좀 해 주실 수 있을까요?"

병철은 고소인의 불편한 마음을 건드리지 않고 당시 상황을 잘 들어보기 위해 조심스럽게 말문을 이어나갔다.

"변호사님. 그날 저는 밭일을 하고 집에 들어왔어요. 항상 그랬듯이 몸을 씻으러 욕실에 들어갔지요. 그런데, 김 씨 아저씨가 불쑥 들어와 욕실에서 나오는 저를 바라보고 있었어요! 눈은 저를 쳐다보고 있고, 금세 저한테 달려들 듯한 폼이었어요! 저희 부부는 그간 김 씨 아저씨하고는 이문 없이 잘 지내왔어요. 김 씨 아저씨가 우리 신랑하고 갑자(甲子)이기도 하지만, 서울에서 내려와 연고도 없어 많이 외로울 것 같기도 하고, 좋은 사람인 것 같아서, 편하게 대해 주고 한 식구 같이 지냈어요! 그래도 공과 사는 구별되어야죠. 남의 집에 들어오려면 사전에 노크도 하고, 누가 있냐고 물어보기도 해야 하고… 그게 상식 아닌가요?"

황지연의 눈에는 어느새 눈물이 고여 있었다. 병철은 더 이상 질문을 던질 수가 없었다. 고소인의 심경이 불편한데 피고소인의 입장을 대변하는 말을 하기에는 어려운 상황이었다. 병철은 고소인과의 이야기를 마무리하고 이내 사무실로 돌아왔다. 고소인과 피고소인이 서로 입장이 달라 결국 종일 형님에게 전화를 걸어서 논점이 될 만한 것을 물어볼 수밖에 없었다.

"형님. 제가 오늘 고소인인 황지연 씨를 만났어요. 그런데, 형님이 저한테 말씀하신 내용과는 상당한 괴리감이 있던데요? 형님의 입장을 충분히 잘 알지만, 혹시 그날 있었던 일을 저한테 상세히 다시 좀 이야기해 주실 수 있어요? 정말 죄송한 말씀인데, 혹시라도 저한테 거짓말을 한 건 아닌지요?"

병철은 종일 형님이 그날의 일을 이야기한 것이 본인 입장에서 일방적으로 이야기한 것일 수도 있다는 생각을 가지고 사실관계 규명 차원에서, 되물을 수밖에 없었다.

"김 변, 아니… 아우님! 내가 자네하고 안 지가 몇 년이나 되었나?"

"아마도 15년 이상 된 것 같은데…."

"내가 잘은 몰라도 자네에 대해서 나만큼 많이 아는 사람이 있는가?

내가 자네한테 이야기한 것은 한 치의 오차도 없이 사실 그대로 이야기한 걸세…. 자네가 나를 못 믿으면, 누가 나를 믿겠는가? 내가 인생을 살면서 그렇게 완벽하게 살았다고 보지는 않지만, 그렇다고 남한테 손가락질받을 만한 일은 안 하고 살았다고 생각하네! 지금 자네가 나한테 묻는 것은 나를 믿지 못하고, 오히려 고소인의 입장을 되묻고 있는 것 같구만! 마음이 너무 불편하군!"

종일은 병철의 질문에 굉장히 불쾌해했다. 종일의 목젖이 파르르 떨리는 것이 느껴졌다.

"아! 형님…. 형님을 못 믿는 것이 아니고 제가 변호사다 보니 어쩌면 고소인의 입장에서 그럴 수도 있겠다는 생각을 하고, 그냥 허심탄회하게 물어본 것입니다. 제대로 팩트를 알아야 대응할 수 있는 것 아니겠습니까! 형님! 오히려 제가 형님한테 기분이 나쁘네요…. 이 아우가 형님을 도와주면 도와주지, 해코지하겠어요? 그리고 그걸 떠나서 저는 형님의 변호사입니다. 의뢰인의 입장에서 변론을 해야 하니 제대로 된 실상을 알고자 여쭌 건데, 그걸 가지고 그렇게 기분 나빠 하신다면, 정말 할 말이 없습니다."

병철도 종일의 이야기에 불편한 마음이었다.

나른한 오후, 병철은 자신의 사무실에 앉아 종일의 수임 사건에 관한 내용을 쭉 검토하고 있었다. 그런데 한동안 종일에게서 연락이 없어 의문이 들었다. 사건 의뢰인 입장에서 보면 궁금한 것도 많을 테고, 본인

사건이라 어떻게 진행될 것인지에 대한 의문 사항도 있으련만 한동안 연락도 없고 너무 조용하여 이상하다는 생각이 들었다.

"사무장님! 혹시 김종일 씨에게 연락 온 적 있나요?"

병철은 종일 형님이 사건 수임 후 사실 확인차 물어본 질문으로 인해 꽤 섭섭해했었기에, 그 이유로 병철 본인에게는 전화를 안 하더라도 사무실에 전화해 사무장에게라도 전화를 걸었을 것이라고 예상하고 혹시나 하는 마음에 물어본 것이다. 그런데 사무장에게조차 전화가 없었다는 답변에 더욱 궁금증이 일었다.

"고소인의 고소 내용을 자세히 알려고 한번 물어본 것이 그렇게 기분이 나빴나? 나 참! 사람이 속이 밴댕이 속처럼 그렇게 좁아 가지고는 무슨 사업을 한다고!"

병철은 혼잣말을 되뇌었다.

이후 검찰에서 법원으로 사건을 송치하려 한다는 이야기를 듣고 피고소인의 입장에 있는 종일 형님이 어떤 입장이고, 그간 확인한 사실을 토대로 법원에서 출석 요구 시 그가 진술할 부분에 대하여 논점을 알려 주기 위해 그에게 연락을 취했다.

따르릉- 따르릉-

"전화기가 꺼져 있습니다. 음성사서함으로 연결됩니다."

아무리 전화를 해도 종일 형님의 전화기는 계속 꺼진 상태였다. 병철은 종일 형님에게 무슨 일이라도 일어난 것 아닌가 하는 의구심이 생겨더욱 참을 수 없었다. 그래서 종일 형님을 잘 안다는 친구인 종호 선배에게 전화를 걸었다. 그런데 그에게서 놀라운 이야기를 듣게 되었다.

"그 친구 최근에는 연락이 없었어. 그런데 얼마 전에 우연히 길거리에서 만났는데, 자네에 대해 불쾌한 이야기를 하더라고…."

"무슨 불쾌한 이야기요?"

병철은 자신에 대한 종일 형님의 불쾌한 이야기가 무엇인지 궁금했다.

"친구 종일이가 어처구니없는 사건으로 고소를 당하여 자네를 변호사로 수임했다며?"

"예. 맞습니다."

"종일이는 평소에 나한테 자네를 정말로 좋아하고 아끼는 아우라고 이야기했어! 근데, 자네가 변호사이지만, 변호사를 떠나 믿고 의지하는 의형제 같은 동생이라고 항상 생각해 왔는데 고소인의 고소 내용대로 자신을 의심하고 있는 것 같다고 하더군…. 설령 그것이 사실이라고 하더라도 자네는 종일이에 대해 절대 그런 사람이 아니라고 말할 줄 알았다고 섭섭해했었어! 근데, 자네가 종일이의 이야기를 듣지 않고 고소인의 입장에서 마치 맞는 것처럼 종일이가 행동하지 않았냐고 의심하는 듯한 뉘앙스를 풍겨 굉장히 마음이 불편해했다더군…. 물론, 자네가 종일이를 잘 알고 편한 사이라 그렇게 했다고는 생각하지만, 그래도 종일이 입장에서는 살면서 그런 경우를 처음 당하니 아우라도 믿어주길 바랐는데, 그렇지 못한 것 같아 상당히 충격을 받았던 것 같아…."

종호 선배의 이야기를 듣고 나니, 왜 그간 종일 형님이 자신을 변호사로 수임해 놓고도 전화 한 통 없었는지를 비로소 알 수 있었다.

"선배님! 혹시 종일이 형님을 보시면, 제가 당시 사건에 대해 물어본 것은 진실규명 차원에서 당연히 알아야 할 입장이었기에 물어본 것이었고, 그간 호형호제하면서 편하게 지냈기 때문에 이문 없이 물어본 것이었다고 말씀 부탁드립니다. …그것이 못마땅했다면 죄송하다고 전해 주십시오. 그리고, 수임 사건을 떠나 꼭 연락 한번 달라고 전해 주십시오. 어찌 되었든, 제가 저녁 한번 대접하겠다고 전해 주십시오."

"글쎄, 언제 그 친구를 만날지 모르겠지만, 만나면 꼭 전해 주겠네! 근데…. 조금 미안한 말 좀 해야겠네…."

"선배님! 무슨 말씀인데요?"

"그날 종일이가 나한테 그렇게 이야기하더군…. 곧 자네와 체결한 변호사 수임 건을 취소하겠다고 말이야…."

"예? 왜요…?"

병철은 종호 선배에게 뜻밖의 이야기를 듣고는 귀를 의심했다.

"변호사 수임을 취소하겠다고요?"

"응! 종일이 친구가 그렇게 이야기하더군, 아마 곧 취소 요구 전화가 갈 거야…."

얼마 뒤 종호 선배의 이야기대로 병철의 사무실로 변호사 사임계가 도착했다. 병철은 변호사 개업 이후 이런저런 사건으로 많은 의뢰인을 만났지만, 변호사 사임계를 받은 것은 처음이었다. 그것도 제일 친했던 형님에게서 받았다는 게 그에게는 엄청난 충격이었다. 일이 손에 잡히지 않았다. 때마침 그날은 결혼 20주년이어서 가족과 함께 저녁을 먹기로 되어있었는데, 기분 좋게 저녁을 먹을 기분이 아니었다. 그는 검토하던 서류들을 덮어버리고 변호사 사무실을 나왔다. 그리고 평소 자주 가는 사무실 부근 선술집으로 갔다. 초저녁이라 그런지, 선술집에는 손님이 거의 없었다.

"이모. 여기 사케 한 잔 주세요."

병철은 안주도 시키지 않고 사케 한 잔을 벌컥벌컥 마셨다. 빈속이라 금세 속에서 구역질이 나올 것 같은 취기가 돌았다. 오늘만큼은 아무 생각 없이 취해 보고 싶었다. 병철은 살면서 늘 대인관계에 대한 소중함을 누구보다 강조했던 사람이었다.

"좋은 사람을 만나야 하고, 만났으면 좋은 인연이 되어야 하고, 좋은 인연이 되려면 의리가 있어야 하고…."

누구보다도 대인관계에 탁월하다 자신했건만, 평생 형제처럼 지낸 종일 형님이 자신을 버렸다는 게 너무도 가슴이 아팠고, 목숨보다도 소중하게 생각한 의리에 금이 갔다고 생각하니 참을 수 없는 회한이 일었다. 어언 15년 이상 알고 지내던 친형 같은 분이었는데, 변호사라는 직업을 가진 자신이 직업상 의뢰인의 입장을 대변하려면 모든 것을 알고 있지 않으면 안 되었기에 물어본 것인데…. 그의 의도와는 다르게 종일은 크게 분개했고, 그로 인해 사이도 금이 갔으니 어떻게 정리해야 할지 앞이 캄캄했다. 설상가상으로 종일이 형님이 아는 지인들에게 자신을 '나쁜 놈'이라고 비방을 하고 다닌다는 이야기도 들었다. 사람 관계는 알 수 없다고 하더니, 정말 참담했다. 병철은 연거푸 술잔을 비웠다. 많이 마신 탓에 취기가 돌아 금방 정신이 혼미해졌다. 그가 막 일어나려고 하는데, 아내로부터 전화가 왔다.

"당신, 어디에요? 오늘 우리 결혼기념일 20주년 기념으로 식구들이 모여서 같이 저녁 식사하기로 했잖아요."

"아, 그랬지?"

"당신 오늘 이상하네요? 일보다 가족을 먼저 챙겼던 사람이, 오늘은 전화 한 통 없네요?"

부인은 평소와 다르게 남편 병철의 행동이 이상하다고 느꼈다. 병철은 만취한 상태에서 집으로 가기 위해 식당을 나왔다. 입에서 술 냄새가 많이 나서 가족들이 걱정할까 봐 염려가 되었다. 평소 같으면 콜택시를 대절하여 집으로 가곤 했는데, 오늘은 왠지 집까지 걸어가고 싶었다. 사실 지금 기분으로는 집으로 들어가기보다 술 한잔 더하고 싶은 마음이었다. 그러나 집에서 자신을 기다리고 있을 가족을 생각하니 더 이상 지체할 수 없어 집으로 발걸음을 옮겼다.

술을 좀 깰 겸 보도를 따라 걸었다. 술이 많이 취해서인지 몸이 휘청거려 제대로 중심을 잡을 수가 없었다. 그가 걷는 보도는 중간 사거리 실선이 공사로 지워져서 차들이 뒤엉키고 보행자들이 걷기에는 위험한 길이었다. 평소 같으면 그 길로는 가지 않던 병철이지만, 집으로 가는 방향이라 무심결에 계속 걸었다. 사거리에서 우회전하여 횡단보도를 건너 집에 다다랐을 때쯤, 공사장에서 나오던 트럭이 급정거를 하면서 보도를 걷고 있던 병철을 충돌했다. 충격으로 그의 몸이 반대편까지 날아가는 끔찍한 교통사고였다. 길을 지나던 사람들이 모여들었다. 119에 전화를 거는 사람이 있는가 하면, 대부분의 사람은 처참하게 피를 흘리고 있는 병철을 쳐다보느라 정신이 없었다. 병철은 119 구급대에 의해 병원 중환자실로 옮겨 응급처치를 받았지만, 이미 숨을 거둔 뒤였다.

 당직 의사에게서 연락을 받고 온 부인인 미연은 목이 메어 더 이상 말을 잇지 못했다. 그런데 처참하게 사고를 당한 병철의 얼굴이 어딘지 이상하리만큼 편안해 보였다. 남편으로서 20년 이상 같이 한 이불을 덮고 살았지만, 가장 편안한 그의 얼굴을 본 것은 이번이 처음이었다. 미연은 망자가 된 남편의 사체를 만지며, 흐느끼며 마지막으로 편안히 가시라고 뜨고 있던 그의 두 눈을 손으로 감겨 주었다.

 "여기, 망자의 유류품입니다."

 유족인 미연을 향해 의사는 현장에서 수거한 병철의 유류품을 건네주었다. 부서진 핸드폰, 안경, 그리고 그의 지갑이었다. 미연이 그의 유류품을 정리하여 나가려는데, 의사가 그녀를 다시 불렀다.

 "아, 잠깐만요. 유류품이 하나 더 있어요. 평소 망자분께서 가족 사랑이 남다르셨나 봐요?"

 의사는 엽서와 사진을 미연에게 건네주었다.

사랑하는 당신에게

우선 당신에게 고맙다는 말을 전하고 싶소.

못난 남편을 만나 20주년이 되도록 싫은 소리 한번
안 하고, 항상 나를 격려해 주고, 또 내가 일 때문에 밤
늦게 들어와도 늘 웃는 얼굴로 맞이해 주어 감사하고
또 감사할 뿐이요.

내가 당신을 얼마나 사랑하는지 알잖소? 내가 살갑게
당신에게 '사랑한다.'는 말도 잘 못하고, 바쁘다는 핑계
로 둘만의 오붓한 시간도 그렇게 많이 못 가졌던 것 같
소! 그런데도 무탈하게 지금껏 아무 일 없이 우리 가족
이 단란하게 잘 살 수 있었던 것은 모두 당신의 내조 덕
이요. 우리가 벌써 만난 지 벌써 20주년이 되었구려. 앞
으로 30년… 아니, 100년 동안 희로애락을 하며 같이
잘 살아갑시다. 나중에 우리 애들이 성장하여 결혼하고
시집도 가면 우리는 손자, 손녀를 키우며 뒷전으로 밀리
겠군요… 할아버지, 할머니 소리를 들으며 말입니다. 그
래도 당신이 애들을 잘 키워 준 덕에 아이들이 큰 말썽
없이 잘 컸구려…. 나는 너무 행복합니다.

나는 얼마 전부터 종교를 가졌소! 매일 아침 우리 가
족을 위해 기도를 합니다. 다 잘 될 것입니다….

여보! 항상 힘내시구려. 그리고 부족하지만, 내가 당신을 항상 챙기겠습니다. 당신은 우리 집의 여왕이요, 나는 머슴입니다. 당신을 만나서 진정 행복했소….

추신. 이 편지는 지금으로부터 1년 뒤에 배달될 거요. 사무실 근처 우체통에 넣으면 그 편지가 1년 뒤에 배달되도록 하는 시스템이 있군요. 당신이 그때 이 편지를 받는 순간 다시 우리의 사랑과 행복을 느껴봅시다.
얼마 전 결혼 20주년을 기념하기 위해 찍은 가족사진도 같이 동봉합니다.

From. dear!

사진 속의 병철은 미연을 향해 손가락을 하트 모양으로 만들고 환한 모습으로 그녀를 바라보고 있었다. 생의 마지막 작별의 미소를 지으면서….

내가 꿈꾸던 그리운 곳에 서고 싶다

김기홍

정남은 창문 사이로 비친 눈 부신 햇살 때문에 눈을 비비며 잠에서 깼다. 동해안 구룡포 앞바다에 출항을 준비 중인 다양한 배가 선착장에 집결해 있는 모습이 보였다. 정남은 동네에서 알아주는 부잣집 선장의 장녀로 태어났다. 정남에게는 아버지가 고기잡이배를 타고 일하러 나가는 모습을 보는 것이 하루의 시작을 알리는 자명종과 같은 일상이었다. 아버지는 한 번 배를 끌고 고기잡이를 나가면 밤낮 구별 없이 불규칙하게 집에 돌아오기 일쑤였다. 아버지가 집으로 오는 날이면 바닷냄새가 괴어 있는 아버지 품속에 안겨 어린 정남은 조용히 잠들곤 했다.

아버지는 꿈이 큰 분이셨다. 고기잡이해서 번 돈으로 많은 부를 축적했고, 그렇게 벌어들인 많은 돈으로 사람들과 어울리며 술잔을 나누며 풍류를 향유할 줄 아는 기백 좋은 남자였다. 조강지처인 엄마에게도 잘하지만, 그래도 아버지의 주변에는 늘 많은 여자가 끊이지 않을 정도로 호탕하고 자유분방한 남자였다. 어린 딸의 눈에는 그런 것이 이상하게 느껴지지 않을 정도로 자유스러운 분위기를 지닌 남자였다.

그녀가 중학생이 되던 어느 해, 아버지는 정남에게 "너는 커서 무엇이 될래?"라고 물어보셨다. 정남은 "이 나라를 다스리는 왕. 아니, 대통령이 될래요."라고 말했다.

아버지가 선장으로 고기잡이를 나가서 돌아올 때면 배는 매번 만선(滿船)이었다.

아버지는 많은 돈을 버셨다. 많은 부(富)를 축적한 아버지는 보통사람이 아니었다. 늘 그렇듯이 걸쭉하게 한잔 걸치시고 집으로 돌아오는 날이면, 아버지는 가족들을 모아놓고 "오늘 누구 만났는지 알아?"라고 물으셨다. 그러고는 자문자답(自問自答)으로 "오늘 영감(검사)하고 술 한잔했다…. 젊은 친구가 성공했어! 우리 정남이도 커서 성공해야 한다. 돈이든, 명예든, 무엇이든 좋다. 꼭 성공하길 바란다."라고 말씀하시며 그렇게 잠자리에 들곤 하셨다. 어릴 적 많이 들었던 아버지의 술자리 동석자는 지역을 망라한 전국적인 유명인들이었다. 그땐 그런 아버지를 이해하지 못했다. 정남이가 그걸 이해하는 데는 꽤 오랜 시간이 걸렸다.

정남은 대학 졸업 후 직장문제로 서울로 이사했다. 그녀가 졸업 후에 얻은 첫 직장은 세무사 사무실의 경리였다. 비록 아버지의 큰 꿈에 보답하진 못했지만, 첫 직장인만큼 열심히 일하려고 노력했다. 대표 세무사는 새내기 사회인이 직장을 얻어 사무실에서 귀여움을 독차지하고 일도 똑 부러지게 하는 모습이 보기 좋았던지, "정남이는 내가 중매해야지."라고 농담 반 진담 반으로 간간히 이야기하곤 했다.

정남은 어릴 적부터 아버지의 허황된 꿈을 늘 들어 왔다. 아버지의 피가 섞여 있어 무엇을 하든, 어디에 있든, 누구를 만나든 항상 자부심과 꿈이 많은 여인이었다.

그녀가 살던 당시의 대한민국은 선거의 광풍에 휩싸여 있을 때였다. 대통령이 누가 되고, 어떤 사람이 되는가에 따라 살림살이가 더 나아질까 하는 기대감을 품고 사회적 안정 및 치안의 안정을 희망하는 사람들이 많았다. 그 수많은 사람은 소중한 한 표를 행사하기 위해 인물 고르기에 혈안이 되어 있었다. 눈만 뜨면 여기저기서 선거 이야기였고, 학연·지연·혈연을 매개로 온통 편 가르기에 여념이 없던 터였다.

그러나 햇병아리 같은 사회 초년생은 당장 직장 생활에 매진해야 하고, 호랑이 같은 상사의 눈 밖에 나지 않으려면 아무 생각 없이 열심히 일할 수밖에 없는 처지였다. 선거는 딴 나라의 이야기라고 느끼고 있었다. 그런데도 아버지의 피를 물려받은 작은 소녀의 가슴엔 뭔가 답답함이 남아 있었다.

그녀는 가끔 "나도 하면 잘할 수 있을 텐데. 기회가 있으면 국민을 위해 봉사할 수 있는 일을 꼭 해야지."라며 혼자만의 독백을 되뇌곤 했다. 안정된 직장에서 제법 남부럽지 않은 전문직 여성으로 자리를 잡고, 혼기(婚期)도 차면서 부쩍 모임 활동이 왕성해졌다. 많은 사람과의 인연도 차곡차곡 쌓으면서 자신만의 입지를 굳혀가고 있었다.

그러던 어느 날, 지역의 여당 당협위원장이 "여성 몫으로 분과 위원장을 모집하는데, 해 볼 생각이 없냐?"며 그녀에게 자리를 제안했다.

인생은 늘 뜻하지 않은 곳으로 흘러가기 마련이라는 어르신들의 이야기를 많이 들었다. 아버지가 못다 한 정치적 행보를 딸이 기회가 되어서 하게 된다는 것이 정말 숙명적인지, 아니면 전생에 정해져 있었던 필연인지는 모르겠지만, 그녀는 제의를 적극적으로 받아들여 10년 이상 다니던 직장도 그만두고 정치에 발을 들여놓게 되었다.

당시는 여성이라는 신분으로 정치를 하기가 쉽지 않았고, 여성이 정치를 한다는 것에 대하여 사회적 여론도 썩 좋지 않은 시대였다.

그만큼 홀연 단신으로 아무런 연도 없는 신인 정치 문외한이 이전투구가 난무하는 진흙탕과 같은 정치판에서 기웃기웃하며 하루하루 생활해 나가기가 그리 호락호락 쉽지만은 않았다. 그러나 그녀는 뭔지 모를 이끌림에 끌려 계속 지역당의 사무실에 출근하며 정치에 대해 조금씩 알아갔다. 많은 사람도 만나고 많은 주민도 만나면서 서서히 신인의 때를 벗고 기성 정치인들의 행보를 답습하며 한 걸음씩 그렇게 입지를 굳혀가고 있었다.

그런 와중에 인생의 하나뿐인 멘토인 아버지가 조언과 충고를 해 주는 때는 다시금 자신을 되돌아보고 새로운 마음으로 마음을 다잡곤하는 기회였다. 아버지가 연세가 있으신 탓에 거동이 불편하여 자주뵙지는 못하지만, 정남에게 있어서 아버지는 그 누구보다 훌륭하고 존엄한 하늘 같은 존재였고 마지막 의지의 대상이었다.

그녀는 선거 기간 동안 바쁜 와중에도 짬을 내어 틈틈이 아버지를 보러 갔다. 넉넉지 않은 주머니 사정으로 많은 용돈을 드리지는 못하지만, 정성스레 준비한 용돈을 드리고 나오면 왠지 모를 뿌듯한 마음이 들었다. 그런 아버지는 그녀에게 "우리 정남이가 국회의원이 되면, 아빠가 소원이 없겠네…. 정남이는 충분히 능력과 자격이 되는 인물이니, 국회의원이 되면 지역 발전을 위해 많은 노력과 업적을 남길 거야. 기대할게!"라고 늘 격려의 말씀을 잊지 않았다. 그럴 때마다 그녀는 그 말을 힘으로 삼아 더 열심히 했다. 지역 주민들을 만나고, 지역 현안을 청취하고, 꼼꼼히 메모하면서 지역 의원에게 주요한 사안을 전달하며 주민들의 다반사를 챙겼다. 그리고 그녀의 노력을 알아주는 주민들로부터 상당한 칭송을 받고 인지도를 높여갔다.

비가 내리는 저녁이었다. 지역 시장 횟집으로 모이라는 당협 위원장의 번개 모임 참석 통보가 있었다. 정남은 때마침 식당 근처에 있었기에 바로 모임 장소로 이동했다.

그 술자리는 당협 위원장이 그간 당협 위원들의 노고에 감사하며 그들을 격려하는 자리였다. 많은 술잔이 돌았다. 술에는 자신 있었던 정남이었지만, 그날은 정말 많이 마셨다. 초저녁에 만나서 새벽녘까지 자리가 이어졌다. 술자리가 끝나 집으로 가야 했지만, 술에 취한 탓에 몸을 제대로 가눌 수가 없었다. 일행들이 집까지 데려가 주겠다며 그녀를 부축했다. 그러나 술은 많이 마셨어도 자존심만은 살아있던 그녀라 끝끝내 혼자 가겠다고 버텨 이내 일행의 제의를 뿌리치고 혼자 집으로 가게 되었다. 혼미한 정신으로 집까지 가는 길은 굉장히 힘들었다. 먹었던 술과 안주가 연이어 입 밖으로 나올 정도로 한 걸음을 걷는 것도 무리였다. 그래도 집을 향해 정신력을 가다듬고 가려고 노력했다. 그러던 중 어두운 밤거리 골목에서 트럭이 오는 것을 미처 발견하지 못하고 그만 차에 치이는 큰 교통사고를 당했다.

그녀가 깨어났을 때는 병원의 중환자실이었다.

의사는 죽을 수도 있을 만큼 큰 사고였는데, 머리 부분의 손상과 일부 골절상으로 끝난 것은 천만다행이라고 했다. 그러나 교통사고의 후유증은 컸다. 그녀는 위중한 뇌 손상으로 인해 기억상실증에 걸려 사람을 알아볼 때도 있고 몰라볼 때도 있게 되었다. 정남에게 가장 가슴 아픈 것은 아버지를 못 알아볼 수도 있다는 것이었고, 그런 아버지는 그 무엇과도 바꿀 수 없는 소중한 딸이 교통사고의 후유증으로 힘들어하고 있다는 데 이루 말할 수 없는 아픔으로 하루하루 뜬눈으로 밤을 지새웠다.

정남은 아버지의 손을 잡고 푸른 바다가 보이는 곳을 걸었다.

야자나무가 있는 곳에서 같이 사진을 찍고 맛있는 음식도 먹으며 즐거운 시간을 보내고 있는데, 갑자기 폭풍 우가 몰아치더니 쓰나미가 해변을 덮어 버렸다. 거대한 파도가 아버지와 정남이 있는 해변을 덮치려 할 때, 정남은 아버지의 손을 꼭 잡고 죽음을 맞이할 준비를 했다. 찰나였다.

눈을 떴다. 모든 것이 꿈이었다. 기억을 삼킨 교통사고는 해변가를 삼킨 쓰나미 같았다. 그러나 아버지와 같이 즐거운 시간을 보냈던 꿈은 정남에게 있어 교통사고 후 자신이 온전하게 알아볼 수 있는 아버지를 만날 유일한 시간이었다.

정남은 의사 선생님의 권유로 퇴원을 했고, 퇴원 후에는 요양 겸 지인의 소개로 조그만 성당의 요양소에서 지내게 되었다. 아무 생각도 나지 않는 캄캄하고 어두운 머릿속에서 그래도 간간히 생각나는 광경은 주민들의 앞에 서서 새로운 정치를 하기 위해, 새로운 세상을 만들기 위해 새로운 일꾼이 필요하다는 연설을 하는 자신의 모습이었다.

정남이 하고자 했던 정치의 꿈을 실현하기 위해 많은 노력을 하고, 잘할 수 있을 거라 믿고 했던 도전이 그대로 잘 이어졌다면 정치인의 꿈은 실현되었을 것이다. 그런 그녀가 가고 싶었던 곳…. 그녀는 당연히 자신이 있어야 할 곳인 국회로 가고 싶었다.

정남은 수녀원에서 옷가지를 챙겨서 몰래 빠져나왔다. 야반도주였다. 그리고 서울로 올라왔다.

목적지는 여의도 국회의사당이었다.

그녀는 아침저녁으로 국회의사당역 근처를 배회하며 정치의 요람인 국회를 바라보며 혼잣말을 되뇌었다.

지나가는 사람들에게도 "정치는 국민에게 꿈과 희망을 주어야 합니다. 훌륭한 인물을 뽑아야 하고, 국민의 눈높이에 맞는 새 시대를 열어야 합니다."라고 이야기했다. 누가 듣든 말든 혼잣말을 하고 나면 속이

후련했다.

기억을 잃어버린 망각의 세상에서 정남은 그토록 갈망했던 민의의 요람에 그렇게 서 있었다.

살인마의 마지막 절규

김기홍

"영호야. 좀 만날 수 있어? 할 이야기가 좀 있어서…."

갑작스러운 민주의 전화에 영호는 뭔가 불길한 예감이 들었다. 얼마 전 교내 도서관에서 만났을 때는 대학교 중간고사가 얼마 남지 않아 시험이 끝나고 보자고 하며, 당분간 연락을 못하겠다고 했던 여자 친구가 전화를 걸어왔으니 궁금하기도 하고, 뭔가 일이 생긴 것 같다는 느낌도 들었다.

"무슨 일이야? 그리고 너 안색이 왜 그래…?"

"얼마 전부터 속이 더부룩하고 느낌이 안 좋아서 혹시나 하는 마음에 오늘 산부인과에 갔다 왔어…. 그런데 의사가 진료 후에 걱정스러운 눈으로 나에게 임신이라고 이야기하더라고…."

"뭐라고?"

민주의 전화를 받고 그녀를 만난 영호는 당황스러운 눈으로 민주를 쳐다보았다.

"내가 그때 그랬잖아? 관계하면 안 된다고…!"

영호와 민주는 대학교 1학년 때 동아리에서 우연히 만나 사귀면서 가끔 서로의 자취방에서 육체적 관계를 맺어 왔다. 교내에서도 학우들이 캠퍼스 커플로 인정하여 자연스럽게 만남을 가져왔으며, 대학교를 졸업하면 양가 부모님에게 허락을 받아 결혼할 계획이었다.

"어떻게 하지…?

"뭘 어떻게 해? 애를 지워야지! …우린 아직 대학생인데 돈이 어디 있어? 애를 낳으면 누가 키울 거야? 그리고 우리 부모님이 이런 사실을 아시면 순순히 애를 낳으라고 할 것 같아?"

영호는 일말의 망설임도 없이 낙태를 권유하며 민주에게 윽박질렀다.

"영호야. 나도 겁이 나…. 나 대학생이야. 그리고 여자야…. 이런 사실을 친구들이 알면 어떻게 할 거야. 그리고 네 말마따나 부모님이 아시면 뭐라고 그러시겠어? 일단 너도 책임이 있고 나도 잘못한 책임이 있으니, 조금 더 신중하게 생각해 보자…."

민주는 자신이 임신한 것을 말하면 영호가 자기를 위로해 주며 차분히 해결책을 제시해 줄 거라 기대했다. 그런 마음에 이야기한 것인데, 영호의 차가운 말투에 너무도 화가 나고 야속한 마음이 들었다.

"영호야. 많이 생각해 봤는데… 난 이 애를 낳아야겠어! 축복받지 못한 애라도 나에겐 소중한 생명이니, 내가 의사에게 애를 지워달라고 할 순 없어!"

"너 미쳤어? 애를 낳으면 누가 키울 거야? 네가 키울 거야?"

영호는 민주가 애를 낳겠다고 하자, 어이가 없다는 표정으로 민주를 쳐다보며 이야기했다.

"영호야. 너는 대학 졸업반이니 학교를 계속 다니고, 나는 자퇴하고 내가 애를 키울게… 육아비는 내가 아르바이트를 해서라도 돈을 벌 테니, 너무 걱정하지 마…."

"말도 안 되는 소리 집어치워! 네가 무슨 돈을 벌어? 그리고 애를 낳아서 키우는 게 얼마나 힘든데…. 집에서 이런 사실을 알면 너나 나나 가만히 두겠어?"

영호는 민주에게 절대 애를 낳아서는 안 된다고 협박조로 그녀를 만류했지만, 민주의 생각이 너무 단호하여 이러지도 저러지도 못하는 입장이었다.

"내가 낳아서 키울 테니, 너는 상관하지 마! 그리고 책임지기 싫으면 앞으로 연락하지 마! 이게 나만의 책임이야? 서로 좋아서 관계해 왔으면 너도 책임이 있잖아? 계속 그렇게 이야기할 거면 앞으로 너한테 연락 안 할 테니, 너도 나한테 연락하지 마! 난 당당히 애를 낳아서 잘 키울 거야!"

단호한 민주의 말에 영호는 더 이상 민주를 설득할 수 없었다. 그렇다고 민주를 위해 더 이상 해 줄 수 있는 것도 없었다.

"사랑아! 오늘 뭐 하고 있었어? 엄마 안 보고 싶었어? 까꿍…."

민주에게 있어 방직 공장에서 일을 마치는 대로 보육원으로 향해 사랑이를 데리고 집으로 오는 것은 하루를 마감하는 유일한 낙이었다. 일이 끝나면 몸은 천근만근이지만, 사랑이를 보는 순간 그 모든 피로는 싹 가셨다. 영호가 수업을 일찍 마치고 집에 들어와 사랑이의 기저귀를 갈아 주고 이유식을 먹여 주는 등 집안일을 도와주는 것도 그녀에겐 큰 힘이 되었다. 물론 대학생 신분으로 공부하면서 틈틈이 집안일을 도와주는 것은 영호에게는 부담이 되었다. 그래도 민주를 위해 모른 체할 수 없기에 틈날 때마다 그녀를 도와줄 수밖에 없었다. 모든 일을 끝내고 팔베개를 하여 사랑이를 재우고 있노라면 예비 아빠로서 뿌듯한 마음이 들었다.

"자기야. 우리… 부모님들을 잘 설득시켜 결혼한다고 해 보자. 우리가 아무리 미워서도 그래도 자식인데, 계속 모른 체하시면서 사실 순 없을 거야. 어쨌든 지금은 예쁜 손녀도 생겼잖아. 핏줄인데, 예뻐하지 않을 수 없으실 거야."

"그래. 그렇게 하자! 그런데, 우리 부모님이나 너희 부모님이나 아직도 화가 안 풀리신 것 같아! 그래도 이렇게 평생 살 수는 없으니, 조만간 인사드리러 가자…."

영호와 민주는 사랑이가 하루하루 커가는 것을 보면서 더 이상 결혼을 미룰 수 없고, 양가 부모님의 마음을 달래어 하루라도 빨리 결혼해야겠다는 생각을 했다.

"자기야. 준비 다 되었어?"

"양복은 다려놓았고, 머리 손질 좀 해야겠어. 사랑이 좀 데리고 나와."

민주와 영호는 양가 부모님께 인사를 드리러 가려고 아침부터 야단법석을 떨었다.

"나는 내가 알아서 할 테니, 사랑이 머리하고 옷 좀 예쁘게 챙겨줘… 아버지, 어머니가 손녀를 보시면 얼마나 좋아하시겠어!"

민주는 부모님 집에 가는 길에 시장에서 어머니가 좋아하는 과일을 한가득 사고, 아버지의 담배까지 한 보루 샀다. 모처럼 부모님을 뵐 생각을 하니 들뜬 마음이었다. 그러나 부모님의 집 앞에 도착한 영호와 민주는 그간 부모님의 노여움과 걱정을 생각하니 막상 집에 들어갈 용기가 나지 않았다. 한참을 문 앞에 서서 두리번거리는데, 사랑이가 보채고 우는 바람에 더 이상 지체할 수 없었다.

딩동! 딩동!

초인종을 눌렀다. 인기척이 없었다.

딩동! 딩동!

다시 한번 초인종을 눌렀다. 부모님이 사시는 2층 빌라의 위층에서 창문을 여는 소리가 들렸다. 누군가 위에서 그들을 쳐다보는 듯했다. 얼마나 시간이 지났을까, 2층 계단을 통해 한 사람이 내려와 문을 열어 주었다. 민주의 엄마였다.

"왜 왔어? 네가 지금 여기가 어디라고 왔니? 그래. 하란 공부는 안 하고 대학교 때려치우고 둘이 그렇게 좋다고 방구석에서 붙어살더니, 덥석 애나 낳고, 그래…. 좋더냐? 지금 네 꼬락서니가 이게 뭐야!"

엄마는 민주와 영호를 보자마자 예상했던 대로 노여움에 찬 목소리로 그들에게 화살처럼 말을 쏘아붙였다.

"어머니. 죄송해요…. 제 잘못입니다. 용서해 주세요…."

영호는 다른 그 어떤 말도 할 수 없었다. 무조건 잘못했다고 빌 수밖에 없었다.

"그래도 거지도 동냥을 얻으러 오면 문전박대는 안 한다고 했다…. 집에 왔으니, 일단 들어 와…."

어머니는 딸인 민주가 그간 고생했을 것을 생각하니 마음이 아팠다. 그간 딸을 많이 원망했지만, 돌아온 딸을 보니 언제 그랬냐는 듯이 따뜻한 밥이라도 한 그릇 해 주고 싶은 마음이었다.

"왜 그리 서 있어? 천장 안 무너져!"

영호는 문전박대할 것 같은 어머니의 큰 노여움을 느끼고, 집에 들어와서도 어떻게 해야 할지 몰라 앉지도 못하고 계속 서 있었다.

"사랑아. 인사해야지? 외할머니야."

사랑이는 할머니의 품에 안겼다.

"분유는 챙겼어? 기저귀는…? 내가 차린 밥 먹고 쉬고 있어. 내가 사랑이 기저귀 갈아줄 테니…."

민주 어머니는 손녀를 보는 순간 그래도 자신의 핏줄이라서 그런지 금방 사랑이를 안고 이것저것 챙겨 주기 시작했다.

"사랑아. 할매한테 이리와 봐라… 우리 예쁜 똥돼지야…."

조금 전까지만 해도 좋지 않았던 집안 분위기는 사랑이로 인해 언제 그랬냐는 듯이 금세 화기애애해졌다. 가족이라는 것이, 핏줄이라는 것이 얼마나 대단한 것인지 새삼 느끼게 해 주는 장면이었다.

"엄마. 죄송해요! 제가 뭐라 드릴 말씀이 없어요. 그래도 우리 사랑이 예쁘게 잘 키울게요…. 엄마도 저하고 이 서방 이해 좀 해 주세요."

민주는 그간 마음고생이 심했을 뿐만 아니라 엄마에게 너무 죄송한 마음이었기에 더 이상 말을 잇지 못하고 눈물만 흘렸다.

"야. 이년아. 내가 너를 어떻게 키웠는데, 네가 그럴 수 있어? 애를 키우는 게 얼마나 힘든지 너도 이제 알겠지? 그리고 너는 마땅한 수입도 없는데, 앞으로 얼마나 고생을 하려고…. 나도 나지만, 너희 아버지는 너를 앞으로 평생 안 보겠다고 하는데, 어떻게 마음을 돌려야 할지 모르겠다. 부녀지간의 혈육도 끊겠다는데! 그래. 민주는 그렇다 치고, 이 서방 자네는 앞으로 어떻게 할 셈인가?"

"어머니, 저는 대학교를 졸업하자마자 어떻게 해서든 직장을 잡아 보겠습니다. 사랑이를 키우려면 무슨 일인들 못하겠습니까? 다만, 민주와 결혼식을 먼저 좀 올리려 하는데, 허락해 주십시오. 사랑이를 봐서라도 결혼식은 먼저 올려야 할 것 같습니다. 비록 돈이 없어서 거창한 결혼식은 못하겠지만, 그래도 조촐하게 식구들만이라도 초대해서 결혼식을 올리려 합니다."

"일단 알았네. 자네의 입장을 충분히 알았고, 내가 민주 아빠를 잘 설득해 보겠네…."

화창한 봄날, 교회 뜰 마당에는 개나리와 철쭉꽃이 만개해 있었다. 평소 민주가 다니던 교회 목사님과 신도들이 영호와 민주의 결혼식을 위해 자발적으로 많은 준비와 도움을 주었다. 민주와 영호에게는 이곳이 그 어떤 화려한 결혼식장보다 멋진 장소였고, 소박하면서도 성스러운 의미 있는 장소에서의 결혼식이었다.

"부모님은 오시나요?"

"일단 말씀은 드렸는데, 오실지는 잘 모르겠습니다."

민주와 영호는 양가 부모님이 허락하에 축복받는 결혼식을 하고 싶었지만, 사정상 더 이상 결혼식을 미룰 수 없어 이렇게 결혼식을 하게 되었다. 부모님의 축복은커녕 오실 거란 기대도 애초부터 할 수 없었다. 너무도 완강한 반대와 노여움이 있었기 때문이다. 그래도 혹시나 와주실지, 기대 반 걱정 반의 마음이었다.

주기도문을 시작으로 결혼식이 시작되었다. 교회 목사님의 주례사가 이어졌고 경건한 분위기 속에서 결혼식이 진행되었다. 민주는 결혼식 중간중간 교회 예배당 입구를 쳐다보았지만, 부모님의 모습은 보이지 않았다.

예식이 끝날 무렵 검은 먹구름이 교회 예배당 주위를 감쌌다. 금방이라도 비가 내릴 것 같은 날이었다.

"민주야. 네가 내 매장을 인수해라! 나보다는 네가 훨씬 장사 수단이 좋은 것 같으니. 나중에 장사가 잘돼서 돈 많이 벌면 그때 차근차근 돈

갚으면 돼!"

민주가 아르바이트하는 화장품 가게의 점장은 민주의 가정 형편과 그녀가 열심히 살려고 노력하는 모습, 남다른 사업적 재능을 평소에 눈여겨보고 그녀에게 매장을 넘겨주기로 마음먹었다.

"언니. 제가 형편도 어렵고 보잘것없는데, 저를 인정해 주시고 도와주려고 하시니, 정말 고맙습니다. 제가 살아가면서 차차 그 은혜에 보답하겠습니다."

민주는 사회에서 처음 만난 언니가 자신의 처지를 알고 도와주는데, 너무나 고마운 마음에 눈시울을 붉혔다.

사업은 하루하루 잘되었다. 일손이 모자랄 정도로 매장은 날마다 손님으로 가득 찼다. 매출도 날로 증가하여 권리금도 금세 다 갚고 하루하루 행복한 나날의 연속이었다.

"여보. 매장에 손님이 많아서 아르바이트생을 써야 하는데, 그럴 바에야 당신이 매장에 나와서 카운터를 보면서 내 일 좀 도와주면 어때요? 대신 내가 월급은 두둑하게 챙겨 줄게요. 호호."

민주는 대학교 졸업 후에 마땅히 할 일 없이 집에서 노는 영호를 자기 일도 도와주고 또 인건비도 줄일 겸해서 자신의 매장 아르바이트 제의를 했다.

"나보고 매장에서 일하라고? 음···. 그거 좋지! 대신, 저녁에는 자유 시간도 좀 줄 수 있지? 나도 그간 살림 돌보느라 너무 힘들었어. 이제 우리 생활에 여유가 좀 생겼으니 나도 그간 못 만났던 친구도 좀 만나고 인간다운 생활 좀 하고 싶어…. 허락해 줄 거지?"

"알았어요. …대신 내가 집에 늦게 들어가니 너무 밖에서 나돌지 말고 집안일도 좀 도와주고 그래야 해요!"

"그건 당연히 그래야지!"

"찬우야. 뭐 하고 있어? 오늘 내가 술집에서 한잔 살 테니 나와라."

"네가 한잔 산다고? 내가 사야 하는 것 아냐? 네가 무슨 돈이 있다고…. 제수씨하고 어렵게 살면서 겨우겨우 살아가는 것으로 아는데, 진짜로 네가 한잔 산다고?"

영호의 친구인 찬우는 오래간만에 연락이 닿은 영호의 술 한잔하자는 제안에 고개를 갸우뚱했다. 대학교 졸업하고 만났을 때만 해도 방을 구할 돈도 없어 돈 좀 빌려달라고 했던 친구가 마치 큰돈이 생긴 것같이 술을 사겠다고 하니, 놀랄 수밖에 없었다.

찬우와 영호는 대학 시절 자주 가던 퓨전 음식집에서 만나 술잔을 기울였다. 모처럼 만나는 친구와 같이하는 술이었기에 술맛이 좋았다.

"우리 간만에 주점에 한번 가서, 돌리고 돌리고 한번 할까? 호호."

"어, 영호야. 너무 무리하는 거 아니야? 제수씨한테 허락받았어? 너무 늦게 들어가면 안 되잖아?"

"야, 이놈아! 나도 이제 살 만해. 이제 오늘 너 술 한잔 사 줄 정도는 돼! 그리고 허락은 무슨 허락? 내가 그리 좀팽이처럼 보여? 남자가 술 한잔 먹는데, 여자한테 허락이나 받고 말이야!"

"오호! 세상 살다 보니 별일이 다 있군? 옛날에는 조금만 늦어도 시계를 보고 초조해하던 게 엊그제 같은데!"

"얘가 뭐라카노? 임마, 술이나 마셔!"

"비 내리는 호남선~ 남행열차에~ 지배인! 여기 맥주 좀 더 넣어줘!"

찬우와 기분 좋게 술을 마시고 택시를 타고 집으로 가는 길, 영호는 담배 한 개비에 불을 붙여 연기를 머금은 뒤 차창 밖으로 긴 연기를 내뿜었다. 올림픽 대교 위를 지나는 차의 창밖으로 불야성 같은 거리의 네온사인이 보였다. 실로 오랜만에 느껴보는 기분이었다.

"나도 이제 사람답게 좀 살아야겠어. 인생 뭐 있어!"

영호는 혼잣말을 되뇌었다.

"여보. 요즘 부쩍 술자리가 많아진 것 같아요! 당신이 그간 사랑이 돌본다고 개인 시간도 못 내고 힘들게 보낸 것은 잘 알아요. 그래도 개구리 올챙이 적 생각하며 훗날을 위해 열심히 돈 벌어야죠! 우리 사랑이를 남보다 더 당당하게 키우려면 지금부터 저축도 많이 해야 하고요…."

민주는 영호가 요즘 들어 술자리가 잦아지는 것과 집안일에 점점 소홀해지는 것에 못마땅한 생각이 들었다.

"나 오늘 좀 늦을 것 같아! 중요한 외부 인사를 만나야 하니 기다리지 말고 일찍 자."

"오늘도 늦어요? 알았어요. 너무 마시지 말고 일찍 들어와요."

"점장님. 매장이 너무 잘되고 있어 본사에서 지원금을 크게 챙겨 주실 것 같아요. 아마 대표님이 특별히 챙겨 주실 겁니다."

"아, 감사합니다. 다 김 상무님 덕분입니다. 어렵게 매장을 인수한 이후에 지금 이렇게 영업이 잘되는 것은 전부 상무님의 관심과 격려 덕이라고 생각합니다."

"별말씀을요…."

"오늘은 제가 확실히 쏘겠습니다. 상무님이 잘 가시는 술집 있으시면 그곳으로 가시죠!"

영호는 평소 매장 관리에 힘을 써준 화장품 본사 김 상무의 덕담에 기분이 너무 좋아 환대하는 의미에서 저녁을 거하게 대접할 생각이었다.

"그래요? …그러면 제가 평소 자주 가는 술집이 있는데, 그리로 가시죠! 거기 애들이 쭉쭉 빵빵한데…. 모처럼 이 점장님과 기분 좋게 회포 한번 풀어야겠군요!"

영호는 김 상무와 함께 택시를 타고 강남에서 유명하다는 룸 카페를 찾았다. 룸 카페 입구에서는 팔등신의 늘씬한 여자들이 손님을 맞이할 준비를 하고 있었다.

"오, 오빠 오셨어요! 그동안 왜 이리 뜸했어요? 많이 바쁘셨나 보네요?"

룸 카페의 실장은 모처럼 찾아온 영호를 보고는 안부 인사를 건넸다.

"오늘 귀한 손님 모시고 왔으니, 이 집에서 제일 핫한 애로 2명 보내봐! 마음에 안 들면 딴 데 갈 거야. 그래도 모처럼 단골집이라 일부러 찾은 거야."

"당근이죠! 누구 명령이라고요…. 오늘 처음 들어온 애들 있어요. 개들로 2명 넣어 드릴게요. 마음에 안 드시면 다른 애로 초이스해도 되고요."

환했던 조명이 하나둘 꺼지고, 룸 안은 칠흑 같은 어둠에 휩싸였다.

"오빠! 안녕하세요. 박미선이라고 해요…."

미선은 오늘 처음 룸 카페에서 일을 시작하는 새내기였다. 그러나 술집에서 처음 일하는 아이라고는 믿기지 않을 정도로 분위기를 잘 맞추었고, 나름 섹시하기까지 했다.

"오빠. 한잔해요. 오늘 우리 오빠 보니 많이 외로워 보이네요. 이 예쁜 동생이 오늘 신나게 놀아 줄게요. 오빠가 외롭지 않게…."

미선은 양주 스트레이트 잔을 연거푸 영호에게 권하며 "원샷!"을 외쳤다. 영호는 미선의 능수능란한 리드에 맞추어 계속 양주잔을 비웠다. 금세 취기가 올랐다.

"오빠. 나 담배 한 대 피워도 돼요?"

"물론이지. 나 신경 쓰지 말고 편하게 피워!"

미선은 담배 한 개비를 물고는 깊은숨과 함께 담배 연기를 밖으로 뿜었다. 담배를 들고 있는 오른손가락 사이로 미선의 풍만한 유방이 영호의 눈에 들어왔다. 영호는 미선이의 브래지어 속으로 손을 넣어 그녀의 유두를 만졌다. 미선은 잠시 흠칫 놀라는 표정이었으나, 이내 환한 미소를 띠며 영호의 얼굴을 쳐다보았다. 영호는 미선의 얼굴을 당겨 앵두같이 빨간 그녀의 입술에 키스했다. 담배 냄새와 화장 냄새가 범벅되어 묘한 기분이 들었다. 그렇게 좁은 공간에서의 전투(?)를 마치고, 영호는 새벽에 택시를 타고 집으로 돌아왔다. 집 안 거실에는 사랑이의 옷가지와 청소를 하다만 도구들이 여기저기에 널브러져 있었다.

영호가 조용히 안방으로 들어서려는데, 민주가 방안의 불을 켜고는 그를 불렀다.

"당신, 지금 몇 시야? 대체 뭐 하고 다니는 거야? 요즘은 아예 매일 밖에서 사시네? 당신이 언제부터 그렇게 태평했어! 지금 한 푼 한 푼 벌어도 모자랄 판에…. 그리고 우리 어려울 때, 그때를 벌써 잊었어? 사랑이를 키우려면 앞으로 돈이 얼마나 들어갈지도 모르는 판에 맨날 술이나 먹고…. 대체 당신 어떻게 하려고 그래?"

민주는 그간 쌓였던 화를 영호에게 쏟아내었다. 영호는 민주의 언성에도 아랑곳하지 않고 잠옷을 챙겨 밖으로 나가려고 했다. 그러나 그 순간, 민주가 영호의 옷을 붙잡았다.

"어…. 당신 옷에 묻은 것, 이거 뭐야? …대체 어디서 뭐 하다 온 거야? 보자 보자 하니, 흥청망청 술 먹는 것도 모자라 이제는 계집질까지 해?"

영호의 흰 와이셔츠에 묻은 립스틱을 보고 민주는 어이가 없어 고성을 질렀다. 영호가 밖으로 나가려 하자, 민주는 화장대 위에 놓인 물컵을 들어 그 안의 물을 영호의 얼굴을 향해서 뿌렸다.

"더러운 놈! 당장 나가! 꼴도 보기 싫으니…."

"뭐라고? 이년이 미쳤나!"

영호는 민주의 얼굴을 향해 주먹을 날렸다. 민주의 코에서 시뻘건 코피가 흘러내렸다. 민주는 어릴 적 아버지의 주취 폭력에 힘겹게 살았던 어머니가 생각났다. 그녀는 가정폭력의 간접 피해자였다. 자신은 절대 그런 남자하고는 결혼하지 않을 거라고 다짐하고 또 다짐했건만…. 민주는 눈물을 흘리며 그 자리에 주저앉았다.

"예. 이민주입니다. 약속한 대로 내일 7시, 예약한 식당에서 뵈어요."

민주는 매장 화장품에 관심 있어 하는 외국계 화장품 대표와 사업상 약속이 있어 외출을 준비했다. 국내 매장 사업도 중요하지만, 민주는 자신의 화장품을 외국으로 수출하여 사업을 확장하고픈 의욕이 있었다. 이번 제의는 민주의 사업 수단과 화장품 브랜드의 대중적 선호도를 고려한 사업 제의였다.

"여기예요. 여기요!"

민주는 식당 안으로 들어오는 황 명 대표를 반갑게 맞이했다.

"오래 기다리셨어요?"

"아니요. 저도 방금 왔어요. 많이 시장하실 텐데 바로 주문하겠습니다. 황 대표님께서 주문하시죠? 오늘은 황 대표님을 위해 제가 성심성의껏 모시겠습니다."

식당 안은 손님들로 발 디딜 틈이 없었다.

"사업은 말씀하신 대로 그렇게 진행하시죠? 비록 요즘 경기가 안 좋지만, 그래도 김 점장님의 사업 수단과 이 화장품 브랜드면 우리는 충분히 사업 확장을 할 수 있다고 생각합니다. 시장 분석도 좋게 나왔고요."

"아, 저야 감사할 따름이죠! 안 그래도 국내 경기가 좋지 않아 이제는 저도 외국으로 수출을 해야 할 때라고 생각해 왔는데, 황 대표님이 저희 제품을 좋게 봐 주시고 사업 제의까지 해 주시니, 저는 두 마리 토끼를 잡을 수 있게 된 거죠…. 호호."

민주는 계획했던 사업 건의 진행이 지지부진해서 고민하고 있었는데, 황 대표의 이야기를 듣고는 비로소 한숨을 돌릴 수 있었다.

"자, 대표님! 우리의 사업 건승을 위하여 건배하시죠!"

민주는 탁자 위에 놓인 와인잔을 들어 황 대표와 잔을 맞추었다. 모처럼 마시는 와인이 목구멍으로 가볍게 넘어갔다.

민주가 집에 도착하여 화장을 지우려고 하는데, 전화벨이 울렸다.

"민주 씨, 잘 들어갔어요? 오늘 사업 건으로 이야기도 잘되었고, 또 즐거운 시간이었습니다. 또 기회 되면 한번 뵙지요…."

황 대표의 전화였다.

"뭐야? 웬 남자 목소리? 누군데?"

영호는 집에 들어온 민주의 전화기 너머로 낯선 남자의 목소리가 들리자, 민감하게 반응하며 물었다.

"사업 파트너야! 왜? 내가 남자하고 만나서 무슨 짓이라도 했을 것 같아? 당신처럼 그렇게 더럽게 살지는 않으니 신경 좀 끄지?"

민주는 비록 영호와 같이 살고는 있었지만, 이제는 거의 별거 수준으로 서로의 관계가 악화일로에 있었다. 사랑이만 아니면 이미 이혼을 몇십 번도 더 했을 것인데, 사랑이를 생각하여 이러지도 저러지도 못하고 있었다. 물론 영호도 마찬가지의 입장이었다. 영호는 그런 자신이 더 한심하다고 느끼고 있었다. 가장으로서 자신의 존재감이 있어야 하는데, 부인인 민주에게는 돈도 못 버는 궁색한 남자로, 맨날 술집에서 술만 마시며 돈이나 까먹는 그런 남자로 치부되고 있다고 느끼고 있었다.

"남편으로서 부인이 낯선 남자에게 온 전화를 받는 걸 봤는데도 그냥 그러려니 하라고? 그럼 나도 여자 만나서 시도 때도 없이 전화하라고 하면 괜찮은 거야? 나 참!"

영호는 별 실익이 없다는 것을 알고 있으면서도 그놈의 자존심 때문에 싸움거리도 안 되는 것을 가지고 민주와 티격태격하고 있었다.

"좋아! 한번 이야기 해 봐! 당신이 지금까지 집에 있으면서 제대로 돈이나 벌어왔어? 아니면 사랑이를 제대로 보살피길 했어? 딸랑 그놈의 자존심만 살아서 맨날 술이나 퍼마시고 늦게 들어오지를 않나. 그렇다고 집에 있으면 집안일을 도와주길 해? 한번 이야기 해 봐!"

민주는 한심하다는 듯이 영호에게 한마디 쏘아붙였다. 영호는 민주의 가시 돋친 말에 기분이 상했지만, 더 이상 좋지 않은 말이 길어지는 것이 싫어 간단히 대꾸했다.

"알았어! 당신이 나한테 굉장히 안 좋은 감정이 있는 것을 알았으니, 나도 더 이상 당신한테 이야기 안 할 거야. 그리고, 내가 무슨 짓을 하든 당신도 간섭하지 마. 그게 피차 좋겠어."

"오, 그래? 그거 좋지! 왜, 그때 와이셔츠에다 뽀뽀해 준 그년하고 또 재미 보려고?"

"뭐라고? 이게, 지금 보자 보자 하니까, 너 지금 뭐라고 했어! 너 오늘 한번 죽어 봐!"

영호는 다른 것은 참을 수 있었지만, 이미 지난 일을 가지고 또 인신 공격성 말을 하는 민주를 더 이상 용서할 수 없었다. 이성을 잃은 영호는 안방에 있던 골프채를 가져와 민주의 등과 다리를 힘껏 내리쳤다. 민주는 반사적으로 골프채를 뺏으려고 몸부림쳤다. 영호는 민주의 머리채를 잡고 흔들며 땅바닥에 내쳤다. 부부가 싸우는 소리에 잠을 깬 사랑이의 울음소리가 들렸다. 영호는 쓰러져 있는 민주를 놔두고 밖으로 뛰쳐나갔다. 민주는 바닥에 쓰러져 한동안 엎어져 있었다. 얼마나 시간이 흘렀을까. 민주는 여기저기 멍든 몸을 이끌고 작은 방으로 가 누워 있는 사랑이를 일으켰다. 아직도 사랑이는 아빠, 엄마의 싸움 소리 때문에 놀란 마음이 진정되지 않았는지 계속 울음을 터뜨렸다.

"사랑아. 괜찮아. 아무 일도 아니야. 사랑아. 엄마하고 옷 입자…."

"엄마. 어디 가려고…?"

영문도 모르는 사랑이는 이 상황에 당황해하면서도 주섬주섬 옷을 입었다.

"주연아. 나야…!"

"어, 민주야? 이 시간에 무슨 일이야?"

"어…. 미안한데, 당분간 너에게 신세 좀 져야겠어!"

"너, 무슨 일 있구나? 대체 무슨 일이야?"

"자세한 건 만나서 이야기하자…. 우리 사랑이도 데리고 가니, 남는 방 하나만 마련해 줘. 지금 갈 테니…."

민주는 더 이상 집에 머무를 수 없다는 판단을 내리고 절친한 친구인 주연에게 도움을 청했다. 늦은 시간이었지만, 주연은 집의 불을 환하게 키고 모녀를 맞아 주었다.

"민주야? 너 얼굴이 왜 그래…. 팔에 멍하고, 얼굴은 왜 그래…. 누구야? 너를 이렇게 만든 사람이…? 영호 씨야?"

"맞아! 주연아. 난 더는 그놈하고 못살 것 같아! 그 집에 더 있다간 내가 죽어버릴 것 같아…. 미안한데, 그놈하고 정리할 때까지만 신세 좀 질게…."

민주는 자신의 처지를 친구한테 이야기하는 것이 처참하기도 했지만, 그래도 이제 남은 것은 남편인 영호와 깨끗이 정리하는 길밖에 없었기에 주연에게 모든 것을 다 이야기했다.

"그래. 나는 사랑이도 있고 그간 살아온 정이 있으니 두 사람이 잘되기를 바라지만, 네 의사가 제일 중요하니 뭐라고 이야기할 수 없구나. 아무튼 여기서 네가 있고 싶을 때까지 있어. 나는 아무렇지 않으니…"

"주연 씨. 혹시 거기 사랑이 엄마 있나요?"

영호는 집에 들어오지 않는 민주가 갈 곳이라고는 처가 아니면 평소 절친한 친구인 주연의 집밖에 없다고 생각하고 주연에게 전화를 걸었다.

"예. 민주, 저희 집에 와 있어요. 근데, 무슨 일 있었나요? 민주가 절대 집에 안 들어가겠다고 하던데요…?"

"죄송합니다. 가정사라 시시콜콜한 이야기까지 하기는 그렇고, 그냥 전화했었다고만 전해 주세요."

영호는 민주가 주연의 집에 있다는 것을 알고는 안도의 한숨을 쉬었다.

민주가 일을 마치고 집에 돌아오자, 주연은 영호에게서 전화가 온 것을 그녀에게 이야기했다.

"뭐, 그놈이 전화했었어? 왜 전화했대? 한동안 못 때려서 심심했나 보군?"

민주는 영호에게서 전화가 왔었다는 이야기를 듣는 순간 알레르기 반응을 일으킬 정도로 격한 반응을 보였다.

"민주야? 대체 앞으로 어떻게 할 거야? 계속 이렇게 살 수는 없잖아? 영호 씨하고 관계는 어떻게 할 거야?"

"주연아. 나는 이미 그 사람에게서 마음이 떠났어! 앞으로 잘하겠다고 무릎 꿇고 빌어도 이미 때는 늦었어! 내가 지금껏 참아 왔던 것은 너도 잘 알다시피 사랑이 때문이잖아? 근데, 이제는 사랑이 입장을 고민할 필요도 없게 되었어… 내 인생도 소중하고 중요하다는 생각이 들었어. 사랑이는 홀어머니 밑에 자라겠지만, 사랑이한테도 오히려 더 좋을 거야… 회사 사업이 좀 안정되면 바로 이혼 절차 밟고 그이랑 관계를 정리할 거야. 곧 그날이 얼마 남지 않았어. 빨리 정리하고 나도 내 인생을 살 거야!"

민주는 주연의 말에 일고의 가치도 없다는 듯이 확신에 찬 투로 이야기했다.

한편으로, 영호는 민주를 데려오기 위해 주연을 만나야겠다는 생각을 했다. 민주에게 연락해도 전화를 받지 않을 것을 알고 있었기 때문이다. 영호는 주연이 근무하는 회사 부근에서 주연이 퇴근할 무렵에 맞춰 그녀를 기다렸다. 초조한 마음으로 두리번거리고 있을 무렵, 뒤에서 귀에 익은 소리가 들렸다. 주연이었다.

"어, 영호 씨 아니세요?"

"여긴 어쩐 일이세요?"

"아…. 예. 주연 씨에게 긴히 할 이야기가 있어 기다리고 있었어요. 물어볼 것도 좀 있고…. 괜찮으시면 잠깐 차 한잔하시죠?"

영호는 부근 조용한 커피숍으로 주연을 안내했다.

"할 이야기라니요? 무슨 일이신지요?"

주연은 대충 짐작은 하지만, 영호가 불쑥 회사로 찾아온 것에 대해 궁금한 마음이 들었다.

"민주는 어떻게 지내죠? 할 이야기도 좀 있고, 상의할 것도 좀 있고 해서 찾아온 겁니다."

주연은 즉답을 피하고 영호를 물끄러미 쳐다보았다.

"요즘 민주하고 사이가 안 좋아요? 무슨 일 있어요? 사실 이야기 안 하려다 말해 주는 거예요. 민주가 앞으로는 집에 안 간다고 하던데요?"

"그래요? …사실 민주하고 좀 다투었어요. 사생활이라 자세히 이야기 하긴 그렇지만, 감정이 서로 안 좋은 건 사실이에요. 그래도 민주도 그렇고, 사랑이도 보고 싶으니, 집에 들어오라고 이야기 좀 해 주세요. 제가 전화를 할 테니 전화 좀 받으라고도 전해 주시고요…."

영호는 주연을 통해 민주에게 전달해 달라는 이야기를 하고 자리에서 일어섰다.

"당신. 어제 주연이 만났다며? 앞으로 일체 나에 대해 신경 끄고 사랑이에 대해서도 관심을 버려! 그리고 괜히 친구 주연이한테 주접떨지 말고…. 개인적인 집안사를 왜 내 친구에게 이야기해? 나 그동안 고민하고 또 고민했는데, 우리 관계는 깨끗이 정리하자. 그게 좋을 것 같아. 서류는 정리되는 대로 보낼 테니 그때까지 기다려!"

민주의 최후통첩성 전화였다.

"아줌마, 여기 소주 한 병 더 주세요!"

영호는 혼자 포장마차에 앉아 술을 마셨다. 민주가 집을 나간 이후, 그 혼자서 술을 마시는 시간이 많아졌다. 텅 빈 방 안에서 혼자 자려니 술기운을 빌리지 않으면 잠이 오지 않을 것 같아 매일 그렇게 술을 마셨다.

포장마차를 나오는데, 아이의 손을 다정하게 잡고 걸어가는 가족의 모습이 보였다. 영호는 그 가족을 물끄러미 한참 동안 쳐다보았다. 사랑이를 보고 싶은 생각이 간절했다. 사랑이가 잘 지내고 있는지, 아빠를 찾지 않을지 등, 사랑이 생각을 하니 눈물이 왈칵 났다.

영호는 민주와의 관계 악화로 인해 더 이상 화장품 매장도 나갈 수 없게 되어 마땅히 하는 일도 없이 집에서 많은 시간을 보내게 되었다. 매일 술을 마시다 보니 건강도 상당히 악화되었고, 누워있어도 잠이 쉽게 들지 않았다. 술기운에 민주에게 전화를 걸어 보았으나, 민주는 여전히 전화를 받지 않았다. 어느 날, 영호는 습관적으로 무심결에 주연에게 전화를 걸었다.

"여보세요?"

주연의 목소리였다.

"아, 접니다. 잠깐 통화 가능하세요? 주연 씨. 민주가 전화를 안 받아서 그런데, 민주에게 전달 좀 해 주세요. 이혼 서류 준비 다 되었으니, 가져가라고요…."

"이혼 서류요? 일단 민주에게 전해 줄게요."

영호의 전화를 받은 주연은 민주에게 통화 내용을 전달했다.

"영호 씨가 이혼 서류 이야기하던데? 둘이 정말 헤어지려고 하는 거야? 다시 한번 생각해보지? 사랑이도 있는데…."

"주연아. 우리 둘을 위해서 정리하는 게 맞아. 나도 고민 많이 했었어! 근데, 손버릇 나쁜 사람은 습관적이야…. 아마 같이 살면 내 명대로 못 살고 난 죽을지도 몰라!"

민주는 주연의 이야기에 단호하게 대답했다.

"주연아. 내가 금방 서류만 받아 올 테니, 사랑이 좀 부탁해!"

"혼자 가려고? 나하고 같이 가. 가서 무슨 일이 벌어질지도 모르잖아? 내가 따라갈게."

"아니야. 사랑이도 있고 하니, 나 혼자 갔다 올게! 금방이면 되니까 너는 여기서 있어."

주연은 민주가 영호의 집으로 간다는 말에 직감적으로 불안한 마음이 들어 염려되었으나, 민주의 단호한 태도에 더 이상 그녀를 말릴 수 없었다.

민주는 택시를 타고 영호의 집으로 갔다. 현관문을 여는 순간 술 냄새가 진동했다. 방안을 들여다보니, 영호는 방바닥에 쓰러져 누워 있었다. 민주는 영호를 흔들어 깨웠다. 영호는 물끄러미 민주를 쳐다보았다.

"서류 어디 있어? 이혼 서류? 잘 생각했어! 결정할 때는 빠를수록 좋아. 피차 그게 둘한테 유리할 테니…."

"그렇게 좋아? 헤어진다니…!"

영호는 헛기침을 하며, 민주를 쳐다보았다.

"그래! 좋아…. 당신 같은 폭력 남편에게서 벗어나는데 당연히 좋지! 내가 충고 하나 할게. 앞으로 나 말고 다른 년하고 같이 살더라도 절대 때리지는 마! 나 같은 바보나 맞지. 다른 여자들은 안 맞고 살아! 명심해! 아, 그리고 보니 나하고 이혼하는 순간, 그 술집 여자하고 같이 살면 되겠네! 매일 와이셔츠에 루주도 발라주고 하면서…."

"뭐라고? …너, 말 다 했어?"

영호는 민주의 말에 더 이상 참을 수 없을 정도로 분노가 일었다.

"이 XX 년이, 너 오늘 죽어 봐! 내가 뭘 그렇게 잘못했어? 그리고 너는 뭐가 그리 잘났어?"

영호는 순간 거실에 있던 아령을 들고 민주의 머리를 향해 내리쳤다. 퍽 소리가 나며 민주의 머리에서 피가 솟구쳐 올랐다. 다량의 혈흔이 비산되어 방바닥에 흩어졌다. 영호는 한동안 아령을 놓지 않고 멍하니 한참을 서 있었다. 얼마의 시간이 지난 후, 영호는 112로 전화를 걸었다.

"여기 사람이 죽었어요! …제가 사람을 죽였어요!"

영호는 주검이 된 민주의 옆에 반듯이 누웠다. 이제 살인마가 된 자신이 해 줄 수 있는 마지막 속죄는 떠나간 영혼을 위한 사죄의 눈물을 흘리는 것뿐이었다.

내 삶을 빛나게 해 준 한 줄기 빛

김기홍

"수인번호 0510! 면회입니다. 면회실로 나오세요."

박보래는 교도관의 면회실 접견 통보 말을 듣고 면회실로 이동했다. 면회실에는 여당 원내 대표가 자리하고 있었다.

"박 대표! 고생 많죠? 조금만 더 견디고 계세요. 우리가 최대한 이른 시일 내에 구치소에서 빼 드릴 테니까요. 당 대표를 비롯하여 많은 의원이 박 대표를 걱정하며 도와드릴 방안을 많이 고민하고 있어요…."

"원내 대표님! 담배 한 개비만 주세요."

박보래는 원내 대표가 건네준 담배 한 개비에 불을 붙여 입에 물고는 깊게 연기를 들이마셨다. 폐에서 뿜어져 나오는 담배 연기로 인해 머리가 핑 돌 정도로 어지러웠다.

"저에 대해서 많은 생각을 하고 계셨다고요? 저를 도와줄 방안을 많이 고민하고 계시다고요? 음…. 원내 대표님! 잘 아시다시피, 내가 작년에 당 대표를 도와서 지역에서 얼마나 큰 노력을 했습니까? 다 기울어져 가는 당 분위기를 반전시키기 위해 전략적 요충지에서 제가 물심양면으로 저의 모든 것을 쏟아부었고, 많은 사람을 만나 선거운동을 하면서 여당의 승리를 위해 얼마나 큰 노력을 기울였었나요? 원내 대표님은 그 누구보다 잘 아시지 않습니까? 그런데, 제가 선거법 위반으로 잡혀가고 나니 다들 나를 완전 못 본체하고⋯. 제가 어떻게 되든 말든 관심 없었잖아요? 그게 사람이 할 짓입니까? 검찰에 끌려가고 나서 제가 얼마나 힘들었는지 아세요? 만약 제가 거기서 당 대표에 대한 이야기를 늘어놓았다면 당 대표는 지금 어떻게 되었을까요? 아마도 제가 아니라 당 대표가 여기에 와 있을 겁니다⋯."

"아, 박 대표! 내가 너무 잘 알지요. 그래서 제가 이렇게 직접 찾아온 것 아닙니까? 박 대표가 우리 당(黨)과 당 대표를 위해 모든 것을 껴안고 갔기에 저희가 이번 선거에서 승리할 수 있었던 것 아닙니까! 그 점에 대해서는 그 누구도 이견의 여지가 없어요. 그래서 우리 당의 모든 의원이 고맙게 생각하고 있는 거고요⋯."

박보래는 선거 기간 내내 모든 것을 걸고 여당의 선거원으로 선거 운동을 했고 야당(野黨)에서 자신을 선거법 위반으로 검찰에 고발하여 수사를 받던 중 결국 기소되어 구치소에 수감되었다. 이후 여당에서 자신에 대한 관심을 끊어버린 것과 검찰 수사 과정 내내 전혀 신경을 안 써준 데 대하여 상당히 분개하고 있었는데, 원내 대표를 보자마자 그 서운한 마음을 피력한 것이었다.

"그래요. 좋습니다. 오셨으니 한마디 할게요! 제가 검찰에 불려 온 뒤로 제 집안이 어떻게 되었는지 아세요? 집사람은 저를 미친 사람이라고 하면서 애들을 데리고 처가로 가버리고, 저를 아는 많은 지인은 저

보고 아무런 이득도 없이 저만 병신 되었다면서 뒷말을 하고 있어요⋯. 저는 뭡니까? 제가 누굴 위해 이렇게 감방에 들어와 있어야 하나요? 당 대표는 뭐랍니까! 대체⋯."

"수인번호 0510! 면회 끝입니다."

박보래가 더 이야기를 이어가려는데, 면회 시간의 종료를 알리는 교도관의 언질이 있었다. 박보래는 면회실을 나가면서 원내 대표를 향해 말했다.

"대표님에게 분명히 이야기하세요! 지금 제 마음이 혼란스럽다고⋯. 저도 사람입니다. 저만 혼자 죽을 수 없어요!"

"또 봅시다⋯."

원내 대표는 박 대표가 무슨 의도로 그렇게 말하는지 잘 알고 있었다.

박보래는 구치소 독방에서 혼자 뒤척이며 잠을 이루지 못했다. 창살 사이로 들어오는 작은 빛이 그의 유일한 삶의 한 줄기 희망이었다. 구치소에 들어온 지도 어느덧 50일이 되었다. 박보래의 팔에는 50개의 자해 흔적이 있었다. 구치소에 들어온 후 분을 못 이겨 하루에 한 번씩 자해를 했는데, 그에겐 영광의 상처로 남았다.

"박보래 대표. 사실대로 말해 보세요! 당신이 아는 바를 그대로 다 진술하세요. 혼자 다 짊어지고 가려고 하지 마시고⋯."

"검사님! 제가 처음 검찰청에 와서 진술할 때 분명히 말씀드렸습니다! 모든 것은 저 혼자 다 했고, 제가 모든 것을 다 안고 가겠다고요. 검사님이 앞으로도 몇 번, 아니 수십 번을 물어보셔도 답은 똑같을 겁니다. 검사님이 듣고 싶어 하시는 대답이 뭔지 잘 알지만, 제 입에서는 검사님이 요구하는 답은 나오지 않을 것입니다."

박보래는 검찰청에 불려 와서 추가 조사를 받는 내내 자신의 말 한마디로 인해 여당 대표를 옥죌 수 있는 사태가 도래할지도 모른다는 생각에 끝까지 묵비권을 행사하며 검찰에서 조사를 받고 있었다.

"박 대표님! 잘 아시겠지만, 선거법 위반은 정치적으로 상당히 중요한 수사입니다. 박 대표님이 여당 대표를 비호할 의도로 계속 수사에 협조하지 않으면 우리는 법이 정한 최고의 구형을 내릴 수밖에 없습니다. 박 대표님이 현실적으로 생각해 보시길 바랍니다. 만약 박 대표님이 수사에 협조해 주신다면 우리는 '플리 바게닝(Plea bargaining, 형량협상제)'도 적극적으로 검토해보겠습니다."

박보래는 검사의 회유에 잠시 머리가 멍해졌다.

"일단 오늘은 이 정도만 하지요, 돌아가셔도 좋습니다. 제가 한 이야기 잘 기억하세요…."

구치소로 돌아오는 길에서, 박보래의 마음속에는 많은 갈등이 일었다. 여당 대표에 대한 섭섭함과 자신의 향후 수감 생활에 대한 염려, 가족에 대한 걱정 등으로 머릿속에서 수많은 생각이 교차했다.

"그간 고생 많았습니다. 몸 건강하시고 앞으로 하시는 일마다 건승하시길 기원합니다."

박보래는 구치소에서 형기 만기로 나오는 길에 구치소장의 배웅을 받았다. 구치소장도 박보래가 선거법 위반으로 기소되어 수감 생활을 했지만, 여당의 많은 의원이 관심을 가지고 있는 주요 인사라는 것을 알고 있었다. 구치소 문을 나오는데, 어디서 왔는지 검은 세단이 박보래의 앞에 멈춰 섰다.

"박 대표님! 타세요."

자신이 활동했던 지역의 의원인 홍정길 의원이었다. 홍 의원은 박 대표의 선거 활동에 힘입어 박빙으로 경합이었던 선거판을 뒤집고 당선된 의원으로, 자신이 당선되는 데 있어 일등공신이 박보래 대표였다는 것을 누구보다도 잘 알고 있었다.

"박 대표님! 너무 고생 많았습니다. 제가 박 대표님 덕분에 당선되었는데, 박 대표님이 감옥에 들어가 옥고를 치르시는 동안 마음이 편치 않았습니다. 면회를 좀 하러 가려고 해도 선거법 위반 사건이라 기자들이 벌떼 같이 몰려들어 취재하려고 하니 당에서도 조심스러워 함부로 면회하러 갈 수가 없는 형편이었습니다. 당 대표님도 저와 똑같은 마음이고, 그간 많이 염려하고 계셨습니다."

홍정길 의원의 말에 박보래는 얼굴을 돌려 창밖을 바라보았다.

"당 대표가 저를 걱정이나 하긴 했어요? 정말 그랬다면 좋겠네요….
홍 의원님도 잘 아시겠지만 저는 원래 제 사업 잘하고 있던 사람입니다. 그런데 갑자기 대표님이 찾아와서 선거를 도와달라고 했습니다. 제가 여러 번 정중히 사양했고, 의사가 없음을 직간접적으로 피력했는데도 하도 완강히 도와 달라고 하셔서 사업과 가정을 전폐하고 선거에 올인했습니다. 그런데 양아치 같은 상대편 후보가 저를 선거법 위반으로 검찰에 고소하는 바람에 저 혼자서 검찰에 불려 다니면서 얼마나 힘든 과정을 겪었는지 아세요?"

"예. 박 대표님! 잘 압니다. 누구보다도 제가 잘 압니다. 일단 자세한 건 차차 이야기하시고, 오늘은 저하고 기분 좋게 술 한잔합시다!"

홍 의원과 박 대표를 태운 차량은 올림픽대교를 지나 강남으로 이동했다. 곧 차량은 홍 의원이 자주 가는 일식집에 도착했다. 예약해 놓은 상태여서 입구에서부터 실장을 비롯한 많은 종업원이 대기하고 있었다.

"의원님! 7번 방 특실입니다."

홍 의원과 박 대표는 실장의 안내로 7번 방에 입실했다. 이미 방안에는 진수성찬이 차려져 있었다.

"술은 뭐로 할까요?"

"저는 아무거나 좋습니다."

"그럼, 우리 소맥으로 한잔하시죠? 오늘 같은 날, 좋은 분과 마시는 데는 소맥만 한 것이 없습니다!"

홍 의원은 연거푸 소맥을 조제하여 박 대표에게 건넸다. 박 대표는 그간 마시지 못했던 술이라 미친 듯이 단숨에 들이켰다. 술에는 그 누구보다도 장사라고 자신했던 박 대표였지만, 이내 취기가 돌았고 정신도 몽롱해졌다.

"박 대표님… 대표님께서 구치소에 수감되고 나서 당 대표님이 박 대표님께 너무 미안한 감정을 가지고 계셨습니다. 아마 조만간 당 대표님께서 박 대표님께 한번 만나자고 연락하실 겁니다. 저도 마찬가지고, 우리 당 대표님을 비롯하여 많은 의원이 박 대표의 노력에 감사하고 있습니다. 더욱이 좋지 않은 사건으로 고초까지 겪으셨으니 몸 둘 바를 몰라 하고 계십니다. 앞으로 건강 좀 챙기시고 쉬고 계시면, 그 이후는 저희가 알아서 챙겨드리겠습니다."

홍 의원은 박보래 대표에게 당 대표를 비롯하여 많은 의원이 당 차원에서 자신을 챙겨 주겠다고 하는 이야기를 하고 있었지만, 정작 당사자인 박보래는 아무런 느낌이 들지 않았다. 그간 정신적으로나 육체적으로 너무도 힘들었기 때문이다.

"여보. 우리 모처럼 바깥 드라이브나 갑시다! 집에 돌아오니 너무 좋구려. 당신이 이렇게 나하고 있어 주니, 내가 너무 행복합니다."

박보래는 모처럼의 부인인 영숙과 바람도 쐴 겸 해서 양평으로 나들이를 하러 갈 채비를 갖추었다. 양평 두물머리 부근의 도로를 달리니 기분이 너무 상쾌했다.

"여보! 그동안 고생 많았소. 내가 없는 동안 당신이 아이들을 잘 다독거려 주고, 동요하지 않게 해 준 데 대해 정말 감사하오. 내가 못나서 그렇게 되었지만, 구치소에 있는 동안 한 번도 당신과 우리 가족을 잊은 적이 없소. 아마, 우리 가족이 없었다면 나는 구치소에서 목매달아 죽었을 거요…. 내가 살아야 할 이유는 오직 가족이었소!"

박보래는 부인인 영숙에게 그간의 심경을 이야기하다가 그만 눈에 눈물이 고였다.

"알아요. 당신의 마음을! 나도 당신이 그렇게 되고 나서 매우 힘들었어요. 아무 문제 없이 잘 살다가 갑자기 당신이 검찰에 구속되자, 저는 완전 혼비백산이었어요. 처음에는 당신에 대한 원망도 많이 했어요. 정치도 모르는 당신이 선거판에 뛰어들어 누구를 도와준다고 하길래 나는 억장이 무너졌지요…. 그래도 당신의 하고자 하는 일이라고 생각하니 내가 적극적으로 만류하지 못했어요. 선거 기간 내내 걱정을 많이 하고 있었는데, 결국 그렇게 되고 나니, 당신이 미웠어요! 그래도 애들이 있으니 어떻게든 힘든 상황을 잘 풀어나가려 저 혼자 노력했고, 마침 애들도 동요하지 않고 잘 견뎌주었어요. 그랬기에 망정이지, 정말 지금 생각해 봐도 두 번 다시 당신이 선거판에는 기웃거리지 않기를 바랄 뿐이에요."

"고맙소! 당신이 그렇게 이해해 주니, 내가 할 말이 없구려…. 내가 바보였지만, 그래도 행복한 바보였나 봐…. 당신이 있으니!"

"박 대표. 오늘 한번 봅시다. 제가 문자로 보내드린 장소에서요."

당 대표에게서 한번 보자는 메시지가 왔다. 약속 장소로 가는 도중 박보래는 많은 생각이 들었다. 현재 당 대표는 그가 초선 의원 때부터 알던 사이였다. 그간 그와 많은 관계를 쌓아 오면서 나름대로 진심으로 그를 대했다고 생각해 왔고, 당 대표 역시 박 대표와의 관계를 중요시하여 왔던 터라 이번 일이 둘의 관계에 미칠 영향을 여러모로 고민하지 않을 수 없었다. 박 대표 역시 그간 당 대표와의 많은 추억을 소중히 여기고 있고, 그의 핸드폰 사진에도 당 대표와의 많은 추억이 담긴 사진이 보관되어 있었다.

"박 대표. 여기입니다."

당 대표는 박보래 대표를 보자마자 그를 와락 껴안았다.

"그간 얼마나 고생이 많았습니까? 제가 뭐라고 말해야 위로가 될지 모르겠습니다…. 건강은 좀 어떠세요?"

"아, 좋습니다. 저야 뭐…. 그간 잘 계셨죠?"

"저야 잘 있었습니다. 그동안 선거다 뭐다 해서 아주 바빴습니다. 변명 같지만 사실 저는 정말로 이번 선거에 올인했습니다. 다행히도 결과가 좋아서 당 대표로서 입지도 굳힐 수 있게 되었고요…. 그렇지만, 박 대표에게는 내가 면목이 없습니다. 그렇게 나를 위해 물심양면으로 도와주셨는데, 박 대표가 검찰에 불려가고 나서 마음속으로는 많은 걱정을 했어요. 의원들과 여러모로 상의하며 박 대표를 빼낼 생각을 했지만, 선거가 진행 중인 관계로 선뜻 행동에 나서기는 사실 좀 어려움이 있었지요…. 박 대표에게는 미안한 이야기이지만, 정말 진심으로 박 대표의 안위를 걱정하며 소식을 챙기고 있었어요…."

"대표님. 이제 다 지난 일입니다. 새삼스럽게 자꾸 그런 이야기를 하면 무슨 소용이 있겠습니까? 저는 괜찮습니다."

당 대표나 박 대표나 서로의 입장에서 무슨 말을 해야 할지 생각하며 어색한 분위기가 이어졌다.

"박 대표! 이제 그런 이야기는 집어치우고, 우리 편하게 대포나 한잔 합시다."

술잔이 오가면서 어느새 당 대표와 박 대표는 예전의 모습대로 자연스럽게 대화가 이어지고 있었다.

"형님. 형님을 제가 얼마나 좋아했는지 알아요? 국회의원 한다고 하셨을 때 제가 처음에는 만류했었잖아요? 정치판이라는 것은 형님도 잘 아시다시피 권모술수가 난무하고 이권이 판을 치는 더러운 무대 아닙니까? 그건 형님이 누구보다도 잘 아시잖아요. 그래서 형님 같은 때 묻지 않은 분이 정치판에 간다고 하셨을 때 솔직히 이 아우는 걱정이 많이 되었었어요…. 그래서 적극적으로 만류했던 거고요…."

박보래는 술도 한 잔 마신 김에 당 대표를 편하게 형님이라 부르고 있었다. 의도된 호칭이었다. 사적인 자리에서 늘 그렇게 불러 왔지만, 형님이라는 단어를 실로 오랜만에 부르니 감회가 새로워지는 느낌이었다. 당 대표 역시 박 대표를 편히 동생이라 불러 주었다.

"동생! 내가 그 누구보다 동생의 마음을 잘 알지. 동생은 진실로 나를 위해 조언해 준 거잖아? 내가 너무 잘 알지! 동생! 나는 국회의원이 되기 전에는 언젠가는 정치를 한번 해 봐야 하겠다고 단순히 꿈만 가지고 있었어. 당연히 나는 그런 자질이 안 되고, 그럴 형편도 안 되었기에 나 자신이 허황된 꿈을 꾸고 있다고 자인하고 있었어… 그런데 이상한 건 누구를 만나서 대화를 하게 될 때 정치 이야기만 나오면 내가 마치 국회의원이라도 된 것처럼 정치 전반에 대한 평을 이야기하고 있었고, 그것을 듣는 사람들은 나의 이야기에 동조하면서 나를 한껏 치켜세워주곤 했어… 서당 개 3년이면 풍월을 읊는다고, 나도 모르게 정치에 푹 빠지게 되었던 것 같아… 이상한 노릇이지… 사람의 능력은 참 이상한 것 같아! 내가 뭐를 하고 싶다고 해서 되는 게 아니고, 내가 하기 싫다고 해서 안 되는 게 아닌 것 같아! 내가 옛날 어느 책을 읽었는데, 그런 내용이 있더라고… 시인 폴 발레리가 한 말인데, '생각하는 대로 살지 않으면 사는 대로 생각하게 된다.'라는 말이야… 신념 없이 사는 건 등대 없이 칠흑 같은 밤바다를 항해하는 것 같다는 생각을 늘해 왔었어! 그래서 나는 매일 아침 일어나면 꼭 기도하고, 거울을 보며 나 자신에게 외쳤지! 난 꼭 국회의원이 꼭 될 거야! '아브라카다브라(Abracadabra, 히브리어로 '말한 대로 이루어지리라.'라는 뜻)'라며, 마법을 걸며 하루를 시작했었지…."

"그래요…. 형님이 원하시는 대로 국회의원이 되었고, 지금은 여당의 당 대표까지 되었으니 형님은 그나마 꿈을 이룬 것이잖아요? 잘된 거죠. 근데 사람의 욕심은 끝이 없는 것 아니겠어요? 형님이 처음 국회의원 입문하기 전에 유권자들에게 표를 얻기 위해 했던 말이나 행동이 지금도 초심을 유지하고 계속 이어지고 있나요? 만약… 그때나 지금이나 그 마음에 변함이 없다면 형님은 정말 성공한 국회의원이고, 존경할 만한 국회의원이라고 생각합니다. 그런데 죄송하게도 제가 형님을 오랫동안 지켜본 바로는 형님의 가장 강점은 친화력과 이해득실 없이 모든 사람을 챙기는 마음인데… 조건 없이 사람을 좋아하고 그 사람들의 애로사항, 부탁 등을 챙겼던 그 마음이 이제는 많이 퇴색된 것 같아요! 기분 나쁘게 들리겠지만, 사람은 누구나 생각과 입장이 같아요. 어려운 일이 있고 문제가 있을 때 그것을 해결해 줄 사람을 찾고, 자문을 구하고, 또 때에 따라서는 도움을 요청하는 것은 누구나 당연한 것 아닙니까? 그 자리에 있을 때, 그런 위치가 될 때 사람을 도와주고 그런 역할을 할 수 있는 것인데… 형님에 대한 지금의 여론은 사람들이 가까이 다가가기 어렵고, 독단적이고, 인간미가 없다는 것으로 인식되어 있어요. 그런데 형님은 지금 여당의 실세이고 당 대표의 위치에 올라있으니, 그런 분위기를 알면서도… 아니, 알려고도 하지 않으실 테니, 저라도 알려드리고 싶어 이야기 드린 겁니다. 그러니 오해는 마세요!"

"동생. 동생이 무슨 이야기를 하는지 나도 잘 알아. 내가 왜 모르겠어? 사람이 개구리 올챙이 적 생각하듯이 그렇게 자신을 돌아보고 생각해야 하는데… 나부터 그게 잘 안 되네… 동생도 회사 대표를 해봐서 잘 알겠지만, 한 번 권력에 도취되면 그 누구에게도 굽신거리지 않게 되고 이 세상 모든 것을 내 손아귀에 넣을 수 있을 거란 자만심에 빠지게 되지…. 또, 돈 있는 부자들이 그 권력자를 추종하며 있는 것, 없는 것 다 내어놓으려고 하며 가까이 지내려 하지. 그게 권력의 힘인 거야! 언젠가는 권력을 내려놓아야 하는데… 그게 쉽지 않아! 나 역시도 그렇고…. 동생이 나를 위해 선거 운동을 해 줄 때 나는 너무도 고마웠어! 동생이 나를 당선시키려고 부지런히 뛰어 준 것, 나는 정말 감사하게 생각해. 선거 기간에 동생이랑 저녁에 포장마차에서 소주잔을 기울이던 그 추억이 지금도 아련해…. 동생이 안타깝게도 상대편 후보의 선거법 위반 고발로 검찰에 조사를 받으러 갔다는 소식을 듣고, 내가 어떻게든 노력해서 동생을 빨리 빼 주고 싶었어! 그런데, 그 당시에는 상대편 후보와 엎치락뒤치락 치열한 경쟁을 하는 터라 내가 전면에 나서는 것은 솔직히 부담스러웠어. 더욱이 우리 캠프에서 신중하게 접근하는 것이 좋다는 판단도 전달되었고…. 그래서 동생을 생각하면 내가 정말 미안하네. 암튼, 이런저런 이야기 해 봐야 변명 같고 이제부터는 내가 동생을 챙기면서 그동안 동생의 노력에 보답하는 일만 남았으니 동생이 너그럽게 이해해 주길 바라네….”

당 대표는 박 대표에게 미안한 감정을 에둘러 이야기했지만, 마음속에서 우러나오는 미안한 마음을 감출 수 없었다. 그는 이야기하는 내내 박 대표의 눈을 정면으로 응시하지 못했다. 박 대표 역시 당 대표의 입장을 모르는 바는 아니지만, 아무리 이해하려 해도 여전히 서운한 마음은 풀리지 않았다. 박 대표는 앞에 놓인 술잔을 연거푸 비웠다. 모든 것을 잊고 싶은 마음이었다. 지금 이 순간만큼은….

박 대표가 잠시 회사를 떠나 있는 사이, 회사는 엉망이 되어 있었다. 거래처에서는 회사 대표의 구속 소식이 알려지자 신용 및 물품 납품 등을 걱정하며 하나둘 계약을 파기하는 건이 증가했고, 결재도 제대로 이루어지지 않아 자재를 회수하는 사례까지 있었다는 보고도 받았다. 박 대표는 회사로 복귀하자마자 중역 회의를 주재하고 회사의 정상화를 위해 온 힘을 다했다. 우선 자신으로 인해 실추된 신용도를 높이기 위해 거래처의 사장들을 만나고 기존 계약 및 추진했던 신사업에 대한 구상을 협의했지만, 대다수 거래처에서는 부정적인 태도를 보이며 사업 전반에 대하여 재검토하자는 분위기가 역력했다. 박 대표는 회사 대표인 자신의 공백이 회사에 미치는 영향이 얼마나 큰지를 실감하고 있었다. 박 대표는 거래처 사장들과의 관계 복원이 시급함을 인식하고 그들의 마음을 되돌리는 데 전력을 다하여야 한다는 생각을 했다.

"허 이사! 오늘 저녁에 시간 되면 저녁이나 같이할까요?"

"저녁요? 일단 선약이 있긴 한데, 그래도 박 대표님이 부르시면 만사를 제쳐 놓고 가야죠."

박 대표는 거래처 사람 중에서 친동생같이 생각하는 허 이사와 저녁을 함께 하고픈 마음이었다. 같은 업계에서 가장 믿음이 가는 전문가인 데다, 자신의 생각과 가치를 같이 공유할 정도로 친분이 두터웠던 관계라 저녁을 하면서 많은 이야기를 나누고 싶었다. 둘은 그렇게 평소 박 대표가 자주 가던 허름한 선술집에서 마주 앉았다.

"박 대표님! 이야기는 들었습니다. 선거 운동을 하시다가 검찰에서 조사받으시고 구치소에 수감까지 되었다는 이야기요."

"아, 그 이야기는 그 정도만 하세! 아직도 별로 기분이 좋지 않으니…. 그래. 요즘 사업은 어떤가?"

"저희 회사는 박 대표님도 잘 아시다시피 꾸준합니다. 건설 경기가 많이 나빠져서 조금 힘겹긴 하지만, 아직은 견딜 만합니다."

"허 이사! 내가 몇 달 동안 감옥에 갔다 왔더니 회사가 엉망이 되었어…. 보고를 받아보니 거래처에서 물량도 제대로 공급해 주지 않는다고 하고, 사업 수주 건도 많이 줄어들었더라고…. 이게 다 회사 대표의 공백의 결과인 거지! 누굴 탓하겠어? 모두 다 내 책임이지!"

박 대표는 허 이사를 보니 이런저런 마음의 회한이 들어 공허한 넋두리를 늘어놓게 되었다.

"대표님…. 저는 대표님을 누구보다도 잘 알잖아요? 대표님의 현재 입장과 상황을 잘 알고 있습니다. 대표님의 평소 스타일로 봤을 때 좋은 분들이 대표님 주변에 많고, 대표님께서 평소에도 이해득실 없이 어려운 사람들을 도와주려고 하는 마음이 있었기 때문에 아마도 당 대표님께서도 대표님을 찾으셨던 걸 겁니다. 박 대표님도 회사 일로 겨를이 없었지만 그래도 만사를 제쳐놓고 선거 운동을 도와준 것 아닙니까? 사람이 살면서 생업을 제쳐놓고 자기 일도 아닌데 남의 일을 도와준다는 것은 쉽지 않습니다. 대표님이기 때문에 가능한 것입니다. 대표님! 오늘은 편하게 술 한잔하세요. 모든 것을 다 잊으시고요…."

다음 날 아침, 박보래 대표는 전날 허 이사와의 술자리로 머리가 아주 아팠다. 눈을 뜨자마자 옷을 주섬주섬 걸쳐 입고 회사로 발걸음을 옮겼다. 회사 대표실로 들어가려는데, 이미 입구에서 중역들이 결재를 기다리고 있었다.

"뭐 있어요? 아침부터 결재가 산더미네요?"

"대표님! 대표님께서 안 좋은 일에 연루되시고 부재중이실 때는 추진하던 사업들이 올 멈추었었습니다. 그런데 대표님이 돌아오시고 나니 그쪽 회사들에서 일사천리로 도와주겠다고 난리입니다. 대표님의 결재만 떨어지면 일을 계획대로 잘 추진할 수 있을 것 같습니다. 혹시, 대표님께서 타 회사 측의 대표나 임원들과 만나거나 부탁을 하셨나요?"

"아니…. 내가 따로 도와달라면서 만나거나 부탁한 적은 없는데? 내가 생각해도 이상하구먼. 어쨌든 회사 일이 잘 풀리면 나야 좋지!"

회사 임원인 박 이사는 박 대표가 돌아온 이후로 최근 얼마 사이에 일이 봇물 터지듯이 잘 진행되는 것이 이상할 정도로 신기했다. 누군가가 뒤에서 알게 모르게 도와주고 있다는 생각이 들 정도였다.

나른한 오후, 박 대표는 직원들과 오찬 겸 반주를 즐기고 잠시 사무실에서 휴식을 취하고 있었다. 그때, 그의 핸드폰으로 낯익은 번호의 전화가 걸려왔다.

"여보세요? 어디 신지요?"

"박 대표님. 저는 서울중앙지검 이석현 검사입니다."

"서울중앙지검요? 그런데, 왜요?"

"아, 옛날 선거법 위반 사건과 관련해서 얼마 전 익명의 자가 같은 건으로 USB를 택배로 보내왔습니다. 내용을 보니, 여당의 선거 자금 사용 내역이 일목요연하게 잘 정리되어 있고, 그중에 대다수가 당 대표에게 흘러 들어간 정황이 있어 박 대표님을 다시 소환해서 조사를 좀 해야겠습니다."

"뭐라고요? 그때 그 사건으로 저를 또 부른다고요? 검사님! 제가 그 사건으로 얼마나 고생했는지 알지요? 이제 겨우 정신 차리고 사업을 일으켜 세우려 하는데, 저를 또 잡아넣으려고요?"

"박 대표님! 무슨 말씀을 하시는 거예요? 증거가 발견되었으니 확인 차원에서 참고인으로 잠깐 조사하겠다는 것인데…. 뭐 그리 정색을 하세요? 누군가가 범죄의 혐의가 있다고 물증을 제보했으면 검사는 그것을 확인할 의무가 있는 것 아닙니까? 그게 검사의 직무 아닙니까?"

박 대표는 검사로부터 또다시 소환을 당할 처지에 놓이자 그간 검찰에서 조사받았던 것, 구치소에서의 생활 등이 머릿속으로 악몽처럼 스쳐 지나갔다. 검찰에서 거물급 정치인에 대한 물증 확보로 조사를 진행하려면 얼마나 신경을 쓰는지, 조사하는 데 얼마나 부담이 되는지 너무나 잘 알고 있었기에 박 대표는 일단 협조를 하지 않을 수 없었다.

"내일 검찰청으로 들어가겠습니다."

"자리에 앉으시죠. 이번 사건을 담당할 서울중앙지검의 이 검사입니다. 오시는 데 고생 많으셨습니다. 우선 차 한잔하시고, 조금 쉬셨다가 바로 조사를 진행하도록 하겠습니다."

"아니요. 차는 됐습니다. 바로 조사를 진행하시죠."

박 대표는 담당 검사인 이 검사의 배려 아닌 배려에 대한 요식 행위는 필요치 않다고 생각하고, 조사하려는 내용이 무엇인지 궁금했기에 빠른 조사 진행을 요청했다.

"일전에 박 대표님께서 여당 대표님의 선거법 위반 혐의와 관련하여 조사를 받으셨죠?"

"예. 받았습니다."

"그때 그 사건으로 검찰에서 조사도 받으셨고 구치소에 수감되어 고생도 하셨습니다만, 최근 어떤 제보자로부터 서울중앙지검 민원실로 포장된 USB가 배달되었습니다. USB를 받아보니 그 안에는 총선 당시 여당의 선거 관련 선거 자금 상세 내역이 있었습니다. 그중에서도 특히 여당 대표의 계좌로 흘러 들어간 거액의 자금 내역이 있어서 검찰에서 조사하지 않을 수 없는 상황인지라 이렇게 박 대표님을 소환하게 되었습니다."

"그게 저하고 무슨 상관인데 저를 또 소환하시나요?"

"저희가 조사한 바로는 당 대표가 박 대표님을 아주 신뢰하고 오랜 인연으로 중요한 일이 있을 때마다 상의할 정도로 막역한 사이라고 알고 있습니다. 그래서 가장 민감한 돈 거래 관계는 박 대표님이 잘 알고 있을 거란 생각입니다. 거기다가 USB에 저장된 내용에 따르면 선거 자금의 일부가 박 대표님 회사 하청업체로 흘러 들어간 정황까지 있고요. 자, 여기 자료 한번 보세요."

이 검사는 박 대표의 반응을 예상했는지, 관련 자료를 미리 준비하여 내역서를 보여 주었다.

"자, 어떠세요? 자료 내역을 보면 박 대표님의 회사와 관련된 의심스러운 자금의 흐름이 보이지 않습니까? 근데, 우리가 특히 더 수상히 여기는 부분이 있습니다. 그 자금이 흘러 들어가서 바로 현금화되었는데, 박 대표님의 회사에서 사용한 운용 자금은 하나도 없고, 어디로 가버렸는지 흔적도 없이 사라져 버렸다는 것입니다. 이제 저희가 박 대표님을 다시 소환한 이유를 충분히 설명해 드린 것 같습니다."

"글쎄요? 저는 아무것도 모르겠습니다. 저한테 보여준 자금 내역이 정확히 맞는지도 모르겠고요…. 설령 맞다 해도 제가 아는 바가 전혀 없습니다. 자금이 한두 푼도 아니고, 이렇게 큰 자금의 사용이 있었다면 당연히 회사에서 장부가 있을 테고 거래 내역이 있을 터인데, 저희는 이런 자금을 만져본 적도 없고 사용한 적도 없습니다. 제가 회사 대표인데 자금 사용처를 왜 모르겠습니까?"

"박 대표님! 우리 피차 솔직하게 이야기해 봅시다. 많은 사람이 겉으로는 고상한 척하지만, 돈 있고 권력 있는 사람 앞에서 머리 숙이고 친하게 지내려고 하는 것은 인지상정 아닙니까? 박 대표나 저나 그런 사람들을 많이 알아서 손해 볼 것이 뭐가 있겠습니까? 제가 검사 생활하면서 느낀 건데, 여러 사건에서 죄를 짓고 조사받으러 온 사람 중에서도 뭔가 배경이 든든하다든가 가진 돈이 많다든가 하는 사람들은 조사받는 내내 뭐가 그리 자신만만한지, 아무리 몰아붙여도 눈 한번 깜짝하지 않습니다. 넌지시 중형이 구형될 수 있다는 뉘앙스를 풍겨 봐도 되레 할 테면 해 보라는 식으로 당당하게 눈을 부릅뜨고 쳐다보기까지 하는 것을 보면서 '유전무죄, 무전유죄'라는 말이 괜히 나온 게 아니라는 것을 알았습니다. 세상이 원래 그런 것 아닙니까?"

이 검사는 박 대표가 진술에 순순히 응하지 않고 조사에도 비협조적일 거라는 생각을 하고 의도했던 대로 차분히 진술을 이끌어내기 위해 분위기를 조성하고 있었다.

"이 검사님! 저한테 하고자 하는 이야기가 뭡니까? 제가 말씀드렸던 대로 저는 그 USB에 담긴 내용이 무엇인지 모르겠습니다. 거기에 저와 관련된 내용이 있다는데, 저는 도무지 이해할 수 없습니다."

"박 대표!"

이 검사는 탁자를 힘껏 내리치며 소리를 질렀다.

"당신 말이야. 여기가 어딘지 알고 자꾸 부인하는 거야? 여기는 특수부 검사실이야! 특수부는 기껏 조무래기 애들이나 조사하는 그런 곳이 아니라고! 증거 자료까지 확보해서 묻는 데도 계속 오리발 내밀 거야? 좋은 말로 하니까 이거 안 되겠군!"

"이 검사님! 제가 죄인입니까? 아니, 설령 죄인이라고 해도 그렇지, 왜 소리를 지르고 화를 내고 그러십니까? 저는 계속 말씀드린 대로 그 USB에 담긴 내용에 대하여 아는 바가 전혀 없다고 하지 않았습니까? 자꾸 이런 식으로 조사하실 거면 저는 협조 못하겠습니다. 묵비권으로 일관할 테니, 알아서 하세요!"

박 대표는 이미 선거법 위반으로 조사받을 당시 검찰의 행태를 익히 체득하고 있었기에 일방적으로 밀리면 안 된다는 것을 알기에 강하게 대응했다.

잠시 특수부 사무실에 적막감이 흘렀다.

"좋습니다. 박 대표님이 그렇게 부인하신다면 제가 대질을 요청하겠습니다."

얼마의 시간이 흘렀을까. 박 대표가 밀려온 피로로 잠시 의자에서 눈을 붙이고 있을 때, 특수부 검사실 사무실의 문이 열리더니 낯익은 남자가 들어왔다. 예전에 인사상의 불이익을 주장하며 회사를 떠난 주 이사였다. 이 검사는 박 대표가 앉아있는 정면의 의자에 주 이사를 앉혔다.

"자, 지금부터 대질 신문을 하겠습니다. 제가 질문하는 것에 대하여 성심성의껏 대답해 주시면 되겠습니다. 먼저 박 대표님께 묻겠습니다. 저희 검찰에서 입수한 USB에 담긴 내용에 대하여 박 대표님과 연관된 사항이 있어 지속해서 물었으나, 박 대표님은 회사뿐만 아니라 박 대표님 개인과도 전혀 연관이 없다고 강하게 부인하셨습니다. 지금도 그 답변에 변화가 없는지요?"

"예. 저는 분명히 말씀드렸습니다. 전혀 저하고는 상관없는 내용이고 아는 바도 없다고 말씀드렸습니다."

"그럼 주 이사님께 묻겠습니다. 박 대표를 아십니까?"

"예. 잘 알고 있습니다."

"어떻게 아십니까?"

"제가 수년간 모셨던 회사 대표입니다."

"그럼 이번 USB에 담긴 내용과 관련해서 박 대표 회사의 자금 흐름을 아는 대로 진술해 주세요."

주 이사는 이 검사의 질문이 이어지자, 박 대표의 얼굴을 조심히 쳐다보며 말을 이어갔다.

"제가 회사에 있을 때, 저는 자금 담당 임원으로서 수년 동안 일했습니다. 회사의 자금 운용 및 기타 직원들의 급여 등 회사의 금전적 처리는 항상 제가 최종적으로 처리하여 왔고, 대표님께도 모두 보고를 드렸습니다. 그런데 선거가 시작되자 대표님께서 이상하리만큼 돈에 집착하는 모습을 보였습니다. 사업 운용 자금의 확대 및 지출 내역을 일일이 본인이 직접 챙기셨고, 일부 활동비까지 비공식적으로 요청하셨습니다. 사업을 하면서 접대 등 로비가 필요할 테니 저는 그런 자금이라고 인식하고 대표님의 의중대로 비자금을 확보하여 전달해 드렸습니다. 그런데 장부 처리 과정에서 사용 용도에 항상 영어로 'KM'이라는 영문 이니셜이 명기되어 있었습니다. 항상 이것이 궁금했는데, 나중에 알고 보니 'KM'은 현 여당 대표의 성의 이니셜인 K와 돈을 뜻하는 Money의 약자인 'KM'이라는 것을 알게 되었습니다. 심지어는 어느 날 늦은 밤 대표님의 호출을 받고 보스턴 가방에 돈을 급하게 준비하여 국회 사랑재로 찾아간 적도 있었습니다. 사실 돈에 대한 민감한 부분보다도 당 대표에게 거액을 전달하는 것에 대해 일반 회사원으로서는 부담이 있었는데 가끔 대표님의 심부름을 하다 보니 익숙해져 나중에는 늘 있는 하나의 일과로 여길 정도였습니다."

주 이사는 이야기 도중 잠시 헛기침을 한 뒤 계속 말을 이어갔다.

"저는 무엇보다도 회사의 내부 사정을 잘 아는 직원으로, 회사의 비자금 용처를 숨기려고 했습니다. 또, 회사를 위해 당연히 숨기는 게 도리라고도 생각했습니다. 그런데 회사에서 적은 보수를 받으면서도 묵묵히 일하는 직원들을 보면 회사에서 최소한의 양심은 있어야 하는데, 회사 직원들은 안중에도 없고 오직 자신의 입신양명을 위해 정치권 인사와 놀아나는 대표를 보고는 도저히 묵과할 수 없다는 생각을 했습니다. 더욱이 여당의 대표라는 분이 시도 때도 없이 중소기업의 회사에 동냥 받듯이 뒷거래를 하는 것을 보고는 참을 수 없는 울분이 일었습니다. 그래서 검찰의 힘을 빌려 수사를 진행하기 위해 자료를 넘기게 된 것입니다."

주 이사의 진술이 이어지는 동안, 박 대표의 입술은 파르르 떨리고 있었다.

"박 대표님! 이야기 들으셨죠? 이래도 부인하실 겁니까?"

이 검사는 주 이사의 진술로 더 이상 박 대표가 부인하기는 어려울 것으로 생각하고 질문을 던지며 박 대표를 응시했다.

"검사님! 저 직원의 말이 얼마나 신빙성 있다고 생각하시나요? 검사님께서 대질 신문을 하겠다고 했을 때 누가 나올지 궁금했었는데….

역시 예상했던 대로 군요."

"그게 무슨 말씀입니까?"

"주 이사가 우리 회사에 다닌 것은 맞습니다. 그런데, 저 직원은 제가 사표 제출을 종용했고 회사를 퇴사한 직원입니다."

박 대표는 작심한 듯 주 이사에 대한 이야기를 이어갔다.

"회사를 설립하고 제가 외부 활동을 많이 하다 보니 경리 부서에 유경험자를 뽑기 위해 사원을 대상으로 공모한 적이 있었는데, 그때 주 이사가 우리 회사에 입사했습니다. 저하고는 한 7년 정도 근무한 것 같습니다. 처음에는 일도 열심히 하고, 착실한 직원으로 알고 회사에 관련된 금전적 문제는 모두 주 이사에게 맡기고 저는 결재만 했습니다. 그런데 이 검사님도 잘 아시다시피, 금고지기는 아무에게나 맡기는 게 아니잖습니까? 사실, 주 이사에게는 큰 문제가 있었습니다."

"무슨 문제요?"

이 검사는 박 대표가 주 이사에 대해 문제를 제기하자, 궁금한 듯 반문을 하며 쳐다보았다.

"주 이사는 술을 좋아했는데, 회식 자리가 있을 때면 종종 여직원들을 불러 같이 술을 마시곤 했습니다. 그중 총무과에 근무하는 이혼한 미스 김이라는 여직원이 있었는데, 주 이사는 그 직원에게 유독 관심을 가지고 술만 마시면 스토커처럼 술자리를 같이하려고 하고, 그 여직원이 참석하는 자리는 빠지지 않으려고 했습니다. 그러던 중, 어느 직원의 퇴사 회식 자리에서 만취가 된 상태로 미스 김이 거주하던 기숙사에 몰래 들어가 그녀를 강간하려다 미수에 그친 사건이 있었습니다. 다음날 그 여직원이 울며 저를 찾아와서 저에게 자초지종을 이야기하며 주 이사에 대한 조치를 요구하여 회사 차원에서 조용히 사표를 받고 퇴사를 시킨 사실이 있습니다. 주 이사가 그 뒤에 잘못했다면서 저를 찾아와 복직시켜달라고 했지만, 피해 당사자인 여직원의 입장뿐만 아니라 같이 근무했던 직원들이 모두 다 주 이사의 복직을 강경하게 반대하는데, 회사 대표인 제가 어떻게 주 이사를 복직시켜 줄 수 있겠습니까? 아마도, 그런 연유로 저에 대하여 적개심을 가지고 회사에서 발생하지도 않은 금전적 문제를 쭉 적어놓고 그 자료를 USB에 담아 검찰에 제보한 게 아닌가 추측됩니다. 저는 그 자료에 대하여 필요하시다면 충분한 소명 및 추가 자료를 제출할 용의가 있습니다."

박 대표는 주 이사가 제보했다는 USB에 담긴 내용이 자세히 뭔지는 모르지만, 대략 어떤 내용이 담겨있을지는 충분히 짐작할 수 있던 터라 확신에 찬 어투로 이야기했다.

"박 대표님! 이야기는 잘 들었습니다. 하지만, 주 이사하고 박 대표님하고 회사에서 일어난 사적인 일에 대해서는 저는 알고 싶지 않습니다. 다만 저는 증거 자료를 토대로 관련 내용에 대하여 질문을 하는 겁니다. 확실한 물증이 있고, 제보자의 진술도 있고, 추가로 압수수색 영장을 받아 국세청을 통하여 자금흐름 내역을 자세히 들여다보면, 박 대표님이 자백해야 할 것 같은데요? 계속 끝까지 우기고 부인한다고 될 게 아니잖아요? 우리 피차 이제 솔직해집시다."

"이 검사님! 아무리 저를 다그쳐도 저는 분명 모른다고 했고, 아는 바도 없다고 했습니다. 제 목을 내려치는 한이 있어도 저의 진술은 똑같을 겁니다."

박 대표는 이 검사의 계속되는 질문에도 전혀 동요 없이 차분히 자신의 입장을 피력했다.

"박 대표님! 계속 이러실 겁니까? 제가 좋게좋게 질문을 던지면 최소한 협조하는 게 도의 아닙니까? 그간 사회에 공헌하신 점과 회사 대표라는 것을 고려해서 제가 충분히 배려해서 질문을 드렸으면 협조를 해야 하는 것 아닙니까! 자꾸 이렇게 나올 겁니까! 회사에서도 그따위로 행동합니까? 회사 대표 정도 되면 양심이 있어야지!"

이 검사는 박 대표의 진술이 못마땅하여 화가 난 듯 탁상을 내리쳤다.

"지금 뭐 하시는 겁니까? 검사면 답니까? 사람을 왜 겁박 주고 그러시나요? 이런 식으로 하면 감찰부에 진정 하겠습니다! 아직도 고압적으로 조사하는 검사가 있나요?"

"지금 뭐라 그랬어? 당신 여기가 어딘지나 알고 이러는 거야? 뭐, 감찰부에 진정을 넣겠다고? 그래. 해 봐! 좋소! 오늘은 돌아가시오. 다음 번에 올 때도 당신이 부인할 수 있는지 한번 봅시다! 그리고 감찰부에 진정을 넣으신다고 했으니 얼마든지 넣으세요! 박 대표님이 지금 이렇게 저한테 협박할 처지가 아닐 텐데요?"

박 대표는 집으로 돌아오자마자, 회사 고문 변호사를 급하게 찾았다. 뭔가 수습이 필요할 것 같았다. 박 대표는 검찰청에서 조사를 받은 내용과 있었던 일들을 전부 회사 고문 변호사에게 들려주었다.

"이 변호사! 오늘 검찰청에서 조사를 받은 내용으로 봐서 앞으로 일이 어떻게 진행될 것 같소?"

"박 대표님! 제가 검사 시절 당시의 경험으로 미루어 보면 특수부에서 그 정도의 자료를 가지고 있다면 쉽지 않은 싸움이 될 것 같습니다. 우리가 아무리 방어를 해도 증거 자료가 있고, 관련 제보자의 진술이 있어 무죄를 주장하기는 현실적으로 어려워 보입니다. 그리고 박 대표님께서 담당 검사하고 말다툼까지 한 상황이라 여러 가지로 상황이 좋아 보이지는 않습니다. 일단 최대한 뺄 건 빼고, 인정할 건 인정하는 쪽으로 가는 게 좋지 않을까 생각합니다."

이 변호사는 박 대표가 검찰청에서 조사를 받았다는 내용을 듣고 다소 염려스러운 얼굴로 입장을 이야기했다.

박 대표는 검찰청의 추가 조사에 대한 부담감으로 며칠 동안 잠을 못 이루고 있었다. 사람이 좋아 무엇이든 마다하지 않고 남을 도와주는 성격이라 이것저것 생각하지 않고 단순히 당 대표를 위해 선거 운동을 한 것이었는데, 그 결과가 이렇게 혹독할 줄은 꿈에도 생각하지 못했다. 박 대표는 회사 전속 변호사인 이 변호사의 조언을 들은 후 모든 것을 내려놓고 검찰의 조사에 대비하고 있었다. 최악의 상황이 도래

한다 해도 감수할 용의가 있었다. 그러던 중, 담당 검사의 전화가 걸려 왔다.

"박 대표님! 제가 일전에는 결례가 많았습니다."

"예…?"

박 대표는 담당 검사가 추가 조사를 위해 검찰청을 통해 자신을 재소환할 것으로 믿고 대비하고 있었는데, 의외로 상냥한 어투로 전화가 걸려온 것에 다소 의아하다는 생각이 들었다.

"박 대표님…. 제가 사건 검토를 해보니 박 대표님 입장에서 억울한 부분이 많을 것 같다는 생각이 들었습니다. 충분히 박 대표님의 입장을 반영했고, 사건도 불기소하는 쪽으로 가닥을 잡았습니다. 앞으로 제가 대표님을 따로 소환하거나 추가 자료를 요청하는 일은 없을 것입니다. 아 참, 그리고 박 대표님을 걱정하는 분들의 전화를 많이 받았습니다. 박 대표님이 인생을 사시면서 좋은 분들과 인간관계를 잘 유지하셨다는 생각을 했습니다. 저희 총장님도 연락을 주셨고요…."

박 대표는 담당 검사의 뜻밖의 전화를 받고 안도의 숨을 내쉬었지만, 자신을 위해 전화를 하거나 챙겨준 사람이 누군지에 대해 궁금한 생각이 들었다. 그러나 그 의문을 오래가지 않아 해소되었다.

"박 대표님. 접니다. 오늘 저녁에 시간 되면 대포나 한잔합시다."

여당 대표의 전화였다.

"우리가 자주 가는 그 식당으로 오세요."

박 대표가 식당에 도착했을 때, 이미 당 대표는 자리에 앉아 있었다.

"여기요. 여깁니다. 바쁜데 제가 시간 뺏은 것은 아니죠?"

"무슨 말씀을요…. 대표님이야말로 국사로 바쁘실 텐데 저를 불러주시고…. 제가 당연히 와야죠!"

"그래요…. 보고 싶을 때 보는 게 좋은 거죠! 저도 박 대표님이 어떻게 지내는지 궁금했었어요. 저 때문에 힘든 시간을 보냈는데 제가 너무 무관심했던 것 같아 너무 미안합니다."

"대표님…. 무슨 그런 말씀을요…."

"저 때문에 옥고도 치르고, 또 어떤 미친놈이 추가 제보로 대표님을 곤경에 처하게 하여서 마음고생이 심하셨을 줄로 압니다. 제가 보좌진에게 이야기를 들었습니다. 오늘은 저하고 편하게 술 한잔합시다!"

당 대표는 박 대표와 주거니 받거니 하면서 꽤 많은 술을 마셨다. 박 대표는 그간 마음고생으로 인하여 건강도 안 좋고, 술도 예전처럼 많이 마시지 못했는데도 불구하고 이날만큼은 편하게 술잔을 기울였다. 그러나 취기가 올라 얼굴은 금세 홍당무처럼 발갛게 달아올랐다.

"박 대표님! 검찰에서 추가로 USB에 자료를 담아 선거 자금을 박 대표님의 회사 비자금으로 사용했다는 내용을 제보했다는 이야기를 들었습니다. 검찰에서 제게 연락을 주었습니다…."

"검찰에서요?"

"예. 검찰에서요. 그래도 제가 아무려면 박 대표님을 두 번이나 옥고를 치르게 할 수 있겠습니까? 저를 도와주려고 그렇게 고생을 하셨는데, 또다시 검찰에서 조사를 받아 옥고를 치른다면 제가 뭐가 되겠습니까? 제가 보좌관을 통하여 박 대표님의 상황을 보고 받고 제 나름대로 관심을 가지고 신경 좀 썼습니다."

당 대표는 계면쩍은 미소를 지으며, 박 대표를 쳐다보았다.

"그랬군요? …어쩐지, 불과 며칠 사이에 검찰의 태도가 확 바뀌었더라고요. 처음 소환 통보를 받고 조사받을 때는, 이 잡듯이 저를 추궁하다가 며칠이 지난 후에는 검찰의 태도가 180도로 확 바뀌어서 이상하다고 생각했었는데, 대표님의 역할 때문이었군요? 감사합니다…."

"감사는요…. 박 대표님이 저를 위해 물심양면으로 도와준 것을 생각하면 제가 당연히 할 일이지요. 암튼 결과는 잘될 것입니다. 걱정 안하셔도 되니, 이제부터는 편히 하시던 일을 계속하시면 됩니다. 아참…. 그리고 제가 박 대표님을 위해 조그마한 선물을 하나 준비했습니다. 일전에 박 대표님이 저한테 자문을 구했던 건인데요. 제가 다 조치해 놓았습니다."

"제가 자문을 구했던 건이요?"

박 대표는 갑자기 당 대표가 자신을 위해 조그마한 선물을 준비했다는 이야기를 하자, 그것이 무엇인지 자못 궁금했다.

"일전에 자원 외교 차원에서 인도네시아에 발전소 플랜트 사업을 하겠다고 하시면서, 저한테 그쪽에 연이 될 만한 관계자가 있냐고 물어보았잖아요?"

"아…. 맞아요. 제가 부탁을 드렸었지요?"

박 대표는 그제야 여당 대표의 조치 건이 무엇인지 기억할 수 있었다. 사실, 박 대표는 좀 더 회사를 키우기 위해 해외사업 분야에 눈을 돌리고 있었고, 그중에서 몇 개의 쓸 만한 아이템을 정리하여 여당 대표에게 부탁했었는데, 그중 사업 하나를 당 대표가 챙겨서 조치한 것이었다.

"제가 인도네시아에 국빈 자격으로 의회를 방문했는데, 거기서 한인 사회 교민들과 저녁 만찬이 있었습니다. 만찬 자리에서 우연히 이야기를 나누다가 현지 발전소와 관련하여 플랜트 사업을 하는 교민과 이야기를 나누다가 박 대표님이 이야기한 건이 생각나서 슬쩍 흘렸더니, 적극적으로 흔쾌히 나서주겠다고 하더군요. 이후 계속 메일로 관련 진척 상황을 보내왔고, 얼마 전에 박 대표님 회사 제안서대로 일이 마무리되었으니 인도네시아로 들어와 달라는 메일을 받았습니다. 저도 부탁하는 입장이라 결과를 기다리고 있었는데, 다행히도 결과가 좋아 박 대표님에게 면이 섭니다…"

당 대표는 박 대표를 위해 무언가 해 주었다는 뿌듯한 마음에 흐뭇한 미소를 지어 보였다.

"대표님! 의정 생활로 바쁘실 텐데 저 때문에 관심을 가져 주셔서 너무 감사드립니다. 가서 잘하고 오겠습니다."

"별말씀을요…. 아마 조만간 인도네시아 측에서 박 대표님께 연락할 겁니다. 가서 일 잘 보시고 좋은 결과 가지고 귀국하세요. 간만에 머리도 좀 식히고요. 박 대표님은 사업 능력이 있으니 오히려 그쪽에서 박 대표님에게 자문을 구할 일이 많을 것 같습니다. 가서 또 애로사항이 있으시면 언제든지 저한테 연락 주시고요⋯. 제가 조금 신경 써서 이번 건이 잘 해결되어 그나마 박 대표님에게 조금은 마음의 짐을 내려놓게 된 것 같습니다. 가서 항상 건강하시고, 한국에 오시면 꼭 연락 주시고요⋯."

당 대표와 박 대표가 서로 이야기하는 도중, 어느새 서로의 눈가에는 눈물이 고였다.

"꼭 연락드리겠습니다!"

박 대표는 인도네시아로 가기 위해 공항에서 비행기에 탑승했다. 공항의 활주로를 달려 비행기가 이륙하자, 여러 가지 많은 생각이 박 대표의 뇌리를 스쳐 지나갔다. 한국에서 큰 꿈을 가지고 사업을 추진하다가 실패한 경험⋯. 사업상 많은 사람을 만나면서 터득한 경험, 인맥 등은 살아가면서 박 대표에게 크나큰 힘이 되었다. 물론 그중에서도 빼놓을 수 없는 특별한 만남은 역시 당 대표와의 만남이었다. 얽히고설킨 관계가 이어지면서 박 대표가 나락에 빠지는 경우도 있었지만, 그것도 잠시, 결국 그의 도움으로 한국을 떠나 인도네시아로 먼 여정을 떠나게 되었으니 지금은 고마울 따름이었다.

박 대표가 인도네시아 자카르타 공항에 도착했을 때, 공항 게이트 입구에는 많은 사람이 그를 기다리고 있었다. 플래카드도 게첩되어 있었고, 인도네시아 현지인도 박 대표를 알아보고 꽃다발을 건네주며 인사를 건넸다.

"반갑습니다. 자카르타 발전소 대표 수이산입니다. 먼 길을 오시느라 고생이 많으셨습니다. 이미 한국에서 연락을 받았고, 저희 회사의 어려운 점을 풀어줄 귀한 분이라는 것도 잘 알고 있어 저를 비롯하여 저희 회사 직원들이 박 대표님에게 기대하는 바가 자못 큽니다. 계시는 동안 성심성의껏 잘 보필하겠습니다. 오늘은 많이 피곤하실 테니 회사로 가서서 여장을 풀고 푹 쉬시면 되겠습니다."

박 대표를 태운 검은 세단은 여러 대의 차의 호위를 받으면서 시내를 달려 회사에 도착했다. 회사는 생각했던 것보다 규모가 큰 회사였다.

"자, 이리로 오시죠. 앞으로 대표님께서 묵을 사무실과 방입니다."

박 대표가 사무실 방문을 열자, 그 안에는 많은 집기류가 가지런히 정리되어 있었고, 소파 옆에는 눈에 띄는 화환이 하나 세워져 있었다.

"새로운 시작을 축하합니다. 더 큰 발전이 있기를 희망합니다." ○○○ 대표.

당 대표가 보낸 화환이었다. 박 대표는 감사의 마음을 전달하기 위해 전화를 걸었다.

"대표님, 접니다. 정말 감사합니다. 제 어려운 사업을 일일이 챙겨 주시고, 이렇게 인도네시아에서 사업을 추진할 수 있도록 도움까지 주서서 몸 둘 바를 모르겠습니다."

"무슨 그런 말씀을…. 박 대표가 그동안 나를 위해 해 준 것에 비하면 그건 별거 아닙니다. 수십 년 동안 박 대표와 나는 오랜 연이 있잖아요? 그리고 나를 위해 성심성의껏 헌신해 준 박 대표는 항상 내 마음속의 중심에 있었소! 내가 비록 많은 사람을 알지만, 숫자는 중요한 게 아닙니다. 얼마나 많은 사람을 아는지보다, 제대로 된 사람 한 사람을 아는 것이 제일 중요한 것 아니요? 그 점에서 박 대표는 누구와도 견줄 수 없는 유일한 나의 형제 같은 사람이요! 항상 건강하시고 건승하시길 빌겠소…."

"대표님…. 감사합니다!"

박 대표는 전화를 끊고 창밖을 바라보았다. 가슴속에서 용솟음치는 울음을 참을 수 없었다. 박 대표는 사무실에 놓인 당 대표의 이름이 적힌 축하 화환을 앞에 두고, 거수경례를 했다.

"대표님! 꼭 성공하여 한국으로 돌아가겠습니다…. 충성!"

꿈을 가진 코끼리는 지치지 않는다

김기홍

"일어나야지? 오늘도 또 늦잠이네?"

복심은 이모가 잠을 깨우는 소리에 몸을 뒤척이며 일어났다. 복심은 요즘 들어 부쩍 악몽에 시달리며 잠을 제대로 못 자고 불면증에 시달리고 있었다. 복심이가 북한을 탈출하여 한국에 온 지도 어언 1년이 지났지만, 아직도 항상 불안감과 긴장 속에서 삶을 살고 있었다. 그도 그럴 것이, 북한을 탈출하여 한국으로 입국하는 과정까지 수없이 생사를 넘나드는 경험을 했기에 그 기억이 트라우마로 남아 복심은 밤마다 악몽에 시달리고 있었다.

"동무! 지금부터 내 말을 필히 명심하여야 하오. 내래 수많은 동무를 데리고 중국 국경지대를 넘었지만, 이번은 특히 목숨을 건 힘든 과정이 될 거요! 북한 경계병뿐만 아니라 중국의 공안들에게도 밀입국하는 사람들을 발견하면 사살하라는 명령이 공안 당국으로부터 떨어졌다고 하오! 우리는 북한과 중국의 국경인 두만강을 건너 라오스를 거쳐 태국까지 갈 것이요. 대략 빨라도 9박 10일은 걸릴 거요!"

복심은 딸 춘심을 안고 북한의 오빠로부터 소개받은 김경서라는 브로커의 말을 긴장한 채로 듣고 있었다.

"동무. 오늘이 우리 춘심이 난 날(생일날)입니다. 아침에 이밥(쌀밥)에다 닭알(달걀), 닭알 두부(계란찜), 닭알 부침(계란부침)까지 먹이고 나왔어요. 꼭 한국에 갈 수 있도록 도와주시오."

복심은 간절하게 브로커에게 이야기했다.

"필요하다면 돈을 더 드리겠소!"

"돈? …일 없습니다. 내가 아무리 당신 같은 여성 동무들에게서 돈을 받고 북한을 탈출하도록 도와주고 있지만, 오늘 생일인 갓 나이(어린 여자아이)를 데리고 먼 길을 떠나는 동무에게 어떻게 돈을 받겠소? 암튼 최선을 다하리다! 그리고 가는 도중에는 위생실(화장실)이 없으니 미리 용변을 보고 갑시다. 출발하면 뒤도 안 돌아보고 걸어야 합니다. 애가 있으니 풀숲에서 바짝 엎드려 잠깐 쉬다가 또 계속 빠른 걸음으로 전진할 겁니다. 암튼 당신을 한국으로 보내는 과정에서 당신이나 나나 보안서(경찰서)로 끌려가 취조받는 일이 없기를 간곡히 희망합니다! 아마 그때는 총살될지, 아니면 아오지 탄광으로 끌려갈지는 알 수 없지만…. 자, 갑시다."

복심은 김 브로커의 안내대로 춘심이를 업고 빠른 걸음으로 걷기 시작했다. 산속은 제대로 길도 나 있지 않은 데다가 무척이나 험해서 이내 머리에서 땀방울이 맺혀 흘러내리기 시작했다. 나뭇가지를 젖히고 산을 오르는가 하면, 개울가를 건너서 산의 능선을 타는 과정은 너무 힘들었다. 특히, 춘심이가 자꾸 보채어 그때마다 달래야 했는데, 혹시나 울음소리가 인민군에 들리기라도 할까 봐 조마조마 걱정되었다. 다행히 춘심은 이내 잠이 들어 포대기를 덮어 업은 채로 속도를 내며 산을 넘어갈 수 있었다.

"동무, 힘 아니드요? 조금 쉬었다 갑시다."

김 브로커도, 복심도 옷과 얼굴이 땀으로 흠뻑 젖어 있었다.

"동무. 북한에는 누가 있소?"

"그건 왜 물어봐요?"

복심은 가족에 관하여 물어보는 김 브로커의 말이 귀에 거슬려 퉁명스럽게 대답했다.

"아, 내가 많은 여성 동무를 탈북시켜 보았는데, 그들 중 대다수가 중국에서 또 다른 브로커를 통해 인신매매를 당하여 중국 지린성(길림성)에 팔려 가는 것을 자주 보아 왔소. 거기서 중국인과 같이 동거하며 애도 놓고 하는데, 대다수가 잘살지 못하오. 그래서 경제난으로 가출을 많이 하는데, 애가 마음에 걸려 다시 집으로 귀환하기도 해요. 문제는 탈북자라 호구(주민등록증)도 없고 해서 평생 중국에서 숨어 지낼 수밖에 없다는 점이오. 공안이 가끔 가택을 수색하는데, 그런 날이면 집 장독에 숨든지, 집구석에 숨어 있기 일쑤라 하더군요. 동무는 그렇게 되지 말고, 남한에 가서 잘 살기 바라오… 들어 보니 남한 사회는 미제국주의 문물을 받아들여 우리 북한보다 잘산다고 하던데… 암튼 잘되기를 바라오. 자, 갑시다!"

어느새 주변은 땅거미가 지며 어둑어둑해지고 있었다. 걷고 또 걷고…. 망망대해 같은 산길을 복심과 어린 춘심은 다행히도 잘 견뎌내며 가고 있었다. 복심의 발바닥은 물집이 잡힐 정도로 심하게 부어올랐고, 제대로 먹지 못하여 눈이 튀어나올 정도로 많이 야위어 갔다. 그래도 무사히 한국으로 가야 한다는 절박감이 있어서 그 어떤 어려움도 견뎌 내야 한다는 마음으로 뚜벅뚜벅 한 걸음씩 앞으로 나아갔다.

"쉿! 이제 거의 다 왔어요. 저기 보이는 초소가 북경 수비대인데, 저기만 넘으면 라오스입니다. 라오스에 가면 당신을 무사히 한국으로 보내줄 목사님이 있으니, 그분이 차를 몰고 오면 그 차를 타고 이동하면 됩니다. 이제 내 임무는 거기까지입니다. 그간 고생 많았소!"

김 브로커는 복심과 춘심 모녀를 중국 국경지대까지 무사히 데려다 주고, 마지막으로 작별 인사를 나누었다.

"저희 때문에 너무 고생 많았습니다. 또 만날 일이 있을지는 모르지만, 항상 건강하세요."

복심은 무사히 중국의 국경지대까지 왔다는 마음과 곧 제3국을 거쳐 남한으로 갈 수 있다는 기대감으로 만감이 교차했다.

날이 저물자, 복심은 춘심을 데리고 낮은 포복으로 엉금엉금 기어가 듯이 한 발자국씩 국경지대 초소 쪽으로 이동했다. 개울가 방면에 있는 초소 옆 철창 사이에 미리 사람이 빠져나갈 만한 개구멍을 만들어 놓았다는 김 브로커의 이야기가 있었다. 그곳을 통과하면 라오스 국경지대가 나오는데, 거기서 산 쪽으로 몇 시간 동안 이동하면 누군가가 공터에서 복심 일행을 차로 데리러 올 것이라 했기에 복심은 초조한 마음으로 목적지를 향해 조심스럽게 이동을 시작했다. 초소 뒤편으로 이동할 때까지만 해도 경비병들은 보이지 않았다. 그런데 복심이 초소를 지나 개구멍을 통과하려는 순간, 탕! 탕! 뒤에서 총소리가 났다. 경비병이 쏜 총알은 춘심의 뇌를 관통하여 춘심은 그 자리에서 즉사했다. 복심의 허벅지에도 총알이 박혀 다량의 피가 흐르기 시작했다. 복심은 죽은 춘심을 안아볼 겨를도 없이 무조건 앞만 보고 뛰었다. 미친 듯이 뛰는 도중 정신이 혼미해졌다.

"정신이 좀 드세요? 다리 총상은 지혈했고 총알도 빼냈어요. 다리를 맞아서 목숨은 건졌으니 천만다행이네요."

복심이가 눈을 떴을 때 그녀는 병원 안에 있었고, 낯선 남자와 여자 한 명이 복심의 곁을 지키고 있었다.

"누구세요? 그리고 우리 애는 어떻게 되었어요?"

"아… 저희는 라오스에서 목회 활동을 하는 현지 목사입니다. 저희는 복심 씨 같은 탈북민들을 무사히 한국으로 안전하게 이동시켜 주는 인도주의적인 일을 하고 있습니다. 이제 안심해도 됩니다. 라오스는 안전합니다. 제가 따로 거처를 옮겨드릴 테니 그곳에서 치료를 받으시다가 몸이 완쾌되면 한국으로 입국하도록 대사관에 연락을 취해 드리겠습니다. 그리고, 아이는 안타깝게도 현장에서 즉사했습니다. 총소리를 듣고 저희가 국경지대 초소 쪽으로 가보니 복심 씨가 산 밑에 쓰러져 있었어요. 출혈은 많았지만, 다행히도 신속히 응급 치료를 하여 목숨은 건질 수 있었고요…."

"아, 그럼 우리 춘심이가 죽었단 말입니까? 우리 춘심이가요? 흑흑…."

"진정하세요. 뭐라고 위로의 말을 드려야 할지 모르겠습니다. 이런 말 하긴 뭐하지만, 그래도 복심 씨라도 살았으니 천만다행입니다. 내가 이 일을 5년째 하고 있는데, 국경지대를 넘어오다가 총살로 죽임을 당한 많은 주검을 보았습니다. 여기는 다른 지역하고는 다르게 경계가 삼엄합니다. 국경지대를 넘는 사람들이 있으면 보고도 필요 없이 바로 사살하라는 공안 당국의 명령이 있었다고 합니다."

복심은 병상에서 라오스 현지를 통해 탈북하는 사람들을 도와주는 목사의 이야기를 듣고 나서야 자신이 무사히 탈북에 성공한 것을 안도할 수 있었고, 위험천만한 죽음의 질주 속에서도 잘 살아서 이를 견뎌 냈다는 안도의 한숨을 쉴 수 있었다. 그러나 기쁨도 잠시, 그녀는 곧 자신만 살고 딸아이인 어린 춘심이가 죽었다는 것에 대한 심한 자책감에 괴로워하며 눈물을 흘렸다.

"얼른 일어나! 밥 먹어야지. 뭘 그리 멍하니 생각하고 있어? 또 꿈꾼 거야? 그 악몽이라는…. 이제 그런 생각하지 말아! 나도 너처럼 그렇게 북한을 탈출했지만, 지금은 그런 생각 잊은 지 오래야. 오히려 남한 사람들보다 더 잘살고, 행복하게 살려고 하고 있잖아? 너도 빨리 남한 생활에 적응해서 네가 남한에 온 목적을 한시도 잊어서는 안 돼!"

이모는 복심이가 밤마다 악몽에 시달리고 있는 것을 알기라도 한 듯 강하게 이야기를 하였다. 그도 그럴 것이, 이미 남한 사회에 잘 정착하여 사는 이모에게서 복심은 많은 것을 듣고 배우고 있었다. 이모는 식당에서 일하다가 같은 교회를 다니는 아는 분의 소개로 탈북민을 만나 동거를 하여 딸까지 낳고 잘살고 있었다. 조만간 결혼식도 올릴 작정이었다. 이모는 하루하루를 제법 부지런하게 살았다. 요즘은 바리스타 자격증을 딴다고 열심히 학원도 다니며 공부도 하고 있었다. 남한 사회에서 성공하려면 남보다 두 배 더 발품을 팔아야 하고, 그렇게 근면하게 생활하는 것이 성공하는 길이라고 이모 자신은 그렇게 믿고 있는 듯했다.

"복심아. 오늘 저녁 특별한 일정 없으면 같이 저녁이나 할까? 모처럼 우리 좋은 데서 밥 먹으며 이야기 좀 하자."

이모는 무엇인가 이야기할 게 있는지 오래간만에 복심에게 저녁을 같이 먹자고 제의했다. 복심은 도서관에서 공부를 마치자마자 이모가 오라는 식당으로 갔다. 그 식당은 동네에 있는 식당으로, 이모와 복심이 자주 가는 식당인 '강원도'라는 식당이었다. 이북 출신의 주인이 운영하는 식당답게 만두전골, 전, 냉면을 주메뉴로 하는 식당이었다.

"이모. 요즘 생활하는 게 재미있어요?"

"재미는 뭐…. 그냥 하루하루 재미있게 살려고 하는 거지…. 일은 힘들고 고되지만, 그래도 자유를 얻었으니 그깐 육체적 노동이 뭐가 대수 간다…."

이모는 남한의 생활에 잘 적응하고 있을 뿐만 아니라 삶에 대해서도 만족하는 듯했다.

"이모처럼 나도 빨리 적응해서 당당히 대한민국 주민등록증을 가진 국민으로 열심히 살아야 하는데, 난 아직 이런저런 생각도 많고 남한 사람들하고 관계도 편하지 않아요…. 이모처럼 붙임성도 없고…."

"괜찮아. 차츰 나아질 거야! 복심이가 아직 좀 낯설어서 그런가 본데, 곧 많이 좋아질 거라고 난 믿어!"

이모는 복심을 염두에 두고 그녀가 남한 생활에서 잘 적응할 수 있도록 선(先) 경험자로서 다양한 이야기를 해 주었지만, 실상 자신도 한때는 적응을 못해 굉장히 힘들게 살았던 적이 있어 누구보다도 복심의 현재 마음 상태를 잘 알고 있었다.

"복심아. 사실은 나도 직장동료들하고 이야기할 때, 내 말투 때문에 고향이 강원도냐고 사람들이 많이 물어본단다. 그럴 때는 그냥 '예.'라고 하면 될 텐데, 내가 북한에서 넘어온 탈북민이라고 생각할까 봐 되도록 말을 안 하게 되더라. 나도 은연중에 나 자신이 탈북민이라는 사실에 위축되고 있는 것 같아! 그러다 보니 자연스럽게 혼자 밥 먹게 되고, 직장동료들과 잘 못 어울리게 되고 그렇더라."

이모는 조카인 복심에게 자신도 탈북민으로 살아가면서 힘든 현실을 많이 겪었다는 것을 에둘러 이야기했다.

복심은 북한에 있을 때부터 학업에 대한 의지가 남달랐던 아이였다. 지금도 북한에 있는 그녀의 아버지는 교사로 재직하고 있고, 복심은 그런 엄한 아버지의 영향으로 늘 공부밖에 모르는 모범적인 아이로 자라며 시간이 될 때마다 책을 손에서 놓지 않았다. 이는 남한에 와서도 공부에 대한 열정으로 이어져 복심은 대학까지 입학하여 열심히 공부했다. 복심은 과에서 1등을 놓치지 않을 정도로 탁월한 성적을 거두며 장학금도 타는 수재였다.

그러나 그런 복심을 괴롭히는 것이 하나 있었다. 바로 북에 두고 온 가족이었다. 그녀는 자신이 남한으로 탈북한 상황에서 북에 남아 있는 부모님이 괴롭힘을 당하고 있지 않을까 늘 걱정이었다. 한 번은 방학을 이용하여 중국의 아는 분을 통하여 부모님의 근황을 들을 수 있었다. 김태형이라는 중국 무역상인데, 부모님을 잘 아시는 분이었다. 그는 부모님의 메시지라고 하며 그녀에게 다음과 같은 이야기를 전달했다.

"우리 딸, 복심이 보고 싶다. 북으로 넘어와라. 같이 살고 싶다."

복심은 부모님의 소식을 들을 때마다 가슴이 미어터졌다. 지척 거리를 두고서도 부모님을 만날 수 없을뿐더러 자신만 잘살겠다고 남한으로 탈북한 것 같아 큰 죄책감이 들었다. 그러나 그런 자신이 부모님에게 보여줄 수 있는 것은 남한 사회의 소중한 일원으로 잘 생활하여 성공하는 길뿐이라고 굳게 믿고 있었다.

"복심아. 다음 주에 다른 과 학생들이랑 미팅이 있는데, 너도 갈래?"

"미팅?"

"너 정도 얼굴이면 어떤 남학생이라도 다 좋아할 것 같은데…. 내가 너 때문에 상대적으로 인기가 없으면 어떻게 하지? 호호."

같은 과 친구인 지명의 미팅 주선 제안이었다.

"미팅? 아, 나는 괜찮아. 할 일도 좀 있고…."

"또 그놈의 공부 때문에 그러지? 복심이는 매일 그렇게 공부만 해서 대학 시절 추억을 언제 만들 거야? 잔말 말고 나만 따라와. 다음 주 미팅에 꼭 참석하는 거로 알고 있을 테니!"

지명은 복심의 의사는 아랑곳하지 않고 미팅을 주선키로 했다.

그러고 보니, 복심은 북에 있을 때 같은 동네에 사는 남자를 혼자 좋아했던 적이 있다. 키도 크고 마음씨도 상냥하여 몇 마디 나누지 않았는데도 사랑의 감정이 싹텄던 적이 있다. 그도 복심을 염두에 두었는지 어머니에게 가끔 한 번씩 자신에 관하여 묻곤 하는 것을 알고 있었다. 그런데 북한 사회에 있을 때 남한 사회의 문화라든가 패션 등을 알고는 있었지만, 막상 남한에 와서 젊은 친구들이 화장도 하고 멋을 내고 하는 것을 보면서 복심은 왠지 딴 나라에 온 것 같은 느낌이 들곤 했다. 그런 상황에서 막상 지명의 미팅 주선 제의를 받고 나니 마음이 흔들렸다. 복심은 집에 오자마자 옷장의 옷을 다 꺼내 보았다. 몇 벌 안 되지만, 그중에서도 특별히 아끼던 흰색 원피스를 꺼내 입어 보았다. 화장대의 거울을 보면서 머리도 정리해 보고 루주도 발랐다. 막상 치장하고 나니, 그런대로 자신이 미워 보이지는 않았다. 내친김에 핸드폰으로 사진을 찍어 지명의 카톡으로 사진을 전송했다.

"오, 좋아! 미팅할 때 그걸 입고 와."

지명도 복심의 원피스 입은 사진을 보고는 흐뭇해했다.

"구두는 내가 빌려줄 테니 걱정하지 마."

지명은 복심의 옷과 잘 매칭될 만한 신발로, 자신이 애지중지하는 스니커즈를 빌려주겠다는 호의도 베풀어 주었다.

"반갑습니다. 오늘 미팅을 주선한 경영학과 서지명입니다. 오늘 우리 학교의 최고 선남선녀들이 다 모인 것 같군요. 호호. 모두 좋은 시간 되시길 바랍니다. 일단 파트너를 정해야 하는데, 각자 가지고 있는 물건을 하나씩 내서 앞에 놓인 그릇에 담아 주세요. 그리고 각자 희망하는 물건을 잡은 사람끼리 물건의 주인과 짝이 되는 겁니다."

자리에 모인 학생들은 각자 자기의 물건을 하나씩 그릇에 담았다. 복심은 얼마 전 시장에서 구입한 머리핀을 내어놓았다.

"자, 그러면 지금부터 파트너를 정하겠습니다. 각자 잡은 물건을 보여 주면 됩니다!"

사회자인 지명의 말이 끝나기가 무섭게 미팅에 참석한 학생들 사이 여기저기에서 탄식이 들렸다. 짝을 만나는 것에 대한 설렘과 희망하는 짝이 다른 친구와 짝이 되는 것을 보고 나타나는 실망감이 교차하는 분위기였다. 복심의 머리핀을 잡은 사람은 이황서라는 학생이었다. 그는 대학교 약학과에 다니는 재원이었다. 복심은 황서를 익히 알고 있었다. 그녀가 도서관에 가면 언제나 제일 먼저 와 있었고, 도서관에 제일 마지막까지 남아서 공부하는 학구파로 알고 있었다. 복심 역시 학교 도서관에 남아서 매일 밤늦게 공부를 하면서 도서관이 폐관되는 마지막 시간까지 자리에 앉아 있곤 했는데, 그럴 때면 항상 황서를 보곤 했다.

"안녕. 나 이황서야. 반가워."

"난… 이복심이라고 해…"

황서와 복심은 미팅 파트너로 만나 서로 인사를 주고받았다.

"어, 복심? 이름이 옛날 풍이네…?"

"응, 좀…. 엄마가 지어준 이름인데, 나한테는 소중한 이름이라 그냥…"

"아, 그래? 나는 네 이름이 오히려 정감이 가고 좋다는 뜻에서 한 말이지, 너를 놀리려고 한 건 아니었어. 오해하진 말아."

황서는 복심의 다소곳해 보이는 모습과 청순해 보이는 모습에 첫눈에 확 반했다.

"복심아. 정치학과에 다닌다고 이야기 들었는데?"

"어, 맞아."

"그럼 꿈이 정치인이야?"

"아니, 그런 건 아니야. 그냥 어릴 적부터 리더쉽이 있다는 이야기를 많이 들었고, 나중에 기회가 된다면 탈북민을 비롯하여 여성 인권에 도움이 되는 그런 일을 좀 하고 싶어서…"

"그러니까 정치를 해야지. 정치인이 되어서 여성들의 인권과 권익을 대변하는 뭐 그런 일을 하면 되잖아?"

"그렇게 거창하게 이야기할 필요는 없고…. 그냥 열심히 공부하다 보면 뭔가 길이 나오겠지! 그때 내가 무슨 일을 하게 될진 아직 나도 모르지만, 지금은 일단 최선을 다해 보려고…. 나도 나지만, 황서도 희망하는 대로 잘되어 나중에 좋은 자리에서 만났으면 좋겠네! 열심히 해…."

첫 미팅 자리였지만, 복심과 황서는 많은 이야기를 나누었다. 복심은 황서의 외모보다는 지적 이미지에 호감이 갔다. 짧은 만남이었지만, 서로 간의 목표와 성공을 응원하는 의미 있는 자리였다.

"어, 복심이 아니야?"

도서관 구내식당에 점심을 먹으러 온 황서는 복심을 이내 알아보았다.

"이제 초면이 아니고 구면이니, 학교에서 보면 서로 아는 체 좀 하자? 사실 미팅 때 너와 이야기가 잘 통해서 다음에 또 만나게 되면, 커피 한잔하면서 또 이야기를 나누고픈 마음이 있었거든…. 너를 보려면 도서관에 가기만 하면 되니, 따로 연락을 안 해도 되고…."

복심도 그랬지만, 황서 역시 복심이 늘 도서관에 늦게까지 남아 열심히 공부하는 모습에 좋은 이미지를 가지고 있었다.

"구내식당 자주 이용해?"

"응. 나는 이모 집에서 같이 사는데, 이모가 일을 나가서서 나는 거의 도서관 구내식당을 이용해. 학생이라 돈이 없다는 이유도 있지만, 밖에 나가서 먹으면 시간도 뺏기고, 푼돈으로 먹을 수 있는 음식도 별로 없거든. 그래서 주로 구내식당을 이용해."

"나도 마찬가지야. 밖의 음식은 어쩌다 한 번씩 먹고, 거의 도서관 구내식당을 이용하는 편이야."

"그리고 보니, 너나 나나 구내식당을 자주 이용하는 단골이네!"

"식당 점장님이 우리한테 상장이라도 주어야 하는 것 아니야? 하하…."

"내가 식당 창가 쪽에 먼저 가 있을 테니 저리로 와."

"아침에 강의를 들었는데 엄문성 교수님의 이야기를 듣고 나니 많은 생각이 들었어. 또 화도 났고…."

황서는 식사 도중 복심에게 울분에 찬 투로 이야기했다.

"무슨 이야기였는데?…."

"다른 게 아니고, 교수님이 의학계 전반의 지배 구조에 대해 말씀해 주셨는데, 이게 상당히 심각한 문제라는 거야! 대형 제약 회사에서 신약을 개발하여 병원에 납품하는데 수단과 방법을 가리지 않고 납품을 하니, 중소 제약회사에서 끼어들 구멍이 없다는 이야기였어. 설령 끼어든다 해도 지속적인 거래 관계를 유지하기 위해서는 편법을 써서라도 관계를 유지할 수밖에 없다는군! 나같이 돈 없고 배경 없는 놈들은 나중에 신약을 개발하여 특허를 내고 당당히 의약계에서 승부를 걸고 싶어도, 내 능력과 기술은 아랑곳하지 않고 오직 돈과 배경으로 승부를 걸어야 한다니 얼마나 서글프겠어? 그래도 내가 나중에 그런 회사를 설립할 수 있을지는 미지수지만, 분명한 건 실력으로 정정당당히 제약계에서 살아남기 위해 노력할 거야!"

황서는 교수님에게서 의약계 전반에 대한 구조적 모순과 사례에 대한 설명을 듣고는 화가 많이 난 듯했다. 학생으로서 느끼는 울화가 상당한 듯 보였다.

"그랬구나…. 내가 그쪽 전공이 아니라 잘 모르겠지만, 황서의 이야기를 듣고 보니 나도 공감이 가네. 정정당당히 실력으로 경쟁할 수 있다면 좋을 텐데, 편법과 갑질이 만연하다면 정말 문제가 될 수 있겠다는 생각이 드네…. 그래도 이 문제는 지금 황서가 해결할 수 있는 것은 아닌 것 같고, 지금 하고 있는 공부를 열심히 해서 당당히 실력으로 업계에서 살아남는 게 중요한 것 아니겠어? 황서는 충분히 할 수 있다고 난 믿어!"

복심은 학생으로서 제약업계의 문제점을 인식하고 있는 황서가 한편으로 대견하다는 생각이 들었다.

복심은 대학 졸업 후에도 아르바이트를 하며 계속 공부에 대한 끈을 놓지 않았다. 탈북민으로서 같은 탈북민들의 인권을 보호하고 더 나아가 그들의 권익을 보장하기 위한 대변인으로서 뭔가 역할을 할 수 있다면 그 역할을 해 보고 싶다는 바람이 있었기 때문이다. 그러려면 부단히 학식을 쌓고 관련 단체에서 모임을 주도하며 생생한 그들의 이야기를 들어 보아야 한다고 믿고 있었다.

"오늘 저녁 7시까지 교육회관으로 모여주세요."

정기 탈북민 협회 모임이 있다는 문자 메시지였다. 모임의 간사인 복심은 일정이 있는 날에는 분주히 움직였다. 회원들의 명찰도 만들고, 자리 배정도 하고, 무엇보다도 가장 신경 써서 준비하는 것은 모임의 주제를 무엇으로 할 것인가였다. 이는 정치외교학과 출신인 복심이 가장 잘할 수 있는 분야여서 늘 철저히 준비했다.

"안녕하십니까! 오늘 정기 탈북민 모임을 준비한 이복심입니다. 반갑습니다. 먼 곳에서 이렇게 모임에 참석하기 위해 오신 여러분들을 환영합니다. 오늘은 식순대로 회장님의 인사말, 회원들의 애로사항, 건의사항, 만찬 순으로 모임을 진행하도록 하겠습니다."

행사장에는 많은 탈북민이 모였다. 모처럼 가족을 만난 것처럼 들뜬 분위기였다. 식순대로 협회장의 인사말이 끝난 뒤 회원들의 탈북 후 남한 정착기, 남한에서 살면서 겪는 애로사항, 기타 건의사항을 듣는 시간이 이어졌다. 복심은 다양한 탈북민들의 이야기를 듣기 위해 귀를 기울여 경청했다. 복심 역시 탈북민 출신으로서 남한에서의 생활이 그리 호락호락하지만은 않았다. 탈북민들을 바라보는 남한 국민들의 시각이

호의적이지 않다고 느꼈던 그녀였다. 더욱이 자신들이 탈북민 출신이라는 신분이 알려질까 봐 어디에 가든 말이라든가 행동을 조심하다 보니, 늘 많은 자괴감 속에서 살고 있다는 것을 복심은 그 누구보다도 잘 알고 있었다. 그런 탈북민들을 위해 교육, 생활 정착과 제도적 개선을 실현하기 위한 노력을 꾸준히 해야 할 책임감 있는 사람이 필요한데, 복심은 언젠가 자신이 기회가 되면 중요한 위치에서 탈북민들의 인권과 권익을 위해 노력하겠다고 다짐해 왔다. 그 때문에 탈북민 관련 모임이라면 어느 모임이든지 마다하지 않고 부지런히 참석하여 많은 이야기를 듣고자 노력했다. 복심의 그런 노력이 알려지면서 탈북민 사회에서 다양한 역할을 해달라는 요청이 그녀에게 쇄도했다. 복심은 그런 요청을 한 번도 거절하지 않고 부지런히 돌아다녔다.

모든 행사가 마무리되고 통일에 대한 염원을 담은 〈우리의 소원은 통일〉 노래가 장내에 흘러나오자 행사장은 온통 눈물바다가 되었다. 혈혈단신으로 북에 가족을 두고 어렵게 탈북한 탈북민들은 가족을 그리워하며, 서로 부둥켜안고 울었다.

"이복심 씨. 행정안전부에 근무하는 임창재입니다. 귀하는 유엔(UN)에서 이번 인권위원회 대상 수상자로 추천되어 수상하고자 하오니 참석해 주시기 바랍니다."

그간 한국에서 복심이 탈북민들의 권익과 인권 신장을 위해 복심이 노력한 공을 인정하여 정부에서 '유엔 인권상'을 수여하고자 한다는 정부 담당국장의 연락이었다. 복심은 전화를 끊고 한동안 멍하니 창밖을 바라보았다. 북한을 탈북하여 남한으로 오는 과정에서 생사를 넘나드는 힘든 시간과 고충이 있었고, 남한에 정착하기까지도 힘든 일들이 많았지만, 오직 탈북민들을 위해 자신이 무엇인가 할 수 있는 일이 있다면 마다하지 않겠다고 다짐했던 그 마음과 나름대로 노력했던 공을 한국 정부에서 인정해주었다는 데 너무도 가슴이 벅차올랐다. 게다가 세계적으로 권위 있는 '유엔 인권상'이라니, 복심은 드디어 탈북민들을 위한 다양한 지원 정책을 뒷받침 할 수 있고 전 세계에 탈북민들의 실상을 알릴 기회가 생겼다는 데 뿌듯함 마음이 들었다.

수상일 전날, 복심은 들뜬 마음에 한숨도 잠을 잘 수 없었다. 일찍 잠자리에 누웠지만, 이리 뒤척이고 저리 뒤척이다 많은 생각을 하며 뜬 눈으로 밤을 새웠다. 북한에서 어르신들이 가끔 말씀해 주셨던 "사람의 인생은 뜻하지 않는 곳으로 흘러가기 마련이다. 꿈을 이루기 위한 자신만의 간절함이 있다면 하늘도 길을 열어 준다."는 말씀이 떠올랐다. 그간 대학교 정치학과에 입학하여 많은 책을 정독하고 다양한 활동에 임해왔지만, 사실 탈북민으로서 할 수 있는 한계가 있을 것이라고 복심은 늘 염려해 왔었다. 또한 주위의 탈북민들을 둘러봐도 먹고살기 빠듯한 형편 속에서 자신의 입신양명을 위해 노력하는 사람은 보지 못했던 턱에 그냥 하루하루 열심히 살자고 각오하며 인생을 살아왔는데…. 복심은 비록 자신이 의도한 바는 아니었지만, 많은 탈북민을 대신하여 그들의 인권 신장과 안정적인 생활 정착을 위해 더욱더 노력해 달라는 뜻에서 자신에게 수상까지 한다는 것에 무한한 기쁨과 책임감을 느끼게 되었다.

복심이 수상식을 위해 행사장 입구에 들어섰을 때, 이미 입구에는 수많은 방송국 기자들이 진을 치고 있었다. 인터뷰 요청도 쇄도했다. '세계 인권의 날'을 맞이하여 모든 기자의 관심은 복심에게 집중되어 있었다. 그도 그럴 것이, 현재 전 세계적으로 북한 인권 실태에 대하여 관심이 많고 취재 열기도 뜨거웠지만, 진작 북한에 대하여 그 실상을 세세하게 제대로 알고 있는 사람은 드물었다. 혹 아는 사람이 있다 해도 간접적으로 알고 있는 정도였고, 취재도 어렵기 때문에 북한 탈북민이 유엔 인권상을 수상한다는 것은 많은 언론사 기자들이 복심을 밀착하여 따라 다닐 만한 충분한 이유가 되었다. 복심이 행사장을 통과하여 식장에 들어서기까지 수많은 기자의 취재가 이어졌다.

"오늘 수상 소감 한마디 해 주세요!"

"북한은 어떻게 탈출하셨나요?"

"북한과 남한을 비교할 때 그 차이점은 뭐라고 생각하세요?"

연이어 이어지는 기자들의 질문에 복심은 당황하여 묵묵부답으로 일관했다. 행사장 내에 설치된 전광판과 네온사인에서 나오는 불빛들이 복심의 눈을 따갑게 했다. 태어나서 처음으로 받아보는 스포트라이트였다.

"자, 지금부터 수상식을 거행하겠습니다. 수상자들과 외빈들은 조용히 자리에 앉아 계시다가 호명하면 단상으로 나오시면 되겠습니다. 또한, 그전에 앞서 전 세계 일어나는 인권 실태에 대한 내용을 담은 동영상을 시청하겠습니다."

사회자의 행사 진행에 맞추어 행사장 내 조명이 일제히 꺼지고 전면에 대형 스크린이 내려왔다. 곧이어 잔잔한 음악과 함께 동영상이 재생되었다. 공산주의 국가에서 일어나는 여러 가지 실상을 담은 동영상이었다. 복심은 북한에서 자신이 실제로 겪었던 생활의 일부분이라 그 동영상을 보며 그때의 생활이 머릿속에 오버랩 되었다. 행사장에 모인 많은 참석자가 자신만을 쳐다보고 있다는 느낌이 들었다. 복심은 한동안 가만히 눈을 감았다.

"자, 지금부터 시상식을 거행하겠습니다. 호명하는 분은 단상으로 올라와 주시기 바랍니다. 시상식과 함께 수상하신 분의 소감, 기념 촬영 순으로 행사를 마무리하겠습니다. 아, 참! 이 자리에 모인 해외, 국내 많은 기자 여러분들. 오늘은 이분들을 포함한 장내의 모든 분께 깜짝 발표를 하겠습니다. 사전에 이야기를 드리지 않은 사항이지만, 공정성을 기하기 위해 지금 말씀드리니 양해 바랍니다."

사회자의 말에 행사장은 갑자기 술렁이기 시작했다.

"깜짝 발표?"

모든 기자가 서로 물어보며 깜짝 발표에 대한 내용이 무엇인지 궁금해하고 있었다.

"우리 유엔 인권위원회에서는 그간 많은 나라에서 인권을 위해 헌신하고 노력하는 각계각층의 사람들을 대상으로 그들이 기여한 가치와 업적을 기리는 뜻에서 유엔 인권위원회 위원을 뽑기 위해 오래전부터 노력해 왔습니다. 다양한 전문가들을 초빙하여 세계 인권을 위해 헌신한 공이 있는 분을 선정하고자 다각적으로 파악했습니다. 오늘 이 자리에서 수상하시는 분들을 대상으로 하여, 협회에서 사전 심사하여 그 위원을 선정하였습니다. 시상이 끝나는 대로 위원 선정 발표도 함께 하겠습니다!"

행사장 내에 있던 많은 내·외신 기자들은 사회자의 이야기가 있고 나서야 '깜짝 발표'가 무엇인지 알게 되었다.

"자, 지금부터 유엔 인권상 수상 대상자를 발표하겠습니다. 그간 많은 나라에서 활동한 인권가들을 대상으로 공정하고 투명하게 심사한 결과입니다. 발표자의 수상 대상자 호명이 있으면 앞으로 나와 주시기 바랍니다."

사회자의 멘트가 있자, 장내는 쥐죽은 듯이 조용해졌다. 행사장에 참석한 많은 사람이 단상을 응시했다.

"이번 유엔 인권상 수상자는… 북한에서 넘어와서 남한 내 탈북민들의 인권 신장과 권익을 위해 노력해 주신 한국의 이복심 씨입니다!"

장내로 환호성과 큰 박수가 쏟아졌다. 많은 사람이 복심을 쳐다보며 박수를 보내고 있었다. 복심은 사전에 이야기를 들었지만, 막상 자신의 이름이 호명되자 놀라고 기쁜 마음에 멍하니 한동안 자리에 앉아 있었다. 옆에 있던 외국 기자가 그녀의 팔을 치켜세우자, 그제야 정신을 차리고 자리에서 일어나 단상으로 이동할 수 있었다. 그녀가 이동하는 내내 주변에서는 큰 박수가 터져 나왔고, 장내는 축제 분위기로 변했다.

"축하합니다. 그리고 감사합니다. 우리 유엔은 이복심 씨의 노력과 공을 인정합니다. 특히, 탈북민으로서 남한에서 생활하기 힘들었을 텐데, 다른 탈북민들을 위해 헌신적으로 노력해 주신 점에 대하여 경의를 표합니다!"

유엔 인권위원회 회장은 복심의 어깨를 두드리며 상을 수여했다. 여기저기서 플래시가 터졌다.

"자, 그럼 오늘 유엔 인권상을 수상하신 이복심 씨의 수상 소감이 있겠습니다."

장내는 다시 조용해지면서 많은 참석자가 복심의 입을 주목했다.

"음…."

복심은 한동안 말을 못하고 멍하니 서 있었다. 그녀의 눈에는 어느새 눈물이 고였다. 그 광경을 지켜보며 행사장에 앉아 있던 많은 참석자와 기자들 사이에서 박수가 터져 나왔다.

"우선 저 같은 사람에게 상을 주신 유엔 인권위원회 회장님을 비롯하여 관계자 여러분, 그리고 이 자리에 모이신 내·외신 기자 여러분께 감사의 말씀을 전합니다. 제가 북한을 탈출하여 남한으로 오기까지 죽음을 넘나드는 상황에서도 견딜 수 있었던 것은 오직 자유를 찾기 위함이었습니다! 북에 저의 부모님과 친척들을 두고 혈혈단신으로 남한으로 넘어온다는 것은 쉽지 않았습니다. 그러나 지금 생각해 보면 저는 그 결정이 옳은 결정이었다고 생각합니다. 지금도 그 마음에는 변함이 없습니다. '자유', 'Freedom'…. 저에게는 너무도 소중한 가치입니다. 어쩌면 죽음보다 더 중요한 가치일 수도 있습니다. 북한에서의 삶은 그야말로 참혹한 생활의 연속이었습니다. 굳이 제가 이야기를 하지 않더라도 여러분들은 잘 알고 있을 것이라 믿습니다. 저는 인간다운 생활을 누리고 싶었습니다. 오직 그 마음뿐이었습니다. 그러나 제가 남한으로 오고 나서 제 삶은 나아졌지만, 또 다른 아픔을 보았습니다. 저와 같은 많은 탈북민이 남한 사회에서 생활하고 있는데, 남한 정부의 많은 지원과 생활 정착을 위한 다양한 제도가 시행되어 그 혜택을 받고 있음에도 불구하고, 그들의 삶을 위한 노력이 더욱더 필요하다는 생각을 했습니다. 다행히도 제가 그런 역할을 할 수 있었다는 것을 개인적으로 영광이라 생각합니다. 그들도 다 같은 존엄한 인간입니다. 그들도, 우리 사회의 소중한 일원으로 당당히 생활하면서 행복을 누릴 가치가 있습니다. 저는 그분들을 위해, 가족 같은 마음으로 희로애락을 같이하고 싶었습니다. 슬플 때 같이 울어 주고, 기쁠 때 같이 웃어 주고… 늘 우리는 모두 한 가족이란 생각을 한 번도 잊은 적이 없습니다…"

복심이 갑자기 목이 메어 말을 이어나가지 못하자, 행사장 내에서 다시 응원의 큰 박수가 터져 나왔다.

"감사합니다! 이 상의 영광은 이 자리에 모이신 많은 분을 비롯하여 지금 이 자리에 계시지는 않지만, 탈북민들의 인권에 대하여 늘 고민하고 염려하며 작은 가치에도 함께한 모든 분의 마음의 표현이라고 생각합니다! 감사합니다. 이 상은 저한테 주는 상이 아니라 인권 신장을 위해 노력하신 많은 분과 함께 하는 상이라는 생각을 하겠습니다. 더욱더 막중한 책임감을 느끼고 노력하겠습니다!"

복심의 수상소감이 끝나자 우레와 같은 박수가 터져 나왔다.

"이어서 유엔 인권위원회 위원 선정 발표가 있겠습니다! 행사장 내내·외신 기자들을 비롯하여 많은 귀빈 여러분은 잠시 주목해 주시기 바랍니다."

유엔 인권위원회 위원 선정자 발표가 있을 예정이라는 사회자의 발표가 나오자 행사장은 또다시 술렁이기 시작했다.

"자, 지금부터 유엔 인권위원회 위원 선정 발표가 있겠습니다. 유엔 인권위원회의 위원으로 선정된 분은…. 한국의 탈북민 단체 간사인 이복심 씨입니다. 축하드립니다! 저희 위원회에서는 많은 회의와 엄정한 심사를 거쳐 이복심 씨를 선정했습니다. 선정된 배경은 이복심 씨가 조금 전 유엔 인권상을 수상한 배경과도 일맥상통합니다. 세계에서 유일한 분단국가이면서 공산주의 국가인 북한에서 탈북하여 남한 사회의 어려운 여건 속에서도 꿋꿋이 탈북민들의 권리와 인권 보호를 위해 노력한 점, 나아가서 앞으로도 세계 평화와 정치·경제·사회·문화 등에서 인도적 문제 해결과, 인권과 자유를 위해 헌신해 줄 수 있는 분이라 생각하여 위원으로 선정하게 되었습니다! 다시 한번 축하드리며, 유엔 인권위원회 위원으로 선정되신 이복심 씨의 짤막한 소감을 한번 들어 보겠습니다."

행사장에서는 또다시 복심을 향한 플래시 세례가 이어졌다. 복심은 단상에 서서 행사장에 있는 많은 귀빈, 내·외신 기자들을 향해 가벼운 목례를 건네고, 한참 동안 말을 잇지 못하고 서 있었다. 자신이 유엔 인권상을 탈 것이라는 기대는 하지 않았었고, 더욱이 유엔 인권위원회 위원이 되리라고는 꿈에도 생각하지 않고 있었기 때문이다. 그간 탈북민으로서 탈북민들의 인권을 위한 활동을 하면서 고생했던 많은 시간이 파노라마처럼 머리를 스쳐 갔다. 복심의 눈에는 어느새 또 눈물이 고였다.

"감사합니다. 저같이 미천한 사람에게 감당하기 어려운 큰 직책을 수행하도록 위원으로 선정해 주신 협회 회장 및 관계자 여러분 고맙습니다! 저는 북한을 탈출한 탈북민입니다. 그러나 지금은 남한의 주민등록증을 가진 당당한 대한민국 국민입니다. 북한에서의 삶은 가난하고 너무도 처참한 삶이었습니다. 그런 삶이 싫어서 목숨을 걸고 자유가 있는 대한민국으로 왔습니다. 저 같은 탈북민들은 남한에 수만 명이 있습니다. 가난은 결코 부끄러운 것이 아닙니다. 불편한 축복입니다. 저는 가난을 겪어 보았기 때문에 남보다 몇 배의 노력을 하며 일하고 있습니다. 일이 아직 손에 익지 않고 고되지만, 마음만은 풍족합니다. 저는 앞으로도 평화와 자유가 있는 나라에서 탈북민들을 위한 권리와 인권 신장을 위해 노력할 것입니다. 나아가 전 세계의 난민들을 위한 구호 활동에도 힘쓰겠습니다. 이 모든 것이 저의 소명이라 생각하고 당당히 그들과 같이 함께하겠습니다. 감사합니다."

복심이가 당선 인사말을 마치고 유엔 인권위 위원들과 상견례를 하기 위해 중앙홀로 들어서려는데, 뒤에서 누군가가 복심의 이름을 부르며 꽃다발을 건네주었다.

"누구시죠?"

어디선가 본 듯한 얼굴인데, 기억이 가물가물했다.

"나 몰라? 나 황서야."

"황서?"

"응, 그래. 나 황서야!"

복심이 대학교에 다닐 때 도서관에서 같이 공부하고, 대학 첫 미팅에서 만났던 바로 그 이황서였다.

"황서⋯. 네가 어떻게 여기에?"

"먼저, 복심이의 유엔 인권상 수상 및 유엔 인권위원회 위원으로 선정된 것 다시 한번 축하해. 나도 대학 졸업하고 제약회사를 하나 설립했어. 비록 작은 회사지만, 나의 모든 정성과 혼이 깃들어 있는 회사야! 나는 오늘 여기 국제 콘퍼런스에 한국 대표로 초대되어 왔어. 내가 개발한 신약을 무상으로 세계 보건기구에 매년 기탁해 오고 있는데, 이번 유엔 인권위원회에서 나를 귀빈으로 초빙한 거야. 그런데, 복심이네가 상을 받는 것을 보고 내가 너무 기뻐서 이렇게 너를 보러 온 거야⋯."

복심은 황서의 손을 잡고 환하게 웃었다.

"황서야! 기억해?"

"뭐를?"

"내가 너하고 대학교에서 첫 미팅을 했을 때, 내가 탈북민으로서 같은 탈북민들의 인권을 보호하고 더 나아가 그들의 권익을 보장하기 위한 역할이 주어진다면 꼭 해 보고 싶다고 말했던 것… 기억나니? 그리고 너는 열심히 공부해서 기술력으로 승부하여 신약을 개발하고 당당히 제약회사의 대표가 되겠다고 했던 것!"

"우리가 그랬던가?"

"뭐야? 너는 그때 이야기한 게 그냥 농담 삼아 한 거야?"

"아니, 농담은 아니야. 그때는 내가 그렇게 될 거라고 반드시 확신은 할 수 없었지만, 내가 꼭 그렇게 돼야겠다는 의지의 표현으로 너한테 그렇게 이야기했나 봐."

"어쨌든 황서 너와 나는 우리의 꿈을 이루었잖아? 황서는 더욱더 훌륭한 제약회사 대표로 회사가 더욱 성장하길 바라고, 나도 내 역할을 충실히 수행하여 세계의 다양한 분야에서 인권 신장을 위해 노력하는 그런 사람이 될게!"

"그래! 우리 모두 같이 노력하자! 모든 것이 다 잘될 거야!"

Good Luck!

황서를 바라보는 복심의 굳은 의지가 또렷한 눈빛으로 빛났다.